Christine Grän

Dr. Klaus-Peter Kalwitzki

Alfred Prase

Ruth Rendell

Jean Genet

Detlef Blettenberg

Larisa Isarowa

Sling

Jochen Schürmann

Janwillem van de Wetering

Peter Zeindler

Schwarze Beute

thriller-Magazin 5
Herausgegeben
von Klugmann / Mathews

Dr. Norbert Menzel

Leo P. Ard

Uta-Maria Heim

Doris Gercke

Tony Hillerman

Rudi Kost

Harvey Kurtzman

Henry Kersting

rororo

Rowohlt

rororo thriller
Herausgegeben von Bernd Jost

Originalausgabe
Veröffentlicht im Rowohlt Taschenbuch Verlag GmbH,
Reinbek bei Hamburg, Mai 1990
Redaktion Peter M. Hetzel
Umschlagentwurf, typographische Gestaltung des Bandes
und des Vorsatzpapiers von Christoph Krämer
unter Verwendung der Filmplakate
«Gun Crazy» (1950) und «Disgraced» (1933).

Satz Sabon (Linotronic 500)
Gesamtherstellung Clausen & Bosse, Leck
Printed in Germany
1080-ISBN 3 499 42969 1

Inhalt

Vorwort
Das Schöne

Das ist das Schöne auf dem Dorf, jeder kann Schützenkönig/in werden. Man braucht dafür nicht gut schießen zu können, sondern Glück, Geld, Beziehungen und eine strapazierfähige Leber.

Das ist das Schöne am Karneval, jeder kann Prinz/Prinzessin werden. Man braucht dafür nicht unbedingt Humor, sondern Glück, Geld, Beziehungen und eine strapazierfähige Leber.

Das ist das Schöne am deutschen Kriminalroman, jeder kann Autor/in werden. Man braucht dafür nicht unbedingt... STOPP, das geht zu weit und hinkt wie jeder Mörder.

Was fällt Ihnen dazu ein? Hamburger-, Kölner-, Frankfurter-, Wiener-? Uns sind ‹Würstchen› eingefallen. Lang, dünn und fettig. Wenige Nähr-, keine Ballaststoffe. Fast food. Im letzten Jahr erhielten die Krimi-Damen die Königskrone, in diesem Jahr wird die Narrenkappe dem Regional-Krimi verliehen.

Soweit mußte es kommen, daß einem Derrick sympathisch wird, weil der Untertitel ‹München-Krimi› fehlt. Laßt sie oben platt snakken, unten bayrisch granteln; und in Köln muß jeder Entführte zur Großsippe Millowitsch gehören. Der Helgoland-Krimi soll noch frei sein. Hochtaunus gleichbleibend, Markgräfler Land freundlich. Weg mit Algebra und Geometrie, das kleine Einmaleins ist auch ganz schön. Stadtnamen als Ersatz für Atmosphäre, Geographie statt psychologischer Differenzierung, Sprüche statt Sprache. Provinz ist «in», Welt ist «out». In unserer Selbstbeschränktheit lassen wir uns von niemandem untertreffen. Großhansdorf statt New York, Schrebergarten statt Regenwald; Vogelhäuschen statt Wolkenkratzer; Kopfwurstessen statt Kopfzumdenken. Ein Killer geht um vor Deutschlands Schreibstuben. Sein Schwert ist ein Dreißig-Zentimeter-Lineal, er trägt Cordhose und Trachtenjankerl. Er ist ständig erkältet, weil er unbedacht Landesgrenzen überquert. Er lauert an den Brennpunkten der Geschichte auf seine Opfer. Aber er macht nur leichte Beute. Er begibt sich nicht in Gefahr, nicht in das Wagnis des Scheiterns noch den Strudel des Experiments. Wer nicht ins kalte Wassser springt, wird nicht ertrinken.

Die Geschichte des Kriminalromans ist, wie die Geschichte der Musik, eine Geschichte des Plagiats. Immer wieder wird Vertrautes variiert. Das ist auch nicht schlimm, sondern gehört zur menschlichen Natur. Im günstigsten Fall fügt der Plagiator etwas Eigenes hinzu, gibt der Sache eine neue Farbe, einen neuen Klang. Und sei es, indem er anders punktiert. Brüche oder Revolutionen sind im Leben, in der Musik und in der Literatur selten. Der Rock 'n' Roll war so ein Bruch. Der deutsche Kriminalroman samplet aber wie der deutsche Schlager noch vom späten Hans Albers. Sowenig der deutsche Schlager jemals international Bedeutung erlangen konnte, so wenig hat der deutsche Kriminalroman jenseits der Grenzen reüssiert.

Das ist das Schöne an modernen Revolutionen. Man kann dabeisein, ohne sich einzumischen. Schließlich besitzen wir Geld, Beziehungen, TV. Dann nur noch abwarten und im richtigen Moment abkassieren. Ein gigantischer Plot. Die Zeit der Regional-Krimis ist nicht erst seit November 89 vorbei. Sie war immer vorbei.

Wir freuen uns, auch in diesem Jahr eine Schwarze Beute voller Bosheit präsentieren zu können. Erstmals stellen wir in einem Beitrag die Qualität des deutschen Kriminalromans zur Diskussion. Ein überfälliger Beitrag. Besonders ans Herz möchten wir Ihnen die Geschichten der Autoren legen, die erstmals in größerem Rahmen veröffentlichen.

Wenn es am schönsten ist, soll man aufhören. Wir befolgen diese Volksweisheit, die aus einem Regionalkrimi stammen könnte. Der Krimi boomt, die Gelegenheit ist günstig. Wir empfehlen uns als Herausgeber der «Schwarzen Beute».

Dank an alle Leser. An alle.

Farewell, my Lovely

Norbert Klugmann/Peter Mathews

Januar 1990

Jean Genet

Im Hafen

Bravo verließ mit einem anderen Matrosen den *Leuchtturm.* Keinen Sou hatten sie in der Tasche behalten. Ihre Sommeranzüge aus weißem Leinen hatten sie selbst ein wenig geändert; alle Matrosen verstehen sich darauf sehr gut und wissen, wo das Tuch knapp zu sitzen hat und wo es flott am Körper fallen soll. Sie trugen weiße Mützen, weiße Schuhe. Der Abend war mild. Die Matrosen hatten kaum die Kneipe verlassen und gingen gemächlich vorwärts, als sie einer Frau begegneten, die etwa dreißig Jahre alt sein mochte. Sie schaute die beiden Matrosen aufmerksam an, besonders Bravo. Im Vorbeigehen verlangsamte sie ihr Schritte.

«Was will die denn?»

Bravo wandte sich um. Die Frau war keine Hure. Er glaubte, daß sie ihn vielleicht kannte oder zu kennen vermeinte.

«Wir könnten ja versuchen...» sagte Jonas.

Dabei senkte er den Ton seiner Stimme. (Was seine Männlichkeit stärkte, ihm Gewicht gab, ihn zu Bravo gehören ließ und den alten Mariner zeigen sollte.) Auch gebot es die Vorsicht, denn bei einer verstohlenen Kopfbewegung hatte er bemerkt, daß die Frau jetzt hinter ihnen her ging. Jonas schwieg einen Augenblick. Im Gehen gab er sich das Gefühl der Würde, Sicherheit und Männlichkeit. (Die Muskeln an den Schenkeln und Hinterbacken waren unter der weißen Leinenhose gespannt). Trotz der erkünstelten Gleichgültigkeit stieg Zorn in ihm auf und ergriff seinen ganzen Körper. Zorn und Angst sind Gefühlsregungen, die alle Glieder des Körpers erregen. Im gleichen Augenblick erbeben die Lippen und die Waden. Zorn macht böse bis in die Fußzehen, bis ins letzte Fingerglied.

Jonas begann mit schwach zitternder Stimme:

«Solche Schneppen lassen sich von jedem Laffen hochnehmen, und es geschieht ihnen nur recht. Ich würde sie gern backpfeifen. Du nicht?»

«Ich? Hast recht, ich denke genauso. Nur hier kann man sie nicht drankriegen, sind zuviel Leute da.»

Jonas wurde zutraulich, er war jetzt sicher, daß sein Kamerad mitmachen würde.

«Wir müssen so tun, als ob wir zufällig mit ihr weitergingen.»

Er stockte, denn die Spaziergängerin überholte sie langsam. Bravo lächelte. Sie drehte sich mit einer raschen Bewegung um.

«Sie hat angebissen, wir sollten nur wissen, welchen sie will. Bleiben wir zu zweit, so wird sie nicht mitmachen. Das beste ist, einer bleibt allein, und der andere kommt hinterher. Meinst du nicht?»

«Doch, ich denke, das ist das beste. Du bleibst hier. Ich kenn mich da nicht so aus. Nicht mein Fall.»

«Gut. Ich hab zwar auch keine Übung drin, aber ich werd sie schon einseifen. Ich werd' versuchen, sie an den Strand zu bringen. Komm du nach, aber laß dich nicht sehen. Einverstanden? Wenn wir an ihr vorbeikommen, tust du so, als ob du fortgingst.»

«Gut.»

Sie gingen rascher. Als sie die Frau eingeholt hatten, gaben sie sich die Hand, und Bravo sagte laut:

«Also, bis morgen. Muß jetzt zurück. Du hast's gut, mit deinem Nachturlaub. Tschüs, Alter.»

Er verließ sofort den Gehsteig und lief in langen Sätzen auf die andere Seite. Jonas zog eine Zigarette aus der Tasche und ging wieder langsamer. Geschickt ließ er den Saum seiner Hosen über den weißen Leinenschuhen wippen. Bravos letzte Worte gaben ihm plötzlich ein Gefühl uneingeschränkter Freiheit, darum war die Gelassenheit seines Gehens, das ganz dem Spiel mit den Hosen galt, echt. Seine Ungezwungenheit war natürlich das unbeabsichtigte Resultat dieser plötzlichen Freisprechung. Und ebenso war dieser Freispruch nur erteilt worden, damit der Matrose sich dem köstlichen Spiel mit den Hosen widmen konnte; diesem schönsten Gang, den es gibt, der nur den Matrosen eigen ist und ihnen Glanz verleiht. Sich selbst besaß er in diesem Gang, der Abend gehörte ihm: sein gestirntes Dunkel war in diesem betörendsten aller Gänge enthalten. Er tanzte. Jonas tanzte vor Herodias. Er fühlte hinter sich den Blick der goldbedeckten, schon besiegten Königin, wie sie die herrlich langsamen Bewegungen des Matrosen genau erkannte. Immer lässiger wurde er; Gelassenheit war der Vorwand dieses Tanzes und sein eigenstes Wesen. Als die Frau ihn eingeholt hatte, wandten sie beide zugleich den Kopf um. Beide hatten eine Zigarette, Jonas hing sie an den Lippen, die Frau hingegen hielt ihre bescheiden in der Hand.

«Verzeihung... Ach, Sie haben ja kein...»

Jonas lächelte.

«Nein. Ich hab kein Feuer. Ah, warten Sie, vielleicht hab ich noch ein Flämmchen in meinen Klamotten.»

Er tat, als durchwühle er tief seine Taschen, und zog ein Streichholz hervor. Höflich zündete er zuerst die Zigarette der Spaziergängerin an. Sie war fast schwächlich, zwei große Falten zogen ihr sehr weißes Gesicht an den Mundwinkeln in die Länge. Sie trug ein elegantes Kostüm aus gelber Rohseide. Beim Anzünden ihrer Zigarette, während sie zog, starrte sie gierig auf den Hals des Matrosen. Jonas machte sich keine Gedanken über das Alter dieser Frau.

«Ein Seemann, der findet's immer. Bei der Marine hat man Feuer.»

«Man muß zugeben, daß die Seeleute selten zu kurz kommen, nicht wahr? – und das macht sie nur noch anziehender. Ich wage dabei insbesondere von den französischen Seeleuten zu reden.»

Sie neigte den Kopf zu einem leichten Gruß an Jonas. Sie hatte mit einer Stimme gesprochen, die äußerst zerbrechlich klang und leicht bebte bei dem Wagnis, mit einem Matrosen zu reden, der ungeheuerlich leibhaft existierte und so gut war, daß er sie freundlich anhören wollte.

«Ach, wir da draußen – man muß halt sehen, wie man zurechtkommt. Manchmal ist man Wochen und Wochen auf See, ohne jemand zu sehen.»

Jonas begriff jetzt, daß die Frau zur gebildeten Schicht gehörte und daß er sie mit zu derben Worten oder allzu gewagten Ansichten zurückschrecken würde.

«Wochen.»

Die Frau bewegte mit zierlicher Geste ihre Handschuhe, die sie in der Hand hielt.

«Wochenlang, Herr im Himmel! Welch unvergleichliche Erhabenheit muß das sein, so allein im Unendlichen! Fern von den Seinen. Fern aller Leidenschaft.»

Ihre Stimme klang etwas kräftiger, aber doch so leicht, daß man mit ihr nur sehr sanfte, törichte und gezierte Dinge sagen konnte. Es hätte nicht überrascht, wenn diese Spaziergängerin zu einem Drachen aus faltigem krausem Papier geworden wäre. Mit Garn benäht, einem Drahthaken im Mund und am Halse angebunden. Auch hätte irgendeiner der vielen Sterne diesen Drachen leicht entführen können. Sie lächelte nicht. Sie ging neben Jonas her, der noch immer seine Hosen schaukeln ließ.

«Die Leidenschaft – was das angeht, *n'en a pas lerche*!»

«Lerche, was heißt das? Ist das Dialekt?»

«Ja, Pariser Dialekt. Wieso, sind Sie denn keine Französin?»

«Ich bin Armenierin. Aber im Herzen ganz Französin. Frankreich, das ist Corneille und der göttliche Verlaine. Ich habe in einer Missionsschule Unterricht gehabt. Jetzt führe ich ein Geschäft. Ich verkaufe kalte Getränke. Brauselimonaden.»

Jonas fühlte, wie eine Beklemmung, ein Unbehagen, dessen er sich jetzt genau bewußt war, plötzlich von ihm wich. Er verstand, er hatte sich einen Augenblick gefürchtet, weil die Frau keine Französin war. Die Armenierin berührte nicht seinen Arm, sondern eine scharfe Ärmelfalte am Ellbogen des Matrosen und sagte:

«Bitte, kommen Sie mit mir.»

Bei den letzten Worten zögerte sie und lachte, während sie ihre erschlaffte Hand zurückzog. Ihr ganzer Körper wurde von diesem Lachen bewegt, als ob ein Frost sie schüttele. Sie wandte sich um, denn sie wollte feststellen, ob Bravo nachkam. Niemand war zu sehen. Da die Matrosen sich so rasch getrennt hatten, befürchtete sie, daß sie beide etwas gegen sie im Schilde führten.

Ein ähnliches Gefühl der Kälte hatte Jonas ergriffen, aber aus anderen Gründen. Er stand mit gespreizten Beinen da, die Hände in den Hosentaschen. Diese Haltung schien ihm die beste zu sein.

«Ich bin Seemann. Ich hab gern Spaß. Kümmere mich um nichts. Ich hab 'ne freie Meinung, ja. Ich versteh alles.»

«Oh, nicht wahr, mein Freund, man muß freie Ansichten haben auf dieser Welt! Ich selbst bin frei von jedem Vorurteil. Ich liebe nur die Schönheit.»

«Auf dem Schiff, da bin ich ‹keine Pfeife›, so sagen sie. Das heißt, ich kümmere mich um nichts. Ich hab nie jemand verurteilt. Jedermann ist frei und kann tun, was ihm Spaß macht! Hauptsache, man tut dabei niemand was an.»

«Ich höre so gern, was Sie sagen, mit Ihrer schönen Stimme. Mehr und mehr fühle ich, daß wir harmonieren. Wirklich.»

Sie nahm den Arm des Matrosen und drückte ihn mit all ihrer armseligen, nervösen Kraft, die sie so vollkommen in diese Bewegung zwang, daß sie Jonas beinahe weh tat.

«Wirklich, Sie werden bei mir einige Liköre trinken. Ein französischer Seemann kann nicht nein sagen. Kommen Sie, mein Freund!»

Ihr Gesicht war jetzt sehr ernst, Traurigkeit war darin, und in ihren großen schwarzen Augen stand eine irre Hoffnung. Sie fügte leiser hinzu:

«Sie sind so erstaunlich sympathisch. Und dann –» (Die Kehle wurde ihr eng, sie machte eine Schluckbewegung) «– und dann, Sie sagen doch, Sie denken so frei über das Glück. Ich würde Sie gern, weil ich so allein bin, ich würde Sie gern ein wenig bei mir haben.»

«Man braucht doch nicht in einem Zimmer zu sein. Man kann ein bißchen spazierengehen.»

«Aber, mein Freund, Sie zu haben, Sie allein bei mir!»

«Man kann ans Meer gehen. Einen Platz suchen, wo man allein ist.»

Er warf seine Zigarette weg und machte einige Schritte. Die Armenierin folgte ihm behutsam.

«Mein Zimmer ist so magisch wie eine Beschwörung. Ich möchte, daß etwas von Ihrer Anwesenheit drin bleibt.»

Jonas brach in Gelächter aus. Er schaute die Frau an und sagte freundlich:

«Meine Güte, Sie sind keck. Das ist eine Liebeserklärung.»

«Oh! Sie... oh! Ich bin bestürzt... Glauben Sie nicht... Seien Sie mir nicht böse. Zweifellos liebe ich Sie.»

«Na ja, ist ja nichts dabei. Ich ärgere mich nicht darüber. Warum auch, es ist ja nichts Böses. Nur, ich kann nicht. Da gibt's nichts. Ich kann nicht zu Ihnen kommen. Wenn Sie wollen, gehen wir 'ne Zeit lang spazieren. Das Wetter ist schön, man kann zum Strand gehen oder in die Parkanlagen. Niemand behelligt einen, man kann tun, was man will.»

«Das kann ich nicht, es könnte mich jemand erkennen.»

«Und wenn wir zu Ihnen gehen? Noch viel leichter!»

Der Wortwechsel wurde gespannt. Der Matrose bestand darauf, an den Strand zu gehen, die Armenierin war darüber beunruhigt. Sie war zäher als Jonas und setzte es durch, daß sie die Richtung zum Stadtzentrum einschlugen. Wut stieg in Jonas hoch. Er fühlte den fast unbesieglichen Widerstand dieser kleinen Person, die ihm mißtraute. Er wußte gut, daß solche Schlampen sich manchmal erbittert wehren, wenn man sie nicht bezahlt. War er bei ihr, konnte er sie nur töten. Er dachte einen Augenblick daran. Außerdem wußte er, daß sie häufig auch noch frech wurden und sich bei der Polizei beschwerten. Er verfluchte Bravos Spott.

«Die Schneppe hat was gemerkt. Ich sollte ihr Zaster geben.»

Jonas konnte nicht wissen, daß die Armenierin eigentlich Bravo gewollt hatte. Das Bedauern, daß er fortging, hatte ihr Begehren nur noch verstärkt. Sie wollte sich wohl mit dem anderen Matrosen zufriedengeben, aber gegen ihn entwickelte sich in ihr systematischer Widerstand, von dem sie selbst keine Ahnung hatte und der ihr dunkel blieb.

An den Strand zu gehen hätte sie noch mehr geschwächt, denn das Meer ist der Komplize des Matrosen. Zu Hause hatte sie in Reichweite ihrer Hand eine Alarmvorrichtung anbringen lassen. Überdies war Poesie für sie ein Zimmer, das mit Blumen geschmückt war, das schwarze, mit Perlmutter eingelegte Möbel, Teppiche und Bänder, malvenfarbene Kissen und gedämpfte Lichter hatte. Sie wollte vor dem entkleideten Matrosen auf den Knien sitzen und liebliche Dinge aussprechen. Alle diese Überlegungen hatten die eine Ursache, die Jonas nicht kannte: die Hure vermißte Bravo. Sie hoffte dumpf, daß sie beim Loslassen ihrer Beute, wenn sie sich von Jonas befreite, Bravo wiederfinden würde. Zu ihren Überlegungen und Befürchtungen kam noch eine andere Angst: je mehr sie einen Mann liebte, um so mehr war er ihr unheimlich. Schon liebte sie Bravo, aber die Furcht, die sie vor ihm gehabt hätte, übertrug sie auf Jonas.

«Also, was tun wir?»

«Kommen Sie zu mir.»

«Gut! Gehen Sie, meinetwegen, Tschüs! Wir bleiben gute Freunde. Vielleicht treffen wir uns mal wieder.»

Sie waren in einer beleuchteten und verkehrsreichen Straße. Jonas hatte sehr rasch, fast brutal, der erschrockenen Armenierin die Hand gegeben und lief in langen, wogenden Sätzen weg. Seine Schultern waren massige Wände. Der Rhythmus seines Ganges wurde immer schwerer und größer, je mehr er sich entfernte, er drang der Frau ins Herz und blieb dort zurück. Jonas fand seinen Kameraden nicht. Aber zehn Minuten nach dieser abschließenden Szene, als er den Heimweg antrat, begegnete die Armenierin an einer Straßenecke Bravos weißem, stolzen Schritt.

«Oh!»

Sie konnte ihren Schrei nicht unterdrücken. Bravo lächelte.

«Was ist denn? Haben Sie Angst vor mir? Ich bin nicht so schrecklich.»

«Oh! ... Sie sind erschreckend herrlich.»

Bravo lächelte stärker. Er wußte sofort, daß Jonas mit dem Mädchen nichts hatte «anfangen» können.

«Sie ... wie Sie strahlen! Ihr Gesicht erhellt mich!»

Bravo lächelte belustigt und ließ ein leises Pfeifen hören. Darin lag aber so viel leichte Zärtlichkeit, daß die Armenierin auch zu lächeln begann. Als Jonas sie verließ, hatte sie Wut gegen sich selbst empfunden, weil ihr diese eigentlich doch schöne Beute entgangen war. Wut und Verzweiflung und dann die jähe Freude, den ersehnten Matrosen wiederzufinden, inmitten friedlicher Spaziergänger: dies alles verband sich und gab ihr außergewöhnlichen Mut, der durch Bravos Lächeln und seine belustigte Freundlichkeit noch gesteigert wurde. Sein mächtiger Wuchs erschreckte sie, aber sein Lächeln bewies, daß dieses Wunder an Kraft von ihr besessen war.

«Na, Sie können aber schwatzen!»

Die Armenierin überredete Bravo sehr schnell, sie nach Hause zu begleiten. Sie machte das gleiche Theater, das sie bei Jonas versucht hatte, aber sie brachte es kürzer, zusammengedrängter vor. Sie war außer sich. Sie vergaß alle Vorsicht und schob den Gedanken weg, der sie beunruhigte: wieso hat dieser Matrose in meiner Gegenwart behauptet, daß er an Bord gehe? Und jetzt finde ich ihn weit entfernt vom Hafen.

In ihrem Zimmer zündete sie einen Räucherstab an. Bravo bewunderte die überladene, schwulstige Einrichtung, die ihm luxuriös erschien. Ein sanftes Behagen schläferte ihn ein. Die Kissen waren weich, die Teppiche dicht, die Blumen üppig. Das schwarze Holz der Möbel schien das Wesen der Ruhe zu bergen. Soviel Weichheit erdrückte Bravo und gab ihm den Frieden der Ertrinkenden. Seine Aufmerksamkeit nahm ab.

«Sie sind zu Hause. Sie sind Herr dieses Reiches. Verfügen Sie!»

Dieses «Verfügen Sie» verwirrte Bravo, aber seine Verwirrung ließ ihn noch mehr einsinken. Er dachte, aber nicht mehr in Worten. Konnte es darin noch Worte geben, in dieser Musik, die aus bizarren Blumengebilden quoll, die sich ständig bewegten, zu einer langen Arabeske oder Melodie wurden und folgendes sagten (es rief Unruhe hervor, die sich zur Angst steigerte und zurücksank in den Entschluß): ‹Trotz allem sollte ich nicht bis zum Äußersten mit ihr gehen.›

Bravo besaß jene Gutmütigkeit, die man oft mit Reinheit verwechselt. Indessen, sein Unbehagen dauerte nicht lange, und daß es eigentlich Ekel war, fiel ihm nicht auf. ‹Man wird schon sehen.› Er bewegte sich nicht zwischen den Kissen. Während er in tiefen Zügen rauchte, betrachtete er die Armenierin, die das Näherrücken des ersehnten Augenblicks immer verrückter machte. Bravo sah, wie sie umherging, sich puderte und mit nervösen Bewegungen ihrer reizenden Hände, die sehr klein und gepflegt waren, einen rosafarbenen Likör in winzige Mokkatassen goß. ‹Es ist zum Lachen. Wenn Abenteuerinnen so sind, ist das nicht schlecht.›

«Ich heiße Joachime. Und du, mein schöner Stern?»

«Ich?»

«Ja, du?»

«Ich, ich heiße Bravo. Matrose...»

Er zögerte, denn schon war ihm klar, daß er einen Fehler begangen hatte. Einige Sekunden hing er im Leeren, dann entschloß er sich:

«Bravo.»

«Oh, was für ein schöner Name!»

«Ja. Bravo. Matrose Georges Bravo.»

Die Armenierin kniete vor ihm auf den Polstern. Der Kimono aus blasser, rosafarbener Seide war mit goldenen und silbernen Vögeln bestickt und ließ einen Hals und Beine von vollkommenem Weiß sehen. Infolge seiner Müdigkeit schien es Bravo, als nähere sich dieses seltsame Wesen mit der plötzlichen Ungeheuerlichkeit von Dingen, die man träumt und deren Größerwerden man offenbar einer mächtigen Lupe verdankt, welche den betrachteten Gegenstand so lange näher rückt, bis er mit sich selbst verschmilzt.

Das war merkwürdig. Bravo lächelte. Die Armenierin hob ihren

Mund in die Nähe des seinen. Bravo senkte den Kopf, er war entschlossen, dem ersten Kuß, den er von einer Frau empfangen würde, zuvorzukommen. Ein leichter Schwindel ergriff ihn. In diesem Zimmer, das nur dazu bestimmt schien, wo er so wenig in der Wirklichkeit, so wenig wach war, wollte er alles wagen. Es gefiel ihm. Es kam ihm so vor, als machte er eine Eroberung. Er lächelte, aber er fühlte sich in diesem Raum so sicher wie im Mutterleib. Ihm war heiß.

«Dein Lächeln ist wie ein Stern.»

Bravo lächelte stärker. Seine weißen Zähne leuchteten. Das Spiel, das Joachime trieb, und ihre weiße Haut beunruhigten ihn nicht. (Ein wenig nur die Entdeckung, daß diese Haut gepudert und parfümiert war.) Aber in den schönen schwarzen Augen, die ihn anschauten, entdeckte er einen verliebten Schimmer, der ihn verwirrte.

«Ach! Deine Zähne sind wie Sterne!»

Bravo warf seinen Mund heftig auf den der Armenierin. Er drückte sie fest in seinen Armen.

«Du bist ein großer, großer Stern, und dieser Stern wird immer mein Leben erhellen. Du bist ein Stern aus Gold! Beschütze mich...»

Bravo würgte sie. Er lächelte hart, während er die Frau sterben sah, unter seinen gekrallten Fingern, sterben mit offenem Mund, mit scheußlich herausgestreckter Zunge und hervorquellenden Augen. Ein wunderbares Rauschen stürzte in die Stille seiner Ohren. Die Welt summte. Das Meer murmelte.

> ...O Stern der Liebe, bleibe stehen.
> Des Seemanns Glück bewahr.
> Wenn seine Augen auf dich sehn,
> Schütz du ihn in Gefahr...

Die Augen der Armenierin wurden plötzlich unbeweglich und trübten sich. Nichts mehr sang. Bravo bemerkte den Tod, den jähen Wechsel in der Bedeutung der Dinge. ‹So eine kleine Frau ist sehr süß. Stirbt nett. Ohne etwas kaputtzumachen.› Bravo sah sein Gesicht im Spiegel: er war sehr schön. Er lächelte seinem Bilde zu, diesem Doppelgänger eines Mörders, weiß und blau und mit einer schwarzseidenen Krawatte bekleidet. Bravo nahm das ganze Geld, das er fand, und ging sehr ruhig hinaus. Auf der Treppe, die etwas dunkel war, streifte er eine Frau.

Am anderen Morgen waren alle Matrosen der «Vengeur» auf

Deck versammelt. Zwei junge Leute, die am Abend zuvor Joachime mit Jonas zusammen gesehen hatten, versuchten das Gesicht des Matrosen zu entdecken. Sie gaben Jonas an, der sich sechs Monate lang gegen die Untersuchungsbehörde verteidigte. Er kämpfte mit Heftigkeit und Verzweiflung gegen eine geheimnisvolle, schwarzverschleierte Frau, die morgens im Treppenhaus einer Armenierin, mit der er einige Stunden zuvor spazierengegangen war, einen französischen Matrosen getroffen hatte. Und diese Armenierin war erwürgt worden, zur selben Stunde, in der Jonas zur «Vengeur» zurückging. Mit Rücksicht auf ein Land, das französisches Mandatsgebiet war, und auch wegen der aufrührerischen Haltung des Angeklagten verurteilte das Marinegericht Jonas zum Tode. Er wurde hingerichtet. Bravo hatte seinen Stern. Er verließ Beirut, mit Schätzen beladen. Beschützt von diesem Stern und den schönen Namen, die ihm die Frau gegeben hatte. Dieser Mord war leicht gewesen. Und unvermeidlich, weil Bravo seinen Namen gesagt hatte. Er ließ es zu, daß Jonas – ein braver Kerl – getötet wurde. Dieses Opfer gab Bravo das uneingeschränkte Recht, ohne Gewissensbisse über das kleine Vermögen zu verfügen, das er aus dem Zimmer von Joachime geraubt hatte. Es bestand aus syrischen Pfunden und Münzen aus allen Ländern der Welt. Er hatte es sehr teuer bezahlt. Übrigens, wenn eine Frau so war, wie diese da, ein so leichtes, schwaches, luftiges Wesen, so durchsichtig, so sanft, so zart, so zerbrochen, so hell, so beredt, so melodiös, so zärtlich, dann durfte man sie töten. Sie war dazu gemacht, getötet zu werden. So wie ein venezianisches Glas nur darauf wartet, daß die mächtige Hand des Kriegers es zerdrücken wird, ohne sich dabei zu schneiden. (Wenn man von dem heimtückischen, heuchlerischen Riß eines spitzen, schillernden Glassplitters absieht, der im Fleische bleiben wird.) – Wenn eine Frau so ist, wiegt das nicht schwer: Eine kleine Katze, ein Rotkehlchen, ein Hirschkalb, eine Blindschleiche, eine Libelle, deren Zartheit genau so lange und immer mehr herausfordert, bis sie unerbittlich den Tod anzieht.

Und so was heißt dann noch Joachime.

Jean Genet, geboren 1910 in Paris, Fremdenlegionär, Dieb, Zuhälter und genialer Schriftsteller, starb im April 1986

Henry Kersting
«Gute Nacht, Carlo!»

Nein! Wie furchtbar! Diese nette, alte Dame! Tag für Tag hat sie da gesessen, auf dieser Bank am Spielplatz und aufgepaßt, daß die Kinder sich nicht streiten. Und immer hat sie ein Pflastertäschchen dabeigehabt und Bonbons für die besonders lieben Kinder. Oh, nein, einfach den Hals durchgeschnitten! Eben erst hat eine andere Mutti es mir am Telefon gesagt. Bin noch ganz aufgeregt. Mein kleiner Liebling: mußt keine Angst haben. Der böse Mann, der das getan hat, wird bestimmt bald gefunden. Die Polizei macht das schon. Bist ganz erschrocken, was? War dumm von mir, hätte es besser nicht erzählen sollen. Hast die alte Frau auch gerne gehabt, nicht wahr? Glaube sogar, sie mochte meinen Carlo besonders gerne. So oft, wie sie dir Bonbons geschenkt hat. Ja, ja, hab ich genau gesehen, als ich dich mal abholen wollte. Aber das ist ja nun vorbei. Komm, Carlo, die Mutti bringt dich ins Bett.

Hier, stell dich auf den Stuhl, dann geht das besser mit dem Ausziehen. Zuerst die Strümpfe. Weiß gar nicht, wie mein kleiner Carlo das macht: immer sauber, die Strümpfe. Hat die Mutti keine Arbeit damit. Jetzt die Hose. Was für kleine Knöpfe! Laß nur, mit deinen Fingerchen kannst du das nicht so gut. Die Mutti macht das schon.

War schon ein bißchen merkwürdig, wie diese Person jeden Tag da herumsaß und sich um fremder Leute Kinder kümmerte. Also, ich hab sie jedenfalls nicht darum gebeten, ich kann auf meinen Carlo selber aufpassen. Stimmt's? Dafür hat sich die Mutti aber einen dicken Kuß verdient. Hmm.

Jetzt ziehen wir das Hemd aus. Auch so viele kleine Knöpfe. Immer sauber, mein kleiner Carlo. Hat schon die Erzieherin damals im Miniclub gesagt. Weißt du, die nette Tante, die dir immer die Schleife gebunden hat, weil es bei dir viel zu langsam ging, und die dich immer lieb gestreichelt hat. Vergessen? Ist vielleicht auch besser. Bei mir ist das anders.

Jetzt das Unterhemd. Schön die Arme hoch.

Mein Gott, ich seh sie noch vor mir, wie sie da lag, im Miniclub, als ich sie fand, in all dem Blut und den Kopf so verdreht. Was für ein Glück, daß mein Carlo schon weg war an dem Tag. Hattest nicht auf die Mutti gewartet, du kleiner Schlingel, warst einfach schon losgelaufen. Wolltest nach Hause. Hat manchmal wohl sein Gutes, wenn man tut, was man eigentlich nicht tun sollte. Bei Mutti ist es eben am besten.

Und jetzt das Schlüpferchen.

Hat sich ja rührend um die Kleinen gekümmert – die Tante. Wollte immer mit den Kindern zusammen einen Mittagsschlaf machen und hat ständig die Kinder an- und ausgezogen. Ich glaube, das hat meinem Carlo nicht gefallen.

Riecht noch ganz frisch, das Höschen.

Aber wenn die Mutti das macht, ist es was anderes.

Ganz nackig.

Komm, die Mutti trägt dich ins Bad. Puh! Bald können wir den kleinen Mann aber nicht mehr tragen. Ist viel zu schwer. Vorsichtig runter in die Wanne und schön geduscht mit warmem Wasser. Zuerst die Haare. Schöne Locken. Wie dein Papi. Wenn der gewußt hätte, daß er mal einen hübschen Sohn bekommt, wär er bestimmt nicht davongelaufen. War schlimm für die Mutti, hat viel geweint damals.

Nur kein Shampoo in die Augen kriegen.

War kein lieber Papi: hat alles mitgenommen. Nur das alte Etui mit dem Kram, den Männer so brauchen, das hat er im Bad liegenlassen. Weiß gar nicht, wo es geblieben ist, das Etui.

Ach, ist schon lange her, und nun haben wir unseren kleinen Carlo, und den lassen wir bestimmt nicht davonlaufen.

So was: erzählt die Mutti wieder lauter dumme, alte Geschichten.

Jetzt seifen wir unseren Carlo erst mal tüchtig ein. Jaa, ganz glitschig. Hier und hier. Doch, doch, hier auch waschen, die Mutti macht das schon. Das ist ganz wichtig, und wenn du mal ein großer … dafür nehmen wir noch ein bißchen mehr Duschgel … großer Mann geworden bist, darfst du das nie vergessen. Hui, jetzt aber schnell ein bißchen Wasser drauf. Oh, war das zu kalt? Da muß die Mutti beim nächstenmal aber besser aufpassen. Alles gut abbrausen. Schönes, warmes Wasser. Und wenn die Mutti ihren Carlo abrubbelt, erzählt er ihr, wie es heute in der Schule war. Schön die Hausaufgaben gemacht? Lernt gerade die Verben. Hab ich gesehen, als ich Carlo die Schulmappe geordnet habe. Tuwörter, haben wir früher gesagt. Und der neue Lehrer ist nett? Sicher besser, ein Mann als Lehrer. Bringt den Kindern hoffentlich tüchtig was bei. Die Lehrerin vorher war ja auch ganz gut. Etwas jung vielleicht. Hat dich gerne gehabt. Weißt du nicht mehr? Wärst ein lieber Junge, hat sie mir auf dem Elternabend erzählt. Schade um sie. Bist sicher traurig gewesen, als sie weg war. Hat ein bißchen viel an den Kindern herumgemacht. War immer dieses Getue bei ihr, dieses Gefummle. Sind doch schon große Kinder. Aber bemüht war sie, das muß man ihr lassen, und schließlich: Solch ein Ende hat sie nicht verdient. Einfach den Hals durchgeschnitten, einfach so. Zisch. Oh, das darf die Mutti nicht sagen, sonst bekommt mein kleiner Liebling schlimme Angst und träumt von solchen Sachen. Schnell ins Bett, den Schlafanzug haben wir schon an, ab ins Schlafzimmer und husch, unter die Decke. Das Beten nicht vergessen. Schön die Hände falten, die Mutti betet mit dir: Lieber Gott, mach mich fromm, daß ich in den Himmel komm. Amen. Fein haben wir das gemacht. Und nun unter die Decke gekuschelt und geschlafen.

Gute Nacht, Carlo.

Wie er die Mutti anschaut. Will sicher noch ein Kitzelküßchen auf die Nasenspitze. Soll er haben. Ptss, da guckt mein Carlo. Und jetzt den Gute-Nacht-Kuß auf die Stirn. Hmm. Wie lieb, legt mein kleiner Goldschatz der Mutti den Arm um den Hals. Ist ein Schmusejunge. Noch ein Küßchen. Mußt die Mutti auch wieder loslassen. Na. Nicht an den Haaren ziehen. Verdrehst mir ja den Kopf. Was soll das? Laß mich los! Was ist…? Was willst…? Woher hast…? Das ist ja…! Wirst doch nicht…! Aber Carlo! Nein! Car…!»

Mordshunger

Essen. Die Zähne spüren im Fleisch. Abbeißen, malmen, kauen. Schwer es auf der Zunge fühlen, gegen den Gaumen quetschen.

Sie stieß die Nagelfeile wieder in die bröselige Wand. Daß er sie im Schlafzimmer eingesperrt hatte, war Freiheitsberaubung und schwer zu beweisen. Aber daß er ihr nichts zu essen gab, jedenfalls nichts Richtiges, damit würde er nicht so einfach davonkommen. Das war Mordversuch.

Essen. Endlich. Der erste Bissen nach so langer Zeit: das fällt schwer. Aber dann: dieser Hunger, diese Gier. Zubeißen!

Mord. Ganz klar.

Gemüse, Salat, Körner. «Ist gesund», hatte er gesagt und das Tablett abgestellt. «Soll keiner sagen können, daß ich mein Täubchen nicht verwöhnt hätte.» – «Laß mich hier raus.» – «60 Kilo. Kein Gramm mehr.» – «Ich will nicht.» – «Ist was anderes als das Zeug, das du dir sonst heimlich reingezogen hast. Schmeckt's?» Sie sah ihn an, kaute mit offenem Mund. «Ob's schmeckt, hab ich gefragt!» Und so schnell, wie er zuschlug, konnte sie nicht ausweichen. Er war ein Killer, dem es Spaß machte, sie zu quälen, sie winseln zu sehen. Er wollte sie umbringen.

Sie schabte hastiger. Gut, daß es eine Altbauwand war. In einem Neubau aus Beton wäre sie nie so weit gekommen.

Pommes, von Fett triefende Pommes, überwabbelt mit Bergen von Mayo. Oder schmierig übergossen mit Strömen von Ketchup, die breit zerlaufen zu Tomatenblutseen und langsam eintrocknen, verkrusten.

Auf dem Weg zum Supermarkt gab es drei Imbißbuden, aber wenn sie es eilig hatte, ging sie nur zu einer. «Wo warst du?» – «Siehst du doch: einkaufen.» Er packte sie, preßte seinen Mund auf ihren, schob seine Zunge zwischen ihre Zähne. Dann stieß er sie zurück. «Hab es gewußt. Du und Diät. Lüge, alles Lüge. Du frißt, was du kriegen kannst. Frißt wie ein Tier.»

Anfangs hatte sie nach jedem Essen Pfefferminzbonbons gekaut, aber im Laufe der Zeit war es ihr zu mühsam geworden, daran zu denken.

«Hab es lange genug ertragen, das Gefasele von Drüsen und diesem Kram. Wolltest mich hinters Licht führen, was? Wohl vergessen, mit wem du es zu tun hast!»

Vorsichtig hatte sie die Tapete neben der Tür gelöst und gekratzt. Sie kapitulierte nicht vor dem Zahlenschloß, das er eingebaut hatte, als sie einkaufen war. Von solchen Dingen verstand er was: War ja auch lange genug sein Job.

Kurz nach seinem Dreh mit der Versicherung hatte sie gemerkt, daß bei ihm was lief. Sie bestand darauf, mit zu der Party zu gehen. Waren ziemlich wichtige Leute da. Gleich zu Anfang ließ er sie am Buffet stehen. Sie aß und aß und beobachtete, wie er den ganzen Abend mit den Frauen redete. Irgendwann stellte er sich bemüht unauffällig neben sie. «Kannst du nicht endlich aufhören mit dem Fressen?» – «Bin ich eingeladen oder nicht?» – «Die Kollegen reden schon.» – «Na und?» – «Du blamierst mich.» Sie kaute, schluckte, wischte mit der Zunge über die Lippen. «Du hast was mit anderen Frauen.» Er rührte sich nicht. «Welche ist es denn?» – «Halt den Teller nicht so schief.» – «Ist sie hier?» – «Es rutscht alles runter.» – «Ich will sie sehen.» – «Halt die Klappe und schrei nicht so!» Sie ließ den Teller fallen. Schlagartig verstummten die Gespräche, und alle blickten zum Buffet. «Ist was?» sagte sie laut. «Hast ja 'nen ganz roten Kopf.»

Er war gewohnt, sich überall durchzusetzen. Wie oft hatte sie das gehört: «Für die Schwachen kein Mitleid!» Einen Bissen. Nur einen, einen ganz kleinen. Dann würde es ihr besser von der Hand gehen: das Schaben an diesem verdammten Loch.

Würste. Dicke, fette Würste. Riesenbockwürste. Currywürste. Knackwürste. Und jetzt: dampfend frischer Bauchspeck.

Die Hand vor den Mund gepreßt, lief sie ins Bad und übergab sich. Aber das würde sie nicht davon abhalten. Man kann sich schnell an etwas gewöhnen. Das Loch brauchte nur groß genug zu sein, um durchgreifen und die Tür von der anderen Seite öffnen zu können.

Das Weißglibbrige unter der Kruste des Schweinebratens auslutschen. Gänsehaut in einem Stück abreißen und durch die Lippen ziehen, daß das Fett übers Kinn den Hals hinunterläuft, zwischen die Brüste vielleicht.

«Fleisch! Gib mir endlich Fleisch!» hatte sie ihn angeschrien. «Sollst du haben», sagte er und kam dicht an sie heran. Sie roch den Bierdunst. «Laß mich.» Er riß ihr die Sachen herunter, stieß sie auf das Bett, fiel über sie her.

Lendenbraten. Schweinehaxe, Hirschkeule. Am liebsten Beefsteak Tatar.

«Spürst du mich? Los, sag's!» – «Spür dich.» – «Daß dich das wahnsinnig macht.» – «Hm.» – «Sag es!» – «Wahnsinnig.» – «Kannst es nicht mehr abwarten, und ich geb's dir. Stöhn! Los!» – «Hm.» – «Verdammt noch mal, du sollst...»

Aber sie kniff die Lippen zusammen, und er kam, hastig wie immer, und es war vorbei. Als er von ihr heruntergerollt war, stand sie auf und ging zum Bad. In der Tür wandte sie sich kaum um, sagte gleichgültig über die Schulter: «Wie du immer so zappelst.» Er kam ihr nach, stellte sich neben sie. «Sieh dich nur an. Alles wabbelig. Das macht doch keinen an. Und hier: ...» er schnippte mit dem Finger an ihren Busen, «... schlabbrige Titten! Aber ich krieg dich schon hin. Morgen kommen Fitnessgeräte. Da wirst du üben, bis du straff bist.» Dann ging er, schloß sie ein, und als er wiederkam, war er betrunken. Schwankend ließ er das Zahlenschloß in der Schlafzimmertür hinter sich einschnappen, zog sich aus und legte sich sofort aufs Bett. «Du wirst dich wundern», lallte er, «du wirst dich noch verdammt wundern», und schlief ein.

Sie kratzte mit der Nagelfeile. Sehr dick konnte die Wand nicht mehr sein. Wie lange würde sie noch brauchen? Zwei Tage? Ja, mehr nicht: zwei Tage. Bis dahin – sie blickte zu dem geknebelten, mit den zerrissenen Laken gefesselten Bündel Fleisch auf dem Bett –, bis dahin würde er reichen.

Henry Kersting, geboren 1946 in Bremen, Studium in Berlin, diverse Lehrtätigkeiten, lebte lange auf Borneo und Bali. Zur Zeit wieder in Berlin. 1987 Walter-Semler-Preis für «Gute Nacht, Carlo!»

Tony Hillerman

Der Zauberer von Chee

Der Schnee ist so wichtig für die Eskimos, daß sie allein neun Substantive kennen, um all seine Varianten zu beschreiben. Das hatte Corporal Jimmy Chee von der Navajo Tribal Police während seines Anthropologiestudiums an der Universität von New Mexico gehört. Er erinnerte sich jetzt daran, weil er an die Worte dachte, die man in der Sprache der Navajos benötigt, um die vielfältigen Formen der Zauberei zu erklären. Das Wort, das Old Woman Tso benutzt hatte, war *anti'l*, was die extremste, absolut schlimmste Art Zauberei war. Und nicht anders verhielt es sich mit der Tat, die anscheinend begangen worden war. Ein Mord, wie es schien. Ganz sicher Verstümmelung, falls Old Woman Tso die Tatsachen richtig dargestellt hatte. Und wenn man außerdem all die Mythologie der Zauberei glaubte, die unter den fünfzig Clans des Volks erzählt wurde, dann mußten Kannibalismus, Inzest, ja sogar Nekrophilie mit im Spiel gewesen sein.

Im Radio in Chees Pickup wurde jetzt die Stimme des Navajo, der für einen Gebrauchtwagen-Laden in Gallup geworben hatte, von Willie Nelson ersetzt, der von Problemen und Sorgen sang. Die Ballade paßte haargenau zu Chees augenblicklicher Stimmung. Er hatte Durst. Er war verschwitzt, und die Kleider klebten ihm am Leib. Er war beunruhigt. Sein Pickup holperte in einer windstillen Hitze die ausgefahrenen Furchen entlang, zog eine weiße Staubfahne hinter sich her, die seinen kurvenreichen Weg über das Rainbow-Plateau markierte. Der Pickup selbst war von einer grauen Staubschicht überzogen. Und auch Jimmy Chee. Seit Sonnenaufgang hatte er vielleicht 200 Meilen Schotterpisten und unbefestigte Feldwege im Grenzgebiet von Arizona, Utah und New Mexico hinter sich gebracht. Zuerst war es eine reine Routinesache gewesen – er war beim Tsossie Hogan nördlich von Teec Nos Pos einer Geschichte über Hexerei nachgegangen, um Ärger und Schwierigkeiten zu unterbinden, bevor sie richtig begannen. Reine Routine und logisch dazu. Ein bitterer Winter, Sandstürme im Frühling, dann ein Sommer der regenlosen, alles austrocknenden Hitze. Hoffnungen starben, Dinge begannen schiefzugehen, Wut und Zorn wuchsen, und dann das Gerede über Hexerei. Ganz logisch und folgerichtig. Ein bitterer Winter, Sandstürme im Frühling, ein Sommer, in dem nichts richtig lief. Das Problem im Sommer-Hogan der Tsossies bestand aus einem kranken Kind und einem Brunnen, dessen Wasser alkalisch geworden war – nichts Unerwartetes oder Ungewöhnliches, keine Überraschung. Aber man rechnete nicht zwangsläufig mit diesem bestimmten Zauberer. Der Skinwalker, darin waren sich die Tsossies einig, das war der City Navajo, der Mann, der in eines der Häuser der Regierung in Kayenta eingezogen war. Warum der City Navajo? Weil jeder wußte, daß er ein Zauberer war. Wo hatten sie das zum erstenmal gehört? Die Leute, die zum Handelsposten bei Mexican Water gingen, hatten es gesagt. Also war Chee über Tohache Wash, vorbei an Red Mesa und Rabbit Ears Richtung Westen nach Mexican Water gefahren. Er hatte Stunden auf der schattigen Veranda zugebracht und damit jenen, die kamen, um hier einzukaufen, ihre Wasserfässer zu füllen oder einfach nur einen Besuch zu machen, Gelegenheit gegeben zu erfahren, wer er war, bis sie es schließlich vielleicht wagten, mit einem Fremden über Zauberei zu sprechen. Sie waren für den Mud Clan und im Many Goats People geboren, gehörten zum Standing Rock Clan – Chees eigenen Slow Talking People fremd –, doch am Ende redeten ein paar von ihnen doch ein bißchen.

Auf dem Rainbow-Plateau trieb ein Zauberer sein Unwesen. Adelin Bountys Stute hatte ein Fohlen mit zwei Köpfen geworfen. Hosten Musket hatte den Zauberer gesehen. Er hatte einen Mann in einen Pryramidenpappel-Hain gehen sehen, doch als er selbst dort ankam, flatterte eine Eule fort. Rudolph Bistis Jungens hatten drei Schafböcke verloren, als sie ihre Herden zu den Weiden im Chuska-Hochland trieben, und als sie dann schließlich ihre Kadaver fanden, waren überall in ihrer Nähe die riesigen Spuren eines Werwolfes. Die Tochter von Rosemary Nashibitti hatte einen großen Hund gesehen, der ihre Pferde verrückt machte und deshalb mit ihrer .22er-Flinte auf ihn geschossen, woraufhin sich der Hund in einen Mann mit Wolfsfell verwandelt hatte und halb laufend, halb fliegend geflohen war. Der alte Mann, der Afraid of His Horses genannt wurde, hatte gehört, wie der Zauberer sich auf dem Dach seines Winter-Hogans zu schaffen machte, und gesehen, wie weißer Schmutz durch den Rauchabzug herunterrieselte, als der Skinwalker versuchte, seinen Leichenstaub hereinzustreuen. Am nächsten Morgen war der alte Mann der Fährte des Navajo-Wolfes etwa eine Meile weit in der Hoffnung gefolgt, ihn zu finden. Doch dann waren die Spuren plötzlich verblaßt. Abgesehen von der Häufigkeit der sich wiederholenden Andeutungen, daß der City Navajo der Zauberer war, hatten die Geschichten nichts wirklich Ungewöhnliches. Doch dann passierte das, was Chee schon erwartet hatte. Der Zauberer hatte einen Mann getötet.

Die Polizistin in der Funkzentrale in Window Rock hatte Willie Nelson schon hin und wieder mit der einen oder anderen halb gebrüllten Meldung unterbrochen. Jetzt sprach sie Chee direkt an. Er bestätigte den Empfang. Sie erkundigte sich nach seinem momentanen Standort.

«Ich bin jetzt ungefähr fünfzehn Meilen südlich von Dinnehotso», sagte Chee. «Unterwegs Richtung Heimat Tuba City. Schmutzig, durstig, hungrig und müde.»

«Ich habe eine Nachricht.»

«Tuba City», wiederholte Chee, «wo ich in weniger als zwei Stunden anzukommen hoffe, gerade noch rechtzeitig, um keine Überstunden machen zu müssen, für die ich sowieso nie bezahlt werde.»

«Die Nachricht lautet: FBI-Agent Wells muß sich mit Ihnen in Verbindung setzen. Können Sie sich heute abend um acht Uhr mit ihm im *Kayenta Holiday Inn* treffen?»

«Um was geht's denn?» fragte Chee. Die Frau in der Funkzentrale hieß Virgie Endecheenie, sie hatte eine sehr nette Stimme, und als Chee ihr das erstemal im Hauptquartier der Navajo Tribal Police in Window Rock begegnet war, hatte es ihn auf der Stelle voll erwischt.

Unglücklicherweise war Virgie für den Salt Cedar Clan geboren, was der Clan von Chees Vater war, wodurch die Geschichte sofort wieder erledigt war, bevor sie überhaupt richtig begonnen hatte. Schon allein der Gedanke daran verstieß gegen das komplexe Inzesttabu der Navajos.

«Ich habe keinerlei Anhaltspunkte dafür, um was es sich handelt», sagte Virgie mit völlig nüchterner Stimme. «Hier steht nur,

Ort und Zeit von Chee bestätigen lassen oder Ausweichtermin vereinbaren.»

«Hat dieser Wells auch einen Vornamen?» wollte Chee wissen. Der einzige Wells vom FBI, den er kannte, war Jake Wells. Er hoffte, daß es nicht Jake war.

«Negativ, was den Vornamen betrifft», sagte Virgie.

«In Ordnung», sagte Chee. «Ich werde dort sein.»

Die Straße führte nun sanft in die ausgedehnte, durch Erosion entstandene Einöde hinab, die die Navajos das Beautiful Valley nennen. Weit im Westen verschwand die Sonne hinter einer Wolke – eine von einer ganzen Reihe Gewitterwolken, die sich in der Abendhitze über den San Francisco Peaks und dem Coconino Rim zusammenzogen. Die Hopis hatten ihre Niman Kachina-Tänze abgehalten, mit denen sie die Wolken anriefen, damit diese kamen und ihnen Erleichterung brachten.

Chee erreichte Kayenta nur ein wenig zu spät. Die Abenddämmerung hatte gerade erst eingesetzt, und die Wolken türmten sich schwarz vor dem Hintergrund des Sonnenuntergangs. Die leichte Brise brachte die kaum merklichen Gerüche mit, die von steigender Luftfeuchtigkeit über das Wüstenland getragen werden – der Duft von Salbei, der stechende Geruch von Creosote-Büschen und der Geruch von Staub. Der Mann hinter der Rezeption sagte, Wells befände sich in Zimmer 284 und hätte den Vornamen Jake. Was Chee jetzt auch nichts mehr ausmachte. Jake Wells war ungehobelt und aggressiv, aber er war auch smart. Er hatte die besten Leistungen im Spezial-Kurs auf der FBI-Akademie gehabt, an dem Chee teilgenommen hatte, sowie einen schnellen, harten Verstand. Chee konnte die Persönlichkeit des Mannes eine Zeitlang ertragen, um zu erfahren, was Wells zu seinem Zauberei-Rätsel sagen konnte.

«Ist nicht abgeschlossen», sagte Wells. «Kommen Sie rein.» Er lehnte gegen das gepolsterte Kopfteil des Bettes, das Hemd ausgezogen, die Schuhe an den Füßen, ein Glas in der Hand. Er warf Chee einen flüchtigen Blick zu und sah dann wieder auf den Fernseher. Er war genauso groß, wie Chee ihn in Erinnerung hatte, und seine Augen genauso blau. Ohne seinen Blick vom Fernseher zu nehmen, deutete er mit seinem Glas auf Chee. «Mixen Sie sich selbst eins», sagte er, deutete mit einem knappen Kopfnicken auf eine Flasche neben dem Waschbecken in der Umkleidenische.

«Wie geht's Ihnen, Jake?» erkundigte sich Chee.

Jetzt sahen diese blauen Augen Chee erneut prüfend an. Die Frage, die unausgesprochen in ihnen stand, verschwand unvermittelt. «Ja», sagte Wells. «Sie sind der von der Akademie.» Er stützte sich langsam auf seinen linken Unterarm und streckte eine Hand aus. «Jake Wells», sagte er.

Chee schüttelte seine Hand. «Chee», sagte er.

Wieder verlagerte Wells sein Gewicht und reichte Chee dann sein Glas. «Gießen Sie mir auch ein Schlückchen nach, wo Sie gerade schon mal dabei sind», sagte er, «und drehen Sie die Lautstärke runter.»

Chee stellte den Fernseher leiser.

«Ungefähr 30 Prozent Stoff.» Wells zeigte mit seinen Händen, wie er das Mischungsverhältnis haben wollte. «Dann ist das hier also Ihr Bezirk. Sind Sie in Kayenta der verantwortliche Mann? Die in Window Rock haben mir gesagt, ich sollte mit Ihnen reden. Die haben gesagt, Sie würden heute irgendwo draußen in der Wüste rumrasen. An welchem Fall arbeiten Sie denn im Moment?»

«Nichts Besonderes», sagte Chee. Er füllte ein Glas mit Wasser und trank es durstig aus. Sein Gesicht im Spiegel war schmutzig – die Falten um Mund und Augen durch den weißlichen Staub deutlich sichtbar. Der Aufkleber auf dem Glas erinnerte die Hotelgäste daran, daß die Gesetze des Tribal Council der Navajos den Besitz alkoholischer Getränke auf dem Gebiet des Reservates verbot. Er füllte sein eigenes Glas wieder mit Wasser und mixte Wells anschließend seinen Drink. «Also, eigentlich arbeite ich gerade an einem Fall, der mit Zauberei zu tun hat.»

«Zauberei?» Wells lachte. *«Wirklich?»* Er nahm Chee den Drink aus der Hand und musterte das Glas nachdenklich. «Wie funktioniert so was denn? So mit Zaubersprüchen und allem?»

«Nein, nicht direkt», sagte Chee. «Kommt ganz drauf an. Vor ein paar Jahren erkrankte unten in der Nähe von Burnt Water ein kleines Mädchen. Ihr Vater tötete mit seiner Schrotflinte drei Leute. Er sagte, sie hätten Leichenstaub auf seine Tochter geblasen und sie dadurch krank gemacht.»

Wells beobachtete ihn aufmerksam. «Straftaten von der Sorte, bei denen anschließend auf Unzurechnungsfähigkeit plädiert wird.»

«Manchmal», sagte Chee. «Wie auch immer, Gerede über Zauberei macht einen nervös. In schlechten Jahren wie diesem kommt es öfter vor. Man hört es, und man versucht herauszufinden, wodurch das Gerede angefangen hat, bevor alles noch schlimmer wird.»

«Dann rechnen Sie also nicht wirklich damit, einen Zauberer zu finden?»

«Normalerweise nicht, nein», sagte Chee.

«Normalerweise?»

«Urteilen Sie selbst», sagte Chee. «Ich erzähle Ihnen, was ich heute aufgeschnappt habe. Sie sagen mir dann, was ich davon halten soll. Haben Sie Zeit?»

Wells zuckte mit den Achseln. «Eigentlich möchte ich mit Ihnen über einen Burschen namens Simon Begay sprechen.» Er sah Chee fragend an. «Den Namen schon mal gehört?»

«Ja», sagte Chee.

«Tja, Scheiße», sagte Wells. «Hätten Sie aber nicht sollen. Was wissen Sie über ihn?»

«Ist vor vielleicht drei Monaten hier aufgetaucht. Ist in eines dieser Häuser des U.S. Public Health Service drüben bei der Kayenta-Klinik eingezogen. Ein Fremder. Ein Einzelgänger. Von irgendwo außerhalb des Reservates. Ich hab mir schon gedacht, daß ihr Jungs von der Bundespolizei ihn hergeschickt habt, damit er draußen von der Bildfläche verschwunden ist.»

Wells runzelte seine Stirn. «Seit wann wissen Sie schon über ihn Bescheid?»

«Eine ganze Weile», sagte Chee. Er hatte bereits eine Woche nach Begays Ankunft von ihm erfahren.

«Er ist ein Zeuge», sagte Wells. «Sie haben unten in Los Angeles einen Ring auffliegen lassen, der sich auf Autodiebstahl in großem Maßstab spezialisiert hat. Eine richtig große Sache. Mit Verbindungen über das ganze Land. Eine dieser Organisationen, bei denen sie sich von irgendwelchen kleinen Handlangern teure Luxusschlitten klauen lassen, die dann schnurstracks auf ein Schiff gefahren und erst in Südamerika wieder abgeladen werden. Dieser Begay ist einer der Handlanger. Kein großer Fisch. Sein Vorstrafenregister reicht bis in seine Jugend zurück, aber alles nur Kleinkram. Ich vermute, er hat irgendwas gesehen, wodurch ein paar der wirklich großen Jungs mit den Verbrechen in Zusammenhang gebracht werden können, also hat das Justizministerium ein Geschäft mit ihm gemacht.»

«Und bis zum Beginn des Prozesses verstecken sie ihn hier draußen?»

Irgendwas war anscheinend dem Tonfall der Frage anzumerken. «Wenn man einen Apfel verstecken will, steckt man ihn zu den anderen Äpfeln», sagte Wells. «Welchen besseren Platz könnte es geben?»

Chee hatte Wells' Schuhe angesehen, die blitzblank poliert waren. Jetzt musterte er seine eigenen Boots, die alles andere als glänzten. Er dachte über die Dummheit des Justizministeriums nach. Das plötzliche Auftauchen eines neuen Menschen in einem so menschenleeren Land wie dem Navajo-Reservat erregte zwangsläufig sofort Interesse. Falls der Fremde ein Navajo war, würden auch sofort Fragen gestellt. Zu welchem Clan gehörte er? Wer war seine Mutter? Zu welchem Clan gehörte sein Vater? Wo lebten seine Verwandten? Der City Navajo hatte auf keine dieser äußerst wichtigen Fragen eine Antwort. Er war (wie Chee wiederholt berichtet worden war) ausgesprochen unfreundlich. Sehr schnell wurde vermutet, daß er einer dieser «Umsiedlungs-Navajos» war, geboren in einer der mehreren hundert Navajo-Familien, die die Bundesregierung vor 40 Jahren in Chicago, Los Angeles und anderen städtischen Gebieten hatte ansiedeln wollen. Er war ein Fremder. In einem Jahr der Zauberer und Hexen mußte der Verdacht einfach auf ihn fallen. Chee saß da und starrte weiter seine Schuhe an, fragte sich, ob das wohl die einzige Grundlage für die Anklage war, daß der City Navajo ein Skinwalker war. Oder hatte irgendwer irgend etwas gesehen? Hatte irgend jemand den Mord beobachtet?

«Die Sache mit den Äpfeln ist nur die, daß sie nicht tratschen», sagte Chee.

«Haben Sie irgendwelches Gerede über Begay gehört?» Wells hatte sich jetzt aufgesetzt, seine Füße auf den Boden gestellt.

«Sicher», sagte Chee. «Wie ich höre, ist er ein Zauberer.»

Wells lachte trocken und ohne jeden Humor. «Erzählen Sie mir davon», sagte er.

Chee wußte ganz genau, wie er es erzählen wollte. Wells würde eine Weile warten müssen, bis er zu dem Teil kam, bei dem es um Begay ging. «Die Eskimos kennen neun Substantive für Schnee», begann Chee. Er erzählte Wells von den vielfältigen Formen der Zauberei innerhalb des Reservates und seiner Umgebung: über die Zauberei der Raserei, die für sexuelle Eroberungen benutzt wurde, über auf Hexerei basierende Verzerrungen, über Heilungszeremonien, über die exotische Zauberei der zwei Herzen des Hopi Fog Clans, über die Zuni Hexer-Bruderschaft, über den *chindi* der Navajos, der allerdings eher ein Geist als ein Zauberer ist, und schließlich erzählte er auch von dem Navajo Wolf, der *anti'l*-Zauberei, den Werwölfen, die jedes Tabu der Navajo-Lebensweise pervertieren und Leichenstaub verwenden, um ihre Opfer zu töten.

Wells ließ die Eiswürfel in seinem Glas klingeln und sah auf seine Uhr.

«Und jetzt kommen wir zu Ihrem Begay», sagte Chee. «Vor ungefähr zwei Monaten sind uns die ersten Gerüchte von Hexerei zu Ohren gekommen. Nichts Besonderes eigentlich, und während einer Dürreperiode rechnet man eigentlich auch immer damit. In letzter Zeit allerdings haben die Gerüchte mehr als gewöhnlich zugenommen.» Er schilderte ein paar der Geschichten und auch, wie sich Unruhe und Angst über das Plateau ausgebreitet hatten. Er schilderte, was er an diesem Tag erfahren hatte, daß die Tsossies in dem City Navajo den Zauberer sahen, dann von seiner Fahrt nach Mexican Water und wie er dort erfuhr, daß der Zauberer einen Mann getötet hatte.

«Sie haben gesagt, es wäre im Frühjahr passiert... vor ein paar Monaten. Sie haben mir erzählt, daß die Tso-Leute über die Sache Bescheid wüßten.» Das Reden über Mord hatte, wie Chee bemerkte, Wells' Interesse wieder geweckt. «Ich bin dort raufgefahren», fuhr er fort, «und habe die alte Frau aufgesucht, die die Gruppe leitet. Emma Tso. Sie sagte mir, daß ihr Schwiegersohn auf der Suche nach ein paar Schafen draußen gewesen wäre und etwas gerochen hätte, dann die Leiche in einer ausgetrockneten Auswaschung unter ein paar *Chamiso*-Büschen gefunden hätte. Ein Zauberer hatte ihn getötet.»

«Wie...»

Chee schnitt seine Frage ab. «Ich habe sie gefragt, woher er denn wußte, daß es ein Hexer gewesen war, der den Mann ermordet hatte. Sie sagte, seine Hände wären so ausgestreckt gewesen.» Chee streckte seine Hände mit nach oben gedrehten Handflächen aus. «Sie waren gehäutet worden. Die Haut war von den Handflächen und Fingern abgelöst worden.»

Wells hob fragend seine Augenbrauen.

«Daraus stellt der Zauberer das Leichenpulver, den Staub von einem Toten her», erklärte Chee. «Sie nehmen die Hautpartien, die die unverwechselbaren Wirbel und Furchen der Persönlichkeit eines Menschen tragen – die Haut von den Handflächen und Fingerkuppen und Fußsohlen. Sie nehmen das und die Haut von der Eichel des Penis und die kleinen Knochen von der Stelle, an der der Hals mit dem Schädel verbunden ist, und das alles trocknen sie dann und pulverisieren es und benutzen es als Gift.»

«Sie kommen aber jetzt jeden Augenblick auf Begay», sagte Wells. «Richtig?»

«Wir sprechen bereits von ihm», sagte Chee. «Er ist derjenige, den sie für den Zauberer halten. Er ist der City Navajo.»

«Dachte mir schon, daß Sie das sagen würden», meinte Wells. Er rieb mit dem Handrücken eines seiner strahlend blauen Augen. «City Navajo. Ist es so offensichtlich?»

«Ja», sagte Chee. «Und dann ist er auch noch ein Fremder. Die Leute hier mißtrauen jedem Fremden.»

«Sind sie bei ihm gewesen? Haben sie ihn angeklagt? Beschuldigt? Irgendwelche Drohungen vielleicht? Irgend etwas in der Richtung, was meinen Sie?»

«Nein, so würde es nicht laufen... solange nicht ein Familienangehöriger von irgendwem getötet worden ist. Mit einem Hexer wird man fertig, indem man einen Sänger engagiert und eine besondere Art von Heilungszeremonie durchführt. Dadurch wird die Hexerei in ihr Gegenteil verkehrt und der Zauberer getötet.»

Wells machte eine ungeduldige Handbewegung. «Was auch immer», sagte er. «Ich glaube, daß irgend etwas diesem Begay Angst eingejagt haben muß.» Er starrte in sein Glas, hielt Zwiesprache mit dem Bourbon. «Ich weiß nicht.»

«Ist an seinem Verhalten irgend etwas ungewöhnlich?»

«Scheiße, ich weiß ja nicht mal, wie er sich normalerweise verhält. Das war nicht mein Fall. Der Agent, der die Geschichte ursprünglich bearbeitet hat, ist in Pension gegangen oder was weiß ich, also hab ich jetzt den wunderbaren Job am Hals, ihn zurückbringen zu dürfen.» Er hob seinen Blick vom Glas und sah Chee an. «Aber wenn's hier um mich gehen würde, wenn ich mich hier verkrochen hätte und warten würde, und wenn dann der Bursche kommen würde, der mich wieder nach Hause bringen soll, dann würde ich ganz bestimmt gottverdammt froh sein, ihn zu sehen. Wäre glücklich und froh, daß es endlich vorbei ist. Alles.»

«Und, war er nicht?»

Wells schüttelte seinen Kopf. «Ist mir ziemlich nervös vorgekommen. Aber das ist vielleicht auch wieder nur normal. Er wird schon sehr bald ein paar ziemlich harten Leuten eine Menge Ärger machen.»

«Also, ich wäre bestimmt nervös», meinte Chee.

«Na ja, ich schätze, es spielt sowieso keine große Rolle», sagte Wells. «Er ist nur ein kleiner Fisch. Der Knabe, der sich jetzt bei der Staatsanwaltschaft um die Sache kümmert, hat gesagt, es wäre damals ziemlich fraglich gewesen, ob man sich überhaupt die ganze Mühe mit ihm machen sollte. Er hat gesagt, der stellvertretende Staatsanwalt, der die Sache bearbeitet hat, hätte überhaupt nur deshalb beschlossen, ihn hier zu verstecken, um ganz sicher zu gehen. Nur für alle Fälle.»

«Dann weiß Begay im Grunde also gar nicht viel?»

«Ich schätze nicht, nein. Das, und dann haben sie auch noch bessere Zeugen.»

«Wieso machen Sie sich dann noch Sorgen?»

Wells lachte. «Ich bringe dieses kleine Arschloch zurück, und dann stellen sie ihn in den Zeugenstand, und er beantwortet alle Fragen mit *Ich weiß nicht*, und dann steht der District Attorney doch wie der letzte Trottel da. Und wenn ein U.S. Attorney wie der letzte Trottel dasteht, dann sucht er sich immer einen FBI-Agenten, dem er dafür die Schuld in die Schuhe schieben kann.» Er gähnte. «Deshalb», sagte er durch sein Gähnen, «will ich von Ihnen wissen, was Sie davon halten. Das hier ist Ihr Territorium. Sie sind der verantwortliche Officer. Glauben Sie, daß irgendwer meinen Zeugen auf die eine oder andere Weise eingeschüchtert hat?»

Chee ließ die Frage im Raum stehen. Er benötigte einen Sekundenbruchteil, um die Antwort zu finden, die lautete, ja, es wäre schon gut möglich gewesen, wenn sie es wirklich hätten versuchen wollen. Dann dachte er über den wirklichen Grund nach, wieso Wells ihn ohne eine Mahlzeit im Bauch und ohne vorher geduscht zu haben Überstunden machen ließ. Zwei Sätze in Wells' Bericht. Einer davon würde erwähnen, daß die Möglichkeit, ob sich jemand dem Zeugen genähert hatte, mit der örtlichen Navajo-Polizei abgeklärt worden wäre. Der nächste würde wiedergeben, was Chee auch immer als nächstes sagte. Wells hätte sich damit an die Regel Nummer eins aller Bundesbehörden gehalten: zuerst immer den eigenen Arsch schützen.

Chee zuckte mit den Achseln. «Wollen Sie den Rest von meiner Zauberei-Geschichte hören?»

Wells stellte seinen Drink auf den Beistelltisch und band seine Schuhe auf. «Hat's irgendwas mit dieser Sache hier zu tun?»

«Wer weiß? Jedenfalls, viel ist es sowieso nicht mehr. Ich werde Ihnen die Entscheidung überlassen. Der Punkt ist, daß wir die Leiche bereits geborgen hatten, die Emma Tsos Schwiegersohn fand. Irgend jemand hatte uns das schon vor Wochen gemeldet. Die Leiche wurde also abgeholt und zur Autopsie gebracht. Es war ein männlicher Navajo, irgendwo im Alter zwischen dreißig und vierzig. Keinerlei Papiere.»

«Woran ist der Bursche denn gestorben?»

«Keinerlei Anzeichen auf einen gewaltsamen Tod», sagte Chee. «Zu dem Zeitpunkt, als die Leiche sichergestellt wurde, hatten Verwesung und Aasgeier schon nicht mehr viel von ihm übriggelassen. Hauptsächlich Knochen und Knorpel, schätze ich. Das war lange Zeit, nachdem Emma Tsos Schwiegersohn ihn gesehen hatte.»

«Und wie kommen die darauf, daß Begay ihn ermordet hat?» Wells zog seinen zweiten Schuh aus und ging zum Bad hinüber.

Chee nahm das Telefon ab und wählte die Nummer der Kayenta-Klinik. Er bekam den Verantwortlichen der Nachtschicht an den Hörer und wartete, während der Mann die Akte ausgrub. Wells kehrte mit seiner Zahnbürste aus dem Bad zurück. Chee legte eine Hand über die Sprechmuschel. «Ich lasse mir gerade den Autopsiebericht vorlesen», erklärte Chee. Wells begann sich am Becken in der Umkleidenische die Zähne zu putzen. Die Stimme des Mannes von der Nachtbereitschaft dröhnte monoton in Chees Ohr.

«Das ist alles?» fragte Chee. «Kein Zusatz, nichts? Immer noch nicht identifiziert? Immer noch keine genaue Todesursache?»

«Genau», sagte die Stimme.

«Was ist mit Schuhen?» fragte Chee. «Hatte er Schuhe an?»

«Sekunde. Ja. Größe 44. Und einen Hut, und...»

«Vom Hals oder Schädel steht da nichts weiter, richtig? Das hab ich doch nicht überhört, oder? Es fehlen keine Knochen?»

Schweigen. «Nein, nichts über Hals- oder Schädelknochen.»

«Aha», sagte Chee. «Schön. Vielen Dank.» Er fühlte sich super. Er fühlte sich wunderbar. Schließlich hatte sich das Puzzle doch noch zusammengefügt. Der Hexer war ausgetrieben worden. «Jake», sagte er. «Lassen Sie mich Ihnen noch ein bißchen von meinem Hexerei-Fall erzählen.»

Wells spülte sich gerade den Mund aus. Er spuckte das Wasser in das Becken und sah Chee amüsiert an. «Ich hab bis jetzt noch nicht dran gedacht», sagte Wells, «aber Sie haben doch eigentlich gar kein Hexerei-Problem. Wenn Sie es bei dieser Leiche bei einer natürlichen Todesursache belassen, dann gibt es keinen Fall. Wenn Sie beschließen, daß es Mord war, sind Sie sowieso nicht dafür zuständig. Mord in einem Indianerreservat fällt in den Zuständigkeitsbereich des FBI.» Wells grinste breit. «Und dann kommen wir und finden Ihren Zauberer für Sie.»

Chee sah seine Boots an, die immer noch staubig waren. Sein Appetit war inzwischen verschwunden, wie es für gewöhnlich der Fall war, wenn er eine Stunde über seine übliche Essenszeit hinaus war. Er sehnte sich immer noch nach einem Bad. Er nahm seinen Hut in die Hand und wuchtete sich vom Sessel hoch.

«Ich fahre jetzt nach Hause», sagte er. «Das einzige, was Sie jetzt noch nicht über den Hexerei-Fall wissen, ist das, was ich gerade aus dem Autopsie-Bericht erfahren habe. Die Leiche hatte Schuhe an, und es fehlten auch keine Hals- oder Schädelknochen.»

Chee öffnete die Zimmertür, blieb darin stehen und warf einen Blick zurück. Wells nahm gerade seinen Schlafanzug aus dem Koffer. «Und welchen Rat können Sie mir geben? Was können Sie mir zu meinem Hexerei-Fall sagen?»

«Um Ihnen die reine Wahrheit zu sagen, Chee, ich glaube nicht an Zauberer und Hexerei», sagte Wells. «Seit ich ein kleiner Junge gewesen bin schon nicht mehr.»

«Aber wir haben jetzt wirklich keinen Fall von Zauberei mehr», erwiderte Chee. Er sagte es völlig ernst. «Er hatte immer noch seine Schuhe an, also ist die Haut von seinen Fußsohlen auch nicht abgelöst worden. Keinerlei Halsknochen haben gefehlt. Und das alles braucht man, wenn man Staub von einem Toten machen will.»

Wells zog sein Unterhemd über den Kopf. Chee hatte es plötzlich eilig.

«Was wir jetzt haben, ist ein weiteres kleines Rätsel», sagte Chee. «Wenn man hinter dem Zeug nicht her ist, um Leichenstaub daraus zu machen, wieso dann die Haut von den Händen dieses Burschen lösen?»

«Ich gehe jetzt duschen», sagte Wells. «Muß meinen Begay morgen zurück nach L. A. bringen.»

Draußen war die Temperatur gesunken. Von Westen her wehte ein leichter Luftzug, trug den Geruch von Regen mit sich. Drüben, auf der anderen Seite der Grenze nach Utah, über dem Coconino Rim, über dem Rainbow-Plateau, zuckten Blitze und hinterließen ein Leuchten auf dem Himmel. Der Sturm hatte sich aufgebaut. Der Sturm war in Bewegung. Der Himmel war schwarz davon. Chee stand in der Dunkelheit, lauschte auf das dumpfe Grollen des Donners, atmete tief den Duft ein und genoß ihn.

Er stieg in seinen Pickup und ließ den Motor an. Wie hatten sie es gedreht? Und wieso? Vielleicht war der FBI-Agent, der Begay kannte, ja wirklich in Pension gegangen. Vielleicht war auch ein kleiner Unfall arrangiert worden. Den stellvertretenden Staatsanwalt loszuwerden, der den Zeugen ebenfalls kannte, dürfte noch einfacher gewesen sein – eine Frage, ihm einfach einen besseren Job anzubieten als den für die Regierung. Damit gab es dann niemanden mehr, der wußte, daß dieser kleine Fisch von einem Zeugen nicht Simon Begay war. Und wer war er? Wahrscheinlich gab es auch noch andere Mitglieder der Navajo-Gemeinschaft unten in Los Angeles, die Autos für sie stahlen. Vielleicht war es genau das gewesen, was sie auf diesen Plan gebracht hatte. Für die meisten Weißen sah ein Navajo wie der andere aus, genau wie für Chee während seiner ersten Jahre auf dem College alle weißen Männer nur aus rosafarbener Haut, Sommersprossen und hellen Augen bestanden hatten. Und was würde der Schwindler sagen?

Chee grinste. Er würde sagen, was immer nötig war, um den Schatten von Zweifel auf die Argumentation der Anklage zu werfen, um den fatalen «berechtigten Zweifel» auf die Punkte der Anklage zu werfen, um – wie Wells sich ausgedrückt hatte – den U.S. District Attorney wie den letzten Trottel dastehen zu lassen.

Chee fuhr zwanzig Meilen westlich von Kayenta in den Regen. Riesige, kalte Tropfen trommelten auf das Dach seines Pickup und verwandelten die Landstraße in ein gewundenes Band aus Wasser. Morgen würden die Straßen im Hinterland unpassierbar sein. Sobald sie wieder getrocknet und die Auswaschungen repariert worden wären, würde er noch einmal zum Tsossie Hogan fahren und zum Haus der Tso und an all die anderen Stellen, von wo aus sich die Neuigkeit schnell herumsprechen würde. Er würde den Leuten sagen, daß sich der Zauberer jetzt im Gewahrsam des FBI befand und für immer vom Rainbow-Plateau verschwunden wäre.

Tony Hillerman wuchs auf einer Farm in Oklahoma auf und besuchte acht Jahre lang als Tagesschüler ein Internat für Indianer. Heute hat er einen Lehrstuhl für Zeitungswissenschaften an der University of New Mexico. Im Juni erscheint der Band «Wer die Vergangenheit stiehlt» (Nr. 2931) in der Reihe rororo-thriller.

Uta-Maria Heim
Die Wut der Weibchen

Der Neueste Deutsche Frauenkrimi
lechzt nach Jelineks «Lust»

Es ist nicht schwerer zu beschreiben, daß ein Penis in eine Vagina dringt, als daß ein Bleistift in eine Tasche gesteckt wird.
Marcel Reich-Ranicki

Das Bestehende sehnt sich danach, von euch gefickt zu werden, und eure Erzieher sehnen sich danach, euch dabei zuzuschauen.
Markus Werner

Das Jahrzehnt endete mit großem Gestöhne. Noch nie ging's in der guten Stube der bundesdeutschen Literatur derartig lustvoll und zügellos zu. Offensichtlich herrscht da deftiger Nachholbedarf, beim Finden der Wörter für das Erotische, Obszöne, Sexuelle. Nach der Wohlanständigkeit bürgerlicher Ichfindung entdeckt man nun auch noch jene dunklen Flecken, die bislang unterm Schleier der Selbsterfahrung verborgen blieben. Und stürzt sich gierig aufs letzte Tabu, die eigene Scham. Wie könnte es sonst sein, daß die Autoren und bevorzugt die -innen sich reihenweise ausziehen und an die Wand stellen, um sich von der Literaturkritik auf ihre undichten Stellen hin abklopfen zu lassen?

«Die Literatur im Sinnentaumel – nur keine Müdigkeit vorschützen», überschrieb Volker Hage sein apartes Glößchen «Lustspiele» in der *Zeit*[1]. Das Frühjahr 1989 habe den Frauen gehört, im Herbst seien die Männer nachgezogen, stellt der Literaturchef geistesgegenwärtig fest. Untermauert wird diese wackere Beobachtung vom Name-dropping der allseits bekannten Neuerscheinungen wie Elfriede Jelineks «Lust», Lilian Faschingers «Lustspiel», Benoîte

Groults «Salz auf unserer Haut» einerseits und andererseits Botho Strauß' «Kongreß» und Jürg Federspiels «Geographie der Lust».

Tja. Ihr könnt euch wieder anziehen, ihr Literaten, denn es wird viel geglotzt und nichts begriffen. «Literatur obszön – die Frauen beschreiben ihre Lust», hieß es auf dem *Stern*-Titel im April letzten Jahres.[2] Drinnen «berichtete» Siegfried Schober dann, «wie frei Frauen sich freischreiben». «Die neue Lust: Lust auf ‹Schlimmes›», wo es um «weibliche Sprache», um «Schauder und Schock» geht, ist ein erschreckendes Zeugnis literaturwissenschaftlicher und pornographischer Halbbildung. Und der Speichel des Voyeurs trieft im Reihenhaus.

Besonders scharf ist's freilich, wenn sich Schauder und Schock mit Schund und Sünde verkuppeln. Zwischen wabernden Fleischmassen eine appetitanregend zubereitete Leiche, dahingestreckt mit den Waffen einer Frau – das bringt das Blut erst recht in Wallung! Natürlich ist nicht nur die weibliche Erotik, sondern auch der Frauenkrimi längst als Trend erfunden. Diesmal war es der *Spiegel* (1/89), der ihn inszeniert hat. «Frauen schreiben sich ihre Kriminalromane selbst», heißt es staunend im Vorspann. Ein Nullsatz, der weder neu noch wahr ist. Frauen schreiben schon jahrzehntelang Krimis, man denke nur an Margery Allingham, Agatha Christie, Patricia Highsmith und Irene Rodrian, die ja schließlich auch schon seit über 20 Jahren veröffentlicht.

Wenn der Frauenkrimi plötzlich der letzte Schrei ist, dann hat das nur eines zum Ziel. Groß herauskommen sollen lediglich die Namen, die in die abgefuckte Mordsweiber-Kiste passen und dem Erotik-Fimmel noch eins draufsetzen: Doris Gercke, Christine Grän, Sabine Deitmer und Pieke Biermann. Feinfühlige Weiblichkeit wie bei Irene Rodrian oder Lydia Tews muß da freilich rausfallen. Sonst wäre ja offensichtlich, daß der Neueste Deutsche Frauenkrimi gar kein Trend ist, sondern bloß eine Medienmasche. Eine lose und kaum mehr als zufällige Aufschüttung von Namen. So was kann nur der Weiblichkeit passieren. Kein noch so abgefeimter Zeilenhai käme jemals auf die Idee, ein paar mühsam zusammengeschusterten Männerautoren zu bescheinigen, sie schrieben sich ihre Krimis jetzt selbst.

Ein herausragendes Buch, das sich der Körperwelle in seiner analytischen Aufarbeitung gesellschaftlicher Zusammenhänge radikal widersetzt, ist Elfriede Jelineks umstrittener Bestseller «Lust»[3]. Rein vom Inhalt her ist «Lust» ein Krimi. Psychisch kranke Industriellengattin tötet einzigen Sohn – daraus ließe sich durchaus ein Thriller machen. Daß die krimiverschlingende Frau Jelinek statt dessen lieber einen unverdaulichen Endlostext fabriziert, liegt an ihrer vehementen Weigerung, konsumfähig zu sein. Dennoch ist dieser allem Anschein zum Trotz folgerichtig und spannend geplottete Roman das konsequente Zuendeformulieren dessen, was einige bundesdeutsche Krimi-Frauen parallel dazu ausprobieren.

Ekelerregend beim gegenwärtigen Erotik-Boom ist weniger die voreilige und vergebliche Prostitution der Autorinnen als das masochistische Verhältnis, das sie zu ihren Zuhältern, den Medien, haben. Das fängt ganz subtil an, da, wo man's gar nicht merkt. Bei der Ghettoisierung nämlich. Sind zwei oder drei Schriftstellerinnen im Namen des Literaturbetriebs versammelt, so werden sie sogleich zum Trend vermarktet.

Wenn Frauen über das Obszöne schreiben, dann ist das geil. Aber nur, solange sie es zum Plaisirchen der Chauvinisten tun. Deshalb müht sich die Medienwelt redlich, so schnell wie möglich alles in den Griff zu kriegen, was in der weiblichen Schreibe arbeitet. Als sogenannter Trend wird die Auseinandersetzung mit der Körperlichkeit hochgeputscht, um sie allseits verfügbar und kontrollierbar zu halten. Sex ist Männersache, Männer bestimmen, was Sex ist, wie er auszusehen hat und wer wie darüber spricht. Wenn ein Mann über den Sex spricht, dann ist das Politik. Wenn eine Frau über den Sex spricht, dann ist das ihr Männerproblem. Was wiederum dazu dient (wenn es schon thematisiert wird), die Männerphantasien aufzuheizen. Eine Frau, die widerliche sexuelle Dramen beschreibt, wird als krank abgestempelt. Diese scheinbare Krankheit muß dafür herhalten, die Perversität und Kümmerlichkeit der Pornographen zu legitimieren.

Der Roman «Lust» ist kein Trend, er ist ein Anti-Trend. Ein unverdauliches Werk, in dem es darum geht, mittels einer verqueren sprachlichen Ästhetik die Vergeblichkeit sexuellen Tuns zwischen den Geschlechtern bloßzustellen. Die Lust am Lesen wird durch die Form unmöglich gemacht. Nur so, als bewußte Verweigerung, kann der Wiener Schriftstellerin die Umsetzung ihres Stoffes konsequent gelingen. «Die ‹Lust› soll nicht konsumiert werden wie kommerzielle Pornographie. Sie soll durch ästhetische Vermittlung dem Leser ins Gesicht zurückschlagen» [4], hofft Elfriede Jelinek.

Gerti, Ehefrau eines Papierfabrikanten und Mutter, spielt dabei die Hauptrolle. Wie das gesamte Personal dieses Romans ist sie eine Kunstfigur. Als Sterotyp für die gesellschaftliche Rolle der Frau erduldet sie die sexuellen Übergriffe ihres Mannes sowie ihres Liebhabers, ohne dazu eine eigene Ich-Position einzunehmen: «Ihr Verstand wütet in ihrem Kopf und stößt gegen die Schädelwanne, in der er aufbewahrt ist, d. h., er stößt an seine Grenzen.» [5] Als Akt der Identitätsfindung steht am Schluß die Ermordung des eigenen Sohnes. Ein vergeblicher Entschluß, doch noch mit dem Leben anzufangen. Denn sie wird dem Drängen des Mannes nicht entkommen, der «seinen wilden Karren in den Dreck der Frau fahren» [6] will. Ihren Versuch, eine weibliche Sprache für das Obszöne zu finden, sieht Elfriede Jelinek jedoch als gescheitert an: «Beim Schreiben wurde mir klar, daß die Männer die pornographische Sprache mehr als jede, sogar mehr als die Kriegs- und Militärsprache für sich usurpiert haben und daß dem etwas entgegenzusetzen auf jeden Fall bedeutet, daß man scheitern muß.» [7]

«Lust» ist in seiner denunziatorischen Radikalität, gepaart mit ästhetischer Ungenießbarkeit, ein einzigartiges Werk, das die Grenzen bisheriger literarischer Versuche von Frauen, über das Sexuelle zu sprechen, bei weitem sprengt. Das Buch leistet nicht nur eine Analyse dessen, was der herrschende Sexus für diese unsere Machtverhältnisse bedeutet, es analysiert zugleich – in doppelter Hinsicht – die gesellschaftlichen Bedingungen des eigenen Schreibens: Erstens, was die Konsequenzen aus der dritten technologischen Revolution betrifft, und zweitens, was die Folgen der jahrhundertealten Sprachlosigkeit der Frau angeht. Elfriede Jelinek räumt auf mit aller Verlogenheit. Konsequent verzichtet sie auf das psychologische Ich, sie arbeitet ausschließlich mit Stereotypen und Formeln. Ihre Figuren sind Software-Systeme, die sie selbst, als Autorin, mit Software in ein System einspeist. Mit dem Produkt «Lust» greift Elfriede Jelinek die Produktionsweise an, die solch ein Produkt hervorbringt – indem sie eben jene Produktionsweise nutzt.

Als Schriftstellerin verarbeitet Jelinek Text. Sie rührt dabei an die eigene Sprachlosigkeit, an das Abgeschnittensein vom Wort. Pietätlos zerreißt sie die Perlen der (männlichen) abendländischen Kultur zu Fleischfetzen. Hölderlins unübertroffenes «Wohin denn ich? Es leben die Sterblichen / Von Lohn und Arbeit; wechselnd in Müh und Ruh / Ist alles freudig; warum schläft denn / Nimmer nur mir in der Brust der Stachel?» [8] wird in «Lust» zur Kenntlichkeit entstellt: «Ringsum leben die Sterblichen von Lohn und Arbeit, sie leben nicht ewig und leben nicht wohl. Jetzt haben sie aber schon von der Müh zur Ruh gewechselt, in ihrer Brust schläft der Stachel, weil sie kein eigenes Badezimmer haben.» [9] Hier wagt es eine Frau, sich frech und respektlos ins tradierte Kulturgut einzumischen. Sie klaut bei Hölderlin, sie parodiert ihn, ohne ihre Quelle auch nur mit einem Wort zu nennen. Und maßt sich an, mit Hölderlin als einer namenlosen Unperson zu konkurrieren, von Frau zu Frau. Hölderlin – und damit das männliche Kulturerbe – wird kastriert, sein Ich ausgelöscht. Klarer und schöner kann Männerhaß nicht zum Ausdruck kommen als in der Kastration des erigierten Ichs der Dichter.

Daß der schon zitierte Herr Hage der Jelinek attestiert, ihre «einzige Leistung» sei, «die pornographische Sprache zu verwenden, ohne daß auch nur ein Schimmer von Lust aufkommt», was «nicht einmal ein Kunstgriff zu nennen sei» [10], liegt daran, daß er das Buch entweder nicht gelesen hat oder daß es ihm an der nötigen Bildung fehlt. Ein Einsamer, der im Alleingang äußerst produktiv und klug mit der «Lust» umgeht, ist dagegen Michael Scharang in *literatur konkret 1989/1990* (das die Masche der weiblichen Erotik reflektiert). Sein Aufsatz «Lebenselixier auf dem Misthaufen» ist mit das Beste, was zum Thema erschienen ist. Wenn er Elfriede Jelinek bescheinigt, sie habe die Sexualität «vom Kopf auf die Beine» [11] gestellt, so bleibt dem nur hinzuzufügen: Alles, was hinter «Lust» zurückfällt, dient dazu, die alten, verlogenen Mythen erneut heraufzubeschwören, und ist somit reaktionär.

Dieses Herausgreifen von ein paar Alibischreiberinnen, dem auch die Jelinek zum Opfer fällt, ist nicht nur zutiefst ahistorisch, sondern auch stinklangweilig. Erst wenn man von Frauen geschriebene Literatur und Kriminalliteratur als einen Teil der gesamten literarischen Entwicklung [12] sieht, wird es interessant. Denn der «weibliche» Krimi hierzulande bewegt sich auf das zu, was die Jelinek in «Lust» bereits restlos einlöst.

In «Lust» ist die Stereotypisierung des Personals vollkommen, das Ich und die Psychologie sind tot. Der Stoff reduziert sich auf die Wiedergabe von vorgefertigten Programmen. Jelineks Methode zur Analyse gesellschaftlicher Prozesse ist dabei die Denunziation des Erotischen und Obszönen. Das ist keinesfalls ein Trend, sondern vielmehr ein literarischer Wandel, dem sich auch der Kriminalroman unterwirft.

Gehen wir in der Neuen Deutschen Krimigeschichte ein paar Jahre zurück, und analysieren wir den Sinnentaumel nicht der Schreibenden, sondern jener ihrer Figuren. Was für weibliche Helden gab und gibt es? Wie sieht es mit ihrem Ich, wie sieht es mit ihrer Sexualität aus? Die Entwicklung, die vor knapp zwanzig Jahren einsetzt, beginnt beim Ich und endet beim Sex.

Eine der ersten weiblichen Heldinnen des Neuen Deutschen Kriminalromans entsprang einem männlichen Hirn. Richard Hey rekonstruierte mit der Berliner Kommissarin Katharina Ledermacher den klassischen Whodunit des englischen Rätsel-Krimis. Sein vielleicht bedeutendster Kriminalroman von 1973, «Ein Mord am Lietzensee» (wieder aufgelegt 1989), behandelt auf trefflich sozialkritische Weise die Probleme von Rockern und Rentnern.[13] Die «Ledermacherin» wagt darin einen Alleingang: Gegen die geballte Macht der Kollegen verfolgt sie nach dem Mord an einem alten Mann eine abseitige Spur. Und hat mit ihrer eher gefühligen als rationalen, also typisch weiblichen Methode Erfolg. Die Täter finden sich nicht, wie vom Rest der Welt vermutet, in einer Rockerclique, sondern im ausgegrenzten Abseits des Altenheims. Das ironisch aufgerauhte Happy-End findet seine Befriedigung nicht in der Staatsgewalt, sondern in der Lynchjustiz der Randgruppen.

Richard Hey erfüllt damit die Forderung, mit der die «Neuen Deutschen» angetreten sind: Die psychologisierende Variante der angelsächsischen Kriminalliteratur wird, zum Wohle der allseitigen Kritik, in die soziologische Dimension überführt. Da ist es unabdingbar, daß das Ich im Zentrum steht, samt Biographie, Kindheitsgeschichte und Stammbaum. Immer wieder müssen Absätze eingeschoben werden, in denen auf meist lähmende Weise im Lebenslauf herumgestochert wird. So steht Katharina Ledermacher höchst brisant auf der Kippe zwischen politischer Aktion und Selbsterfahrung, wie könnt's anders sein im Jahre 1973! Allein was fehlt, und das ist ein wiederkehrendes Merkmal des gesellschaftskritisch properen und sozialisationsfixierten Neuen Deutschen Kriminalromans der siebziger Jahre, das ist der Sex. Die «Ledermacherin» ist nicht unerotisch oder frigide, sie ist schlicht asexuell. Wie furchtbar, gemessen an der ganzheitlich gewollten Menschlichkeit des Personals.

Da hilft auch der Freund nicht, ein Studienrat, mit dem Katharina nach kürzester Frist ein unsäglich pantoffeliges Verhältnis eingeht – zumal es, vom Frischhaltedatum her, noch ungezügelt abgehen müßte. Statt dessen schlafen sie in züchtigem Abstand und lesen sich morgens aus der Zeitung vor. Wenn's besonders leidenschaftlich wird, trinken sie Glühwein in getrennten Zimmern. Sie nennen einander «Schöne» und «Dicker»,[14] und dabei riecht's verdächtig nach Bratkartoffeln. Das einzige Mal im ganzen «Lietzensee» in Ansätzen erregt ist die Mittdreißigerin *Leder*macher ausgerechnet in einer Telefonzelle, als sie sieht, daß ihr Begleiter, ein jugendlicher Rocker, «unter der straff anliegenden schwarzen Lederhose einen Ständer» hat. Da ist sie dann freilich «überrascht» über diese «animalische Mechanik» und reagiert entsprechend «mürrisch».[15] Nein wirklich, sexuell gesehen ist Katharina Ledermacher, trotz des aufreizenden Namens, eine der trostlosesten Figuren des Neuen Deutschen Krimis.

Diese Haltung, sozialisationslüstern auf ein Ich einzuschreiben, verselbständigte sich und überwucherte Sex & Crime fast vollständig, bis sie plötzlich, Mitte der achtziger Jahre, epigonal wurde und in ihr rasantes Gegenteil umschlug. Kurz vor dieser zwangsläufigen Wende, also dort, wo die erschriebene Individualität des Personals sich verselbständigt, steht 1984 Lydia Tews Kriminalroman «Störung der Totenruhe».[16] Ein handwerklich sorgfältig durchgeplotteter Whodunit, der nicht nur wie bei Richard Hey auf die Strafe der Gerechten verzichtet, sondern auch den eigentlichen Fall im Halbdunkel läßt. Nicht einmal um einen richtigen Mord, lediglich um den vorgetäuschten Selbstmord einer natürlich gestorbenen Leiche dreht sich die «Totenruhe». Den Hintergrund liefert ein Umweltskandal, hervorgerufen durch ein Chemiewerk in einem idyllischen Kurort nahe Heilbronn. Im Gegensatz zu den anderen drei Kriminalromanen der 1951 geborenen Autorin gibt nicht die Stuttgarter Hauptkommissarin Elfriede Schumann den Ton an, sondern die knapp fünfundzwanzigjährige Zeitungsvolontärin Regina Schaube.

Bis in die Feinstrukturen lassen sich dabei Bezüge nachweisen zu Felix Hubys Debüt «Der Atomkrieg in Weihersbronn» [17]. Zunächst vertauscht Tews einfach die Rollen: Hubys heldenhafter Berufszyniker, der Journalist Hans Kilper, macht der frischfröhlichen Frau Schaube Platz, dessen kleine Komplizin Anne Muthesius weicht dem Sensibelchen Martin Bross. Die Art, wie sich die ungleichen Paare jeweils kennenlernen, ist dieselbe. Nur daß Huby es wagt, den frisch gebadeten Kilper splitternackt im Türrahmen erscheinen zu lassen, während sich Bross bei Tews lediglich die Haare gewaschen hat. «Herr Kilper hat soeben mal wieder eine seiner Heldentaten begangen», heißt's im Schlußzitat des «Atomkriegs» säuerlich, und spiegelverkehrt Schlußzitat Frau Tews: «'s Mädle spinnt mal wieder.» Im übrigen paßt Hubys weinseliger Bienzle trefflich zu Tews kautzigem Kommissar Bantel, und während hier der Assistent Haussmann heißt, ist's dort ein Hansum.

Dennoch schreibt Lydia Tews keine Parodie, sondern eine zwar freie, aber pflichteifrige Nachdichtung, deren einzige Idee darin besteht, der obligatorischen Sozialkritik noch die Feminismusdebatte anzuhängen. So hat die Schaube freilich allerhand Ärger wegen ihrer Attribute jung, geschieden, vorlaut, unweiblich. Allerdings scheut sich die Autorin vor jeder Indiskretion. Während der ersten, äußerst gequälten Annäherungsversuche zwischen Regina Schaube und Bross wird ununterbrochen züchtig dialogisiert: «Bross stellte sich hinter sie und legte ihr den Arm um die Schulter. ‹Okay, ich gebe zu, daß ich voreingenommen war ...›» Ausgerechnet als der Nebenheld sich kurz vor der erotischen Erfüllung wähnt, diskutiert er manisch über den Kriminalfall und landet darüber mit der Heldin in einer zwar angekündigten, aber ausgesparten Bettszene. [18] Diese Darstellung gleitet ab ins Triviale, weil sie ästhetisch nicht glaubhaft ist. Der Anspruch des weiblichen Blicks, den Lydia Tews mit ihrer Personenkonstellation in den Roman hineinträgt, bleibt unglaubwürdig, da er sprachlich nicht ausgeführt wird. Fast scheint es, als wolle sich Tews mit ihrer hölzernen Schreibweise, mit der Flucht vor jeder Anzüglichkeit für die Weiblichkeit der Heldin entschuldigen. Sie kann ihrer Frau Schaube keine offene Sexualität gestatten, an keiner einzigen Stelle des gesamten Buches. Während der Herr Huby in seinem «Atomkrieg» stets einen dezent poltern-den Chauvinismus parat hat, vermeidet die Tews es ängstlich, dem etwas entgegenzusetzen.

Mit ihrem Erstling «Weiße sterben selten in Samyana» [19] vollzog die ein Jahr jüngere Christine Grän 1986 eine Wende, die bewirkte, daß der Neue Deutsche Frauenkrimi zum medienfähigen Publikumsliebling vermarktet werden konnte. Es handelt sich dabei allerdings weniger um eine bewußte Entscheidung als vielmehr um einen Generationenkonflikt. Lydia Tews mußte als jüngste Vertreterin des klassisch soziologischen Neuen Deutschen Krimis daran scheitern, dieser an Nach-Achtundsechzig orientierten Gattung neue, weibliche Impulse zu geben, weil sich das Ganze erschöpft hatte und nicht wiederzubeleben war. Wie auch ihren geistigen Vätern -ky und Huby gelang es ihr nicht, den Absprung zu schaffen, obwohl die Sinnkrise im Werk selbst offensichtlich ist. (Tews bislang letzter, 1987 erschienener Krimi «Wer nicht träumt, ist tot» [20] ist beredtes Zeugnis des vergeblichen Ringens um den Zeitgeist.)

Die nicht integrierte Sexualität, das Aussparen des Obszönen, ist ein Qualitätsmerkmal der sozialkritischen Krimis. Dessen symbiotische Kehrseite ist das Erigieren des von dunklen Trieben gereinigten Ichs, das sich aus seiner ausschweifenden, spannungslos heruntererzählten Lebensbeichte herleitet. Beides zusammen, gepaart mit einer sich aufzehrenden gesellschaftskritischen Anspruchshaltung, hat den Neuen Deutschen Kriminalroman in eine Sackgasse geführt. Dort sitzt er nun fest, und während die erste Generation der Siebziger-Jahre-Autoren verzweifelt versucht, das Ich doch noch mit dem Zug der Zeit zu versöhnen, erklärt die zweite Generation aus den Achtzigern dieses geheiligte Ich schlichtweg für tot. Es lebe der Sex!

Wenn der brandheiße Deutsche Kriminalroman die Ichlosigkeit propagiert und das Ich durch entpersönlichten und uferlosen Sex ersetzt, dann ist das weder eine geniale Erfindung noch eine losgelöste Entwicklung. Es ist literarischer Zeitgeist, sonst nichts. Denn die Ichleere frißt doch überall, von Martin Walsers «Jagd» bis Botho Strauß' «Kongreß». Sie alle wuchern mit minuziös beschriebenen sexuellen Ausschweifungen, hineinprojiziert in gesichts- und charakterlose Kunstfiguren – ohne freilich, ganz im Gegensatz zu Jelinek, die Genußfähigkeit aufzugeben und zu einer gesellschaftlichen Analyse durchzudringen.

In einem Jahrzehnt, in dem die Ohnmacht total wird, die Individualität restlos verlöscht und das Gespenst des Kapitalismus selbst hinter Mauern und Vorhängen umgeht – da noch die Fahne des Ichs hochzuhalten, das ist ebenso verlogen wie belanglos. Noch nie hat das Sein das Bewußtsein so sehr gefesselt. Biographien sind völlig austauschbar, jeder ist sein eigenes kleines Software-System. Sprach man vor zehn Jahren in der Psychologie noch mechanistisch von Trieben und Energie, so spricht man heute gemäß High-Tech von Programmieren und Training. Trainiert wird die Fassade, es ist nichts, was sich dahinter verbirgt. Die Psyche ist ein Laufwerk im geschlossenen System.

Daß Christine Grän als erste Kriminalschriftstellerin diesem Menschenbild Rechnung trägt, um es auf bittersüße Weise darzustellen, das interessiert freilich die wenigsten. Ersichtlicher für die Lesermassen und die trendangebenden Rezensenten ist das Design: Daß sie nämlich über Sex schreibt, von der Erotik bis hin zur Perversion. Das hat man gern, wenn sich die Frau endlich traut. Vielleicht kann man ja noch was lernen. Aus Gründen des Voyeurismus, aus Lust am Hineinglotzen in die Weiblichkeit verkauft sich der Neueste Frauenkrimi so prima. Endlich nicht mehr diese Hörsaalatmosphäre in den als Thriller getarnten Weg-mit-Pamphleten! Endlich dicke, fette Sinnlichkeit! Die Jelineksche These, daß der Frau der Zugriff auf die pornographische Sprache verwehrt sei, relativiert sich im Krimi insofern, als daß es hier nicht primär darum geht, eine eigene, unverwechselbare Stimme zu entfalten. Der Unterhaltungswert dieses Genres ermöglicht es zumindest *theoretisch*, daß vorgefertigte männliche Muster subversiv genutzt werden und damit der Fluch tradierter weiblicher Sprachlosigkeit umgangen wird.

Inzwischen hat die Grän drei Romane veröffentlicht, der vierte ist in Vorbereitung. Sie spielen in exotischen Fernen oder holen das Fremdländische heim in die Bundeshauptstadt, wo die Autorin journalistisch arbeitet. Zwar mag ihre Heldin, die Gesellschaftskolumnistin Anna Marx, durchaus autobiographische Züge haben. Im Grunde jedoch ist die Marx ein Monster, eine genmanipulierte Überfrau, der kein Laster fremd und kein Mann verwandt ist. Schwergewichtig, sinnlich und schön frönt die Rothaarige allem, was sie greifen, schlucken und saugen kann. Ein Stereotyp eben, mit dem Adverb «gierig» als rhythmisch wiederkehrender Formel.

Christine Gräns Stories sind ganz im Gegensatz zur Heldin mager. Ein bißchen Exotik, vermengt mit Lokalkolorit, viel ätzende Typen, coole Zoten und Kopfschmerz. Wenig Action. Dafür um so mehr Zigaretten, Alkohol, Sex. Und das alles getrimmt auf unbeschreiblich weiblich: Anna Marx ist keine Großstadtneurotikerin, kein lonesome Cowgirl, nein, sie ist auf perfide Weise ungebrochen. Hüftwackelnd stöckelt sie durch den Plot, ohne ihre erdenschwere Trägheit jemals aufzugeben. Sie haßt die Männer, ihre Erbärmlichkeit und Niedertracht, ihre Zerstörungssucht – aber sie weiß es nicht.

Gräns zweiter Krimi «Nur eine läßliche Sünde» [21] pendelt zwischen dem Innenministerium und einer Entwicklungshilfe-Organisation. Alles dreht sich um den Alltag, um Korruption, Erpressung, sexuelle Gewalt. Die mäßig eingefädelte Pointe dient als Vorwand, eine stagnierende Welt allgegenwärtiger Gemeinheit darzustellen. Der Krimi ist deshalb so dröge, weil Bonn so dröge ist. Anna Marx ekelt sich mit mitleidsloser Lust. Die Geduld der Frauen ist für sie notgedrungene Umkehrung der Brutalität der Männer, Täter und Opfer sind vertauschbar.

Gräns «Sünde» fängt an mit einer Bettszene. Darin verwickelt sind Anna und ihr verheirateter, finanziell potenter Geliebter Phillip, der sie in ein «Scheißhotel» abgeschleppt hat. «Er lag auf dem Boden wie ein Pornoakteur auf Abwegen» [22], meint die Autorin beiseite blickend dazu, daß das Bett im entscheidenden Augenblick zusammenkracht. Annas Funktionieren als «perfekte Geliebte eben» unterscheidet sich nicht grundsätzlich von den Widerwärtigkeiten sexuellen Treibens, wie Grän sie im Plot auswalzt; es ist lediglich die softe Variante. Anna teilt die Männer strikt in zwei Klassen: in die lustbringenden und in die unlustbringenden. Für die Erfüllung ihrer Lust leistet sie kalkulierte Opfer, ist «lieb und sanft und in den richtigen Augenblicken geistreich oder leidenschaftlich». Die Inszenierung als Geliebte dient ihr zur Lust und ist zugleich schon deren Befriedigung. Annas eigentlicher Trieb ist der des Inszenierens, und dazu gehört, daß eine hypervitale Lebensgier sie dazu treibt, das begehrte Objekt zu verachten.

Anna Marx ist ein programmierbares Monster. Eine Metapher

für die von allen individuellen Charaktereigenschaften gereinigte Femme fatale. Sie kennt nur Plus-Minus: Lustgewinn versus Lustverzicht. Ihr gesamtes Streben dient der Lustmaximierung, jede Regung der Minimierung der Unlustfaktoren. Als Mordsweib verleugnet sie konsequent jeden männlichen Anteil in sich. Die ihr entgegengesetzten Attribute Kühle, Berechenbarkeit und Disziplin denunziert sie als verschlagen, herrschsüchtig, verklemmt und brutal. Als stereotype Überfrau begräbt Anna die Erbärmlichkeit machistischen Machtstrebens weit unter sich.

Die Marx hat kein Ich und braucht auch keins. Denn sie leidet nicht unter der Ichlosigkeit, unter der sie leidet. Ihre Gier anstelle von Individualität verschafft ihr ein Alibi für moralische Kompetenz. So verwandt Gräns zynische Sichtweise auf das Obszöne der Jelinekschen Analyse zunächst sein mag, letztendlich ist sie inkonsequent. Und zwar deshalb, weil Grän vorgaukelt, Annas pralle Lasterhaftigkeit sei ein subversives Muster, sich als Frau aus der Hierarchie der Machtstrukturen auszuklinken. Inszenierungssucht und Bewußtlosigkeit mögen Ohnmacht verschleiern, aber aufheben tun sie sie nicht. Im Prinzip erfüllt das Prachtweib Anna, das sich von der Grän träge durch den Plot schleppen läßt, genau die Kriterien der Voyeure: scharf, nuttig, lasziv und blöde. Annas weibliche Waffen sind nichts anderes als Selbstverleugnung. Während Jelinek die weibliche Dummheit anprangert, bietet Grän sie an wie Sauerbier.

Aller Anfang ist schwer. Während die Neuen Deutschen Männer ihre Helden im ersten Satz 08/15-einsam aus den Betten klingeln[23], startet der Frauenkrimi mit einem variantenreichen Coitus interruptus. «Das Klingeln kam mittendrin. Sie war keineswegs fertig mit dem hübschen jungen Mann, der selig lächelnd neben ihr an der Wand lehnte»[24], eröffnet die in West-Berlin lebende Pieke Biermann ihr «Potsdamer Ableben» (1987). «Sie», das ist «der Erste Kriminalhauptkommissar» Karin Lietze aus Berlin, wie man später erfährt. Zunächst denkt man freilich ans älteste Gewerbe der Welt, und das soll man ja auch: Gegrüßet sei der Voyeur, unser Kunde.

Biermanns Karin Lietze ist die posturbane Fortsetzung von Heys Berlinerin Katharina Ledermacher. Es gleichen sich nicht nur die Initialen, auch der Charakter ist verdammt ähnlich. Neunundvierzig und schlank ist K. L./Biermann inzwischen, und wie K. L./Hey steht sie auf junge Knackärsche. Heys Ständerepisode wächst sich hier aus zum Leitmotiv: 164 Seiten lang jagt K.L. ihrer Unentschlossenheit hinterher, die sich ironiefrei auf den spätpubertären Szenegänger Klaus richtet. Bis Lietze schließlich resigniert, kreuzt sie wiederholt das Verbrechen.

Der Plot dient der 1950 geborenen Autorin vorwiegend dazu, ihre detaillierte Milieukenntnis unter Beweis zu stellen. Heys Rokker und Rentner werden umgeschminkt zu Schickimickipunks und Huren. Doch wo Hey mit seinem Personal zur Sozialkritik ausholte, fängt sich Biermann lediglich klebrige Utopien ein. Der Krimi endet mit einem hallelujaschrillenden Jahrmarkt der organisierten Prostitution. Frei nach dem Motto «Huren aller Luden, vereinigt euch!» beschwört die Biermann in dieser utopistischen Presseaktion eine rosagrüne Kondomseligkeit, die deshalb so verlogen ist, weil sie den dreckigen Warencharakter zwischen Zuhälter, Nutte und Freier abstreitet. Die Huren sind hier keine armen Schweine, sie sind supergeile, potzintelligente Wahnsinnsweiber, die ihr Schicksal, an dem sie zu kichern haben, solidarisch und in gegenseitiger Liebe und Achtung selbst bestimmen.

Alles Menschliche ist beim «Ableben» ausgehaucht. Durch den Krimi geistern eindimensionale Formeln, die Figuren sind plattgewalzte Kreditkarten. Man schiebt sie rein und registriert den Kontostand. Sie haben keinerlei Geschichte, null Tiefgang, spiegelglatt alles. Zudem arbeitet Pieke Biermann mit reichlich überzogenen Klischees, oder soll das vielleicht ironisch sein, wenn der Schwule ausgerechnet Detlev heißt und die Nutte Kitty? Beziehungen laufen fast ausschließlich über das Obszöne, wobei Randgruppenerotik, Außenseiterpraxis und Perversion fürs innerberliner Reizklima werben. Ob Bulle oder Punker, iss garantiert ein Kranker. Die Frau macht an, der Typ macht mit. Die Frau hat den Spaß und sahnt möglichst noch ordentlich ab dabei. O du heile, verkehrte Welt! Bleibt der verkrampfte Versuch, Biermanns «Ableben» dennoch als groß angelegte Totalsatire zu verstehen. Bloß – wo steckt da der Witz, wenn sie ständig an der Gesellschaftsanalyse vorbeiironisiert, anstatt sie haarscharf zu treffen?

Das gelungenste Beispiel für danebengegangene Satiren sind Sabine Deitmers im Fischer Verlag bestgesellerte Kurzkrimis «Bye-bye, Bruno» [25], die den Rest des Neuesten Frauenkrimis auflagenmäßig verschlucken. Fünfzehnmal verraten sie uns lüstern, «Wie Frauen morden». Der Schwarzweißraster reduziert sich jeweils auf weiblich = gut bzw. männlich = böse. Dabei hat jede Geschichte ein eigenes Personal, einen eigenen Aufbau und eine eigene Pointe. Die Tatwerkzeuge finden sich – wie könnte es anders sein – im Alltag, was ja auch durchaus realistisch ist. Wenn Frauen morden, dann tun sie es in den seltensten Fällen mit dem Schießeisen.

Weil das Weib gut ist, muß es das Böse vernichten. Selbst wenn die Geschmacklosigkeit dieser Vernichtung einen vorübergehenden Schatten auf das Gute wirft, wird es durch die Tat dennoch geheiligt. Sabine Deitmer (geb. 1947) wählt Todesarten, die sie allein durch das Geschlechterverhältnis rechtfertigt. Die Story «Prachtkerle» etwa beschreibt, wie eine Frau die Hunde ihres Mannes aushungert, damit sie ihn schließlich blutig zerfleischen: «Vom Küchenfenster aus sah sie, daß die Hunde wieder in den Käfigen waren. Bis auf ein paar Stoffetzen war der Hof wie leergefegt. Die Hunde hatten einige fette Beutestücke zu sich in die Zwinger geschafft. Eine schmierige dunkle Spur markierte den Weg zu den Käfigen.» [26] Würde man Täter und Opfer vertauschen, wäre das Ganze nichts weiter als eine hohle, frauenfeindliche Anmache.

Das Problem bei Deitmers Entwürfen ist, daß sie an eine fixe Emotionalität der Leserschaft appellieren. Die Satire darf zwar alles, nur sollte sie nicht mit diesem schier biblischen Anspruch an der Oberfläche herumpolieren. Da die Schreibtischtäterin von der Form her rein zu Unterhaltungszwecken herummordet, zu allseitiger Genußfähigkeit und Kopfnicken, dann aber unterschwellig auch noch mit moralischem Anspruch, gleiten die meisten Geschichten ab ins Trivial-Peinliche. Deitmers Satiren sind Kindergeschichten, sowohl vom Sprachniveau als auch vom Aufbau her. Lediglich der Inhalt will sie zu Kriminalgeschichten aufblasen. Das Personal besteht aus einer wilden Ansammlung von Sprechblasen, die Motive sind banal und die Pointen blaß.

Sabine Deitmer irrt, wenn sie meint, ohne analytische Tiefenstruktur auszukommen. Die gesichtslosen Mordsweiber bleiben in ihrer Ichlosigkeit verhaftet und töten wildwütend genauso ichlose

Monstermänner. Ihre Verbrechen sind deshalb so widerwärtig, weil es in jeder Geschichte einen weitaus gründlicheren und wahrscheinlicheren Weg gäbe, den jeweiligen Wüstling loszuwerden, als der gewählte Mord. Die Taten rechtfertigen sich nicht wie bei Jelinek aus der ästhetischen Umsetzung des Stoffes, sondern sie bleiben aufgepfropft. Es ist keinesfalls der Männerhaß selbst, der Sabine Deitmer vorzuwerfen ist. Im Gegenteil, es ist dessen Verniedlichung. All das kopflose Gemeuchel und Gemetzel stilisiert sie zu einer verlogenen Nähkästchenidylle. Damit festigt sie eben jenen von den Männermedien ach so gern gesehenen Mythos, den es dringend zu widerlegen gilt: Daß Frauen auf kühl analytische Weise zum echten Haß gar nicht fähig seien.

Ganz anders die bei weitem ambitionierteste, formal eigenständigste und «jüngste» Vertreterin des Mordsweiber-Krimis: Doris Gercke. Drei Krimis sind von ihr seit 1988 bei Galgenberg erschienen[27], mit der einsamen Heldin Bella Block. Gercke gelingt genau das, was Deitmer wohl will und nicht kann. Sie rechtfertigt das weibliche Verbrechen aus einem kalten Haß heraus, der sich hier allerdings ästhetisch begründet und aufbaut.

Was den Anfang angeht, hat Gercke eine durchgehende Masche. Am Anfang steht immer etwas, das zunächst keiner begreift. Irgendeine unheimliche Detailbeschreibung beschwört das Genre. Dann kommt Gewalt auf, die sich möglichst schnell und pervers gegen die Frau richtet. Dann Schauplatzwechsel, und weiter mit Bella. Die einen freilich schockiert: Denn Bella Block, wie die Autorin 1937 geboren, ist in jeder Hinsicht kompatibel. Fett, selbstherrlich, zynisch und wodkasaufend frönt sie den Werken ihres geklauten Großvaters, des russischen Dichters Alexander Block. Aus Unvereinbarkeitsgründen hat sie den Bullendienst quittiert und schlägt sich nun mit miesen Drecksgeschäften durch, ohne gegen Schund und Scheiße im entferntesten anzukommen. Sie bleibt in ihrer Ohnmacht unbeteiligt und von den Fällen wie durch einen eisernen Vorhang getrennt. Im Gegensatz zu ihrer jüngeren Kollegin Anna Marx verzichtet Bella auf faule Kompromisse. Ihr Ich ist ein vom Willen knallhart gesteuertes Programm, das sich immer absolut setzt. Bella Block ist kein Individuum, sondern ein runder Klotz ohne Brüche.

Daß der dritte Krimi «Moskau meine Liebe» Bella ins Russische führt, verdankt sie der unglücklichen Liebe zu einem Hauptmann, der sich als übler Mafioso und Zuhälter entpuppt. Die Mordserie an einigen aufgetakelten Nutten geht allerdings wider Erwarten nicht auf sein Konto. Vielmehr finden sich die Täterinnen unter bigotten, reaktionären alten Weibern, die dem Laster und schließlich auch Hauptmann Alexander ein Ende setzen. Durchbrochen ist das Ganze wie üblich von Block-Gedichten und scheiternder Fleischeslust, zudem durchleidet Bella eine abwechslungsreiche, zwangsläufig mißglückte Entziehungskur.

Bellas Sexualität ist zwar unerfüllt, aber maßlos. Auch sie verachtet die Männer, und im Unterschied zur Anna Marx der Christine Grän weidet sie sich in ihrem bewußt gesteuerten Haß, anstatt mit Schmu und Schminke dafür um Verzeihung zu betteln. Mit Beyer, dem Softie-Bullen, will sie nicht einmal mehr pennen, so weit steht das Knäblein unter ihr. Ist die Erbärmlichkeit allerdings gepaart mit ein paar Stehauf-Anteilen, so stürzt sie sich machistisch aufs Ewigmännliche. Als es mit Großvaters Abziehbild, dem schönen Alexander, aus Gründen des nebenher laufenden Krimis nicht mehr klappt, sucht sie sich einen Mischa mit fettigen Haaren, der leider nicht mehr rechtzeitig aus der Dusche kommt: Bella schläft vorher ein.

Wie Katharina Ledermacher und vor allem Karin Lietze steht auch Bella Block auf straffes Frischfleisch. Aber hier werden die Rollen augenzwinkernd vertauscht: «Sie» verhält sich nach männlichen Mustern. Doris Gercke ist darin sogar äußerst konsequent, denn ihre Heldin ist nicht nur gründlich von Resten der Individualität gereinigt. Mit ironischem Biß karikiert sie gleichzeitig männliche Schablonen wie Philip Marlowe, und dabei gibt sich Bella selbst als vorgefertigte Schablone zu erkennen.

Bella ist ein Übermann mit weiblichen Geschlechtsmerkmalen. Indem sie sich das Männliche radikal anmaßt, entzieht sie sich der moralisierenden Identifikation mit den weiblichen Opfern. Gerckes Schreibhaltung nötigt zu jener Distanz, die den Haß rational rechtfertigt. Ihre sprachlich knappen Darstellungen sexueller Gewalt sind um so brutaler, da sie die eigentliche Grausamkeit ästhetisch versiert aussparen und so dem Voyeur den Blick auf das Geschehen verstellen: «Ich mache nur die Füße fest, sagte der Mann. Er holte zwei kurze Stricke aus der Jackentasche und befestigte erst das eine und dann das andere Bein der Frau am rechten und linken Fuß des

Bettes. Er gab sich Mühe, die Stricke nicht zu fest anzuziehen.»[28] Eigentliche Bettszenen gibt es bei der Gercke nicht. Sie weigert sich bewußt, für das Obszöne eine direkte Sprache zu finden. Indem die sprachliche Verantwortung für das Ausgesparte der Phantasie des Lesers überlassen bleibt, wird der potentielle Voyeur zum Mittäter.

Auch aus Gerckes Sprödheit spricht der nackte Männerhaß. Es ist allerdings kein kindisches Herumgegacker wie bei der Deitmer, sondern eine reflektierte Haltung, die durch die versierte sprachliche Umsetzung transportiert wird und nicht bloß durch eine aufgesetzte Handlung. Schade nur, daß Doris Gerckes Plots bisher schludrig konstruiert und gelangweilt durchgezogen werden. Sie sind eher Entwürfe zu nennen als fertige Kriminalromane. Da scheint sich selbst im dritten Krimi noch immer kein anständiger Lektor gefunden zu haben, aber wenigstens ein findiger Korrektor: Die Zahl der Rechtschreibfehler ist – im Vergleich zu den beiden anderen Bänden – drastisch zurückgegangen.

Wo Christine Grän durch ihren genüßlich sarkastischen Unterhaltungswert besticht, fasziniert Doris Gerckes sprachliche Radikalität, die leider noch allzusehr unter den eben genannten ästhetischen Kinderkrankheiten leidet. Mit Anna Marx als Hypertussi und Bella Block als Obermacho versuchen sich beide Autorinnen an Stereotypen, die zumindest potentiell dazu geeignet sind, die stereotype Struktur der Herrschaftsverhältnisse zu durchdringen und zu denunzieren. Besonders bei Doris Gercke wird jeder Rückgriff auf das bürgerliche Ich entschieden verweigert. Durch die bezugsreiche Dichte haben ihre Kunstfiguren die höchste Stringenz, während die Grän sich noch reichlich oft ins warme Nest weiblicher Selbstfindung zurücksehnt.

Selbst wenn man noch so sehr an den unausgegorenen Entwürfen und den stornierten Aufbrüchen herumkrittelt, schlagen Kriminalschriftstellerinnen wie Grän und Gercke keinesfalls den bequemsten Weg ein, wie man das bei den Lobhudeleien der Presse leicht glauben könnte. Im Ersetzen des Ichs durch stereotype Programme, in der sprachlichen Verknappung bei der Darstellung von Gewalt und im Bloßstellen und Analysieren der gesellschaftlichen Machtverhältnisse als Herrschaft des männlichen Sexus sind sie zumindest vom Anspruch her glaubhaft. Ihre Schreibhaltung ist zwar nicht restlos konsequent, aber sie führt auf jeden Fall in die richtige Richtung, indem sie den Zustand der Ohnmacht, das Ende des Ichs und der Individualität, aufgreift und gegen sich selber richtet. In all diesen Punkten erschreiben sich Grän und vor allem Gercke eine schwankende Nähe zu Elfriede Jelineks «Lust», ohne deren Radikalität jedoch auch nur annähernd zu erreichen.

Der Ansatz unterscheidet diesen Frauenkrimi dennoch grundlegend von den zeitgleichen Werken der männlichen Kollegen, die den Sex zwar glubschäugig ausschlachten, dabei aber lediglich niedrigsten Instinkten nachgeben. Belege für frauenfeindliche, gewaltverherrlichende und pornographische Darstellungen finden sich in Frank Göhres «Tod des Samurai»: «An einem Garderobenhaken hing der leblose Körper eines Mannes. Das Hemd war ihm aufgerissen, Hose und Unterhose bis über die Knie heruntergezerrt worden. Das linke Bein war unnatürlich abgeknickt. Die Kleidungsstücke waren blutdurchtränkt. Eine Lache hatte sich auf dem Parkett gebildet. Blut war an der Wand, auf Schrank und Spiegel. Der Leib des Mannes war mit unzähligen Messerstichen zerfetzt worden, eine große Wunde klaffte am Hals. Im Mund steckte sein abgetrenntes Glied.» [29] Ja, und bei diesem Anblick bekommt die Frau, die ihn findet, ihre Tage. So Göhre will.

Es geht nicht darum, *was* der Hamburger Autor schreibt, sondern *wie*: Mit der Zwanghaftigkeit eines Exhibitionisten, der den Voyeur bereits auf seiner Seite weiß und nun darauf wartet, daß es ihm endlich kommt. Kurze Sätze beschwören effekthascherisch Blut, Blut und nochmals Blut. Die ästhetische Umsetzung verweigert sich solch einem Anblick absolut nicht (wie bei Jelinek, Grän und Gercke), sondern Göhre will alles einfach nur genußfähig rüberbringen. Vor allem die einsetzende Blutung der Frau, die er in erlebter Rede seitenlang auswalzt, durchbrochen von Gedankenfetzen wie «Du fickst phantastisch» oder «Fick mich».

Göhre zielt in seiner gekonnten Verquickung von Sex und perverser, menschenverachtender Gewalt auf genau jene Wirkung, die ein harter Pornoclip auf den Rezipienten hat. Der Leser wird sadistisch gezwungen, ganz genau hinzuschauen, gleichzeitig wird ihm verwehrt, die einzelnen Bilder zu trennen. Dadurch wird dessen Phantasie vergewaltigt, und um sich diesem äußeren Zugriff zu entziehen, bleibt ihm nichts übrig, als sich dem Blutbad in seinem Kopf lustvoll stöhnend hinzugeben. Der Vorwurf zielt niemals auf den Inhalt, sondern rein auf die Ästhetik.

Obwohl auch Grän und Gercke häufig ähnlich grausame Szenen beschreiben wie Göhre, können sie diesem Vorwurf niemals ausgesetzt werden. Im Gegenteil, sie entziehen sich dem entschieden und schreiben verächtlich und verärgert dagegen an. Doch dem Neuen Deutschen Kriminalroman weiblicher Machart fehlt es noch immer beängstigend an frischer, schöner, reiner Wut. Am eiskalten, blanken Haß der Elfriede Jelinek, die in «Lust» keinen Zweifel daran läßt, mit welch ekelerregenden Mythisierungen wir uns darüber hinwegtäuschen, daß die Sprache der Sexualität die der Gewalt ist. Wut und Haß sind angesichts der Verstümmelung der Frau nicht nur verständlich, sondern überaus begrüßenswert. Vor allem, was die männliche Vereinnahmung, Verbiegung und Vergewaltigung des Erotischen, Obszönen, Sexuellen angeht, dessen Zurschaustellung derzeit so publikumswirksam inszeniert wird.

Können die Kriminalschriftstellerinnen so eiskalt überhaupt sein? Wo sie sich doch verkaufen müssen. Wo doch ihre Zuhälter, die Medien, sie im Würgegriff haben. Wo doch der Trend das Buch macht, die Prostitution den Autor. Kann eine Krimiautorin, deren Ästhetik dem Genre nach niemals wie die Jelineksche auf Avantgarde geschätzt wird, überhaupt überleben, wenn sie ihr Maul derart aufreißt?

Sie kann. Aber nur, solange ihr Schreiben Profit bringt. Was Profit bringt, das geht überall und immer. Selbst wenn es sich gegen die Profitierenden selber richtet. Deshalb: Auf zur Profitmaximierung! Sichern wir den Haien den Mehrwert, der Kritik die Zeilen, dem Zeitgeist den Trend. Machen wir mit beim heiteren Karussell der Verwertbarkeit, auf dem ein Schurke dem andern die Hand reicht. Also: Geben wir's ihnen! Voll rein ins Getümmel! Auf zur Pervertierung des Perversen! Haß und Wut! Wir werden ihnen ihre Trends um die Ohren hauen. *Baut auf, was euch aufbaut!*

Aber hinterher soll bittschön keiner sagen, *so* habe er es nicht gemeint.

Anmerkungen

1 Volker Hage, Lustspiele, in: Die Zeit Nr. 40, 29.9.1989
2 Stern Nr. 18, 27. 4. 1989
3 Elfriede Jelinek, Lust, Rowohlt Verlag, Reinbek 1989
4 Jelinek, in: Rowohlt Revue, April bis Juni 1989
5 Jelinek, Lust, S. 207
6 Jelinek, Lust, zit. nach Rowohlt Revue, a. a. O.
7 Jelinek, in: Emma, Mai 1989
8 Friedrich Hölderlin, Abendphantasie, in: Gedichte, Leipzig 1984
9 Jelinek, Lust, S. 253
10 Hage, Unlust, in: Die Zeit Nr. 15, 7. 4. 1989
11 Michael Scharang, Lebenselixier auf dem Misthaufen, in: literatur konkret 1989/1990
12 Marlowes Töchter, in: Der Spiegel Nr. 1/1989
13 Vgl. Sven Rohde, Mord im Mittelmaß, in: Die Zeit Nr. 33, 11.8.1989
14 Richard Hey, Ein Mord am Lietzensee, Piper Verlag, München 1989, S. 128
15 Ebd., S. 124
16 Lydia Tews, Störung der Totenruhe, Knaur, München 1984
17 Felix Huby, Der Atomkrieg in Weihersbronn, Rowohlt Verlag, Reinbek 1977
18 Tews, Totenruhe, S. 80 ff.
19 Christine Grän, Weiße sterben selten in Samyana, Rowohlt Verlag, Reinbek 1986
20 Tews, Wer nicht träumt, ist tot, Diogenes Verlag, Zürich 1987
21 Grän, Nur eine läßliche Sünde, ebd. 1988
22 Ebd., S. 7
23 Norbert Klugmann, Die Hinrichtung, Rowohlt Verlag, Reinbek 1988
Robert Brack, Rechnung mit einer Unbekannten, ebd. 1989
24 Pieke Biermann, Potsdamer Ableben, Rotbuch Verlag, Berlin 1987
25 Sabine Deitmer, Bye-bye, Bruno, Fischer Taschenbuch Verlag, Frankfurt am Main 1988
26 Ebd., S. 102
27 Doris Gercke, Weinschröter, du mußt hängen, Verlag am Galgenberg, Hamburg 1988
Gercke, Nachsaison, ebd., 1988
Gercke, Moskau meine Liebe, ebd., 1989
28 Ebd., S. 14
29 Frank Göhre, Der Tod des Samurai, Rowohlt Verlag, Reinbek 1989, S. 22 ff.

Uta-Maria Heim, geb. 1963 in Schramberg/Schwarzwald. Lebt als Schriftstellerin und Journalistin in Stuttgart. Arbeitet für verschiedene Medien. Drei Lyrik- und Prosabände 1985, 1987 und 1990.

Dagmar Oberlies

Der Versuch, das Ungleiche zu vergleichen

Tötungsdelikte zwischen Männern und Frauen
und die rechtliche Reaktion

1. Der Begriff der Benachteiligung

Bei einem Vergleich der verurteilten Kriminalität von Männern und Frauen anhand der offiziellen Statistiken fallen zwei Unterschiede unmittelbar ins Auge:

1. Es werden deutlich weniger Frauen verurteilt,
2. sie erhalten durchschnittlich geringere Strafen.

Daraus wird oft der Schluß gezogen, Frauen seien gegenüber Männern bevorzugt, jedenfalls nicht benachteiligt.

Erst in jüngster Zeit ist diese Behauptung in einer Arbeit von Geißler und Marißen (1988) erneut aufgestellt und scheinbar empirisch nachgewiesen worden.

Solche Behauptungen, Geißler und Marißen z. B. sprechen von «Frauenbonus» und «geschlechtsspezifischer Bevorzugung», sind voreilig. An ihrer Arbeit läßt sich zeigen, daß diese Aussagen auf einem diffusen, nicht klar definierten Begriff der ‹*geschlechtsspezifischen* Bevorzugung bzw. Benachteiligung› aufbaut.

Die meisten Autoren verstehen diesen Begriff als schlichten Geschlechtervergleich. Etwa: Männer brauchen weniger Wasser, wenn sie ein Bad nehmen, als Frauen. Diese Aussage suggeriert als Folge des Geschlechts, was physikalisch eine Folge von Größe und Gewicht ist. Mag auch die Aussage selbst nicht ‹falsch› sein, das Geschlecht ist jedenfalls nicht der Grund der Wasserverdrängung.

Versuchen wir deshalb zunächst, Klarheit über das zu schaffen, was – redlicherweise – als *geschlechtsspezifische* Diskriminierung, positiver wie negativer Art, bezeichnet werden sollte. Nach meinem

Verständnis sind nur solche Diskriminierungen ‹geschlechtsspezifisch›, die tatsächlich auf das Geschlecht selbst zurückgeführt werden können. Mit anderen Worten: Zunächst müssen mögliche andere Gründe der Differenzierung überprüft werden. *Geschlechtsspezifische* Diskriminierungen sind dann nur solche, die

– entweder unmittelbar und ausschließlich auf das Geschlecht zurückzuführen sind oder
– auf (andere) Gründe zurückgehen, die selbst aber nur ‹Umschreibungen› des Geschlechtsunterschiedes sind, und schließlich auch solche Unterschiede
– die in einem *wertenden* Vergleich sich unterscheidender Konstellationen als Bevorzugung oder Benachteiligung eines Geschlechtes erscheinen.

Dies führt zu der nächsten Vorbemerkung: Wenn man sich die Frage nach einer Benachteiligung oder Bevorzugung von Frauen innerhalb des Strafverfolgungssystems stellt, dann muß man sich zunächst die Frage stellen, ob man glaubt, daß das inkriminierte Verhalten von Männern und Frauen sich im wesentlichen gleicht oder sich im wesentlichen unterscheidet. Das impliziert die Frage, was *wesentlich* ist. Eine Frage, die bislang nicht zureichend beantwortet werden kann: Denn wir wissen nicht, was sie tun.

Dadurch sind zugleich Ausgangspunkt und Rahmen meiner empirischen Arbeit umschrieben. Der Ausgangspunkt war, daß Tötungsdelikte Konflikthandlungen sind, die sich als solche am weiblichen und männlichen Lebenszusammenhang orientieren und schon deshalb unterscheiden. Oder anders: Die Regel ist die grundsätzliche Unvergleichlichkeit der Tathandlungen. Der Vergleich ist die zu begründende, an bestimmte Bedingungen geknüpfte Ausnahme. Im empirischen Aufbau folgte daraus der Versuch, das Datenmaterial anhand objektiver Vergleichskriterien zu beschränken, und die Differenz als Bezugspunkt des Erkenntnisinteresses.

Bevor ich zum Aufbau der Untersuchung komme, möchte ich aber zunächst noch einen Überblick über die allgemeinen Daten der registrierten Tötungskriminalität geben, die uns aus anderen Quellen, insbesondere offiziellen Statistiken, zugänglich waren.

2. Die statistische Ausgangslage

1987 ermittelte die Polizei 1,3 Millionen Tatverdächtige, über ¾ der Tatverdächtigen waren Männer. Bezogen auf den jeweiligen Anteil an der Bevölkerung ist die Registrierungshäufigkeit bei Männern drei- bis viermal so groß wie die von Frauen. ¾ der von der Polizei registrierten Delikte waren Eigentumsdelikte, die nicht mit körperlichen Angriffen auf Personen verbunden waren; nur etwa 7 % waren Gewaltdelikte. Während bei den Eigentumsdelikten unter 4 Tatverdächtigen eine Frau ist, ist es bei den Gewaltdelikten nur eine unter zehn. Polizeiliche Ermittlungen wegen eines versuchten oder vollendeten Tötungsdeliktes kamen bei Frauen einmal unter 1000 Straftaten, bei Männern einmal unter 300 Taten vor. Ausweislich der polizeilichen Kriminalstatistik wurden siebenmal so viele Männer wie Frauen von der Polizei wegen eines Tötungsdeliktes verdächtigt. Insgesamt waren es 1987 2328 Männer und 337 Frauen.

Die polizeiliche Definition hält allerdings bekanntermaßen der rechtlichen Kontrolle durch die Justizorgane oft nicht stand, inbesondere im Bereich der vermeintlichen Tötungsversuche (Sessar 1979, 1981; LKA NRW 1978). 1986 z. B. wurden von der Polizei 2711 Tötungstatverdächtige ausgemacht, verurteilt wurden im gleichen Jahr allerdings nur 707 (vgl. zum sog. ‹Fallschwund› bei Tötungsdelikten Sessar 1979).

Der Anteil der verurteilten Frauen lag im Durchschnitt der letzten 17 Jahre bei 8,5 %. 1986 erreichte die Zahl der verurteilten Frauen mit 82 Verurteilten ihren Höchststand, die Zahl der Männer war dagegen mit 625 Verurteilten vergleichsweise gering.

Während für Frauen die ‹Chance›, Täterin eines Tötungsdeliktes zu werden, verschwindend klein ist, sind alljährlich etwa 40 % der – registrierten – Opfer von Tötungsdelikten Frauen (PKS, Becker/ Groß 1980, Pracejus 1986, Sessar 1979). Groß/Becker ermittelten im Bereich der vollendeten Tötungsdelikte sogar einen Opferanteil von 68 % (Becker/Groß 1980, 174; Pracejus 1986: 56 %). Anders ausgedrückt: Männer sind fast genauso häufig Täter wie Opfer von Delikten, die die Polizei als Tötungsdelikte definiert; Frauen dagegen gelangen dreieinhalbmal häufiger als Opfer zur Kenntnis der Polizei denn als Täterinnen. Und, es ist zu ergänzen, fast alle haben einen Mann zum Täter (vgl. Sessar, 1979a, 308, der bezogen auf die verurteilten, vollendeten Delikte einen Anteil von 86% ermittelt hat). In einer Auswertung der verurteilten Tötungsdelikte in Berlin waren von 55 Ehegatten, die Opfer eines versuchten oder vollendeten Tötungsdeliktes geworden waren, 52 Frauen (Becker/Groß 1980).

Diese Feststellung führt zu einer anderen: Tötungsdelikte sind Beziehungsdelikte. Etwa die Hälfte der verurteilten Tötungsdelikte entfallen auf Primärbeziehungen: Partner- und Verwandtschaftsverhältnisse. 4 von 5 Opfern dürften ihre/n Täter/in kennen oder gekannt haben (Sessar 1979a, 1981; Becker/Groß 1980; Rasch 1975; Rode/Scheld 1986). Da, wo die Opfer ihre Täter wenig oder gar nicht kannten, sind fast immer Männer die Täter (Becker/Groß 1980, Pracejus 1986, Rode/Scheld 1986).

Auf die angeklagten und verurteilten Delikte von männlichen und weiblichen Tätern schließlich reagieren die Gerichte – immer anhand statistischer Durchschnittsberechnungen – deutlich unterschiedlich. Im Durchschnitt der Jahre 1976 bis 1984 wurden 30% der Frauen auf Bewährung freigelassen, obwohl sie wegen eines sogenannten Tötungsdeliktes verurteilt worden waren, ähnliches Glück hatte nur einer unter 17 Männern. ⅓ der Frauen, aber nur jeder 10. Mann wurde zu einer Freiheitsstrafe von weniger als 2 Jahren verurteilt; ⅔ der Frauen erhielten Strafen von weniger als 5 Jahren, während fast 60% der Männer zu Freiheitsstrafen von mehr als 5 Jahren verurteilt wurden. Pracejus errechnete eine Differenz von 4 Jahren und 8 Monaten zwischen den durchschnittlichen Strafen aller 1980 in Nordrhein-Westfalen wegen eines Tötungsdeliktes verurteilten Personen und den Strafen der verurteilten Frauen.

Tun Ihnen die Männer schon leid, die in Verdacht geraten, ein Tötungsdelikt begangen zu haben? Sind nicht doch die Männer diskriminiert, wie Geißler und Marißen behaupten? Und was ist mit der These, Frauen würden vor allem für die Delikte hart bestraft, die üblicherweise von Männern begangen werden? (Hofmann-Bustamente 1973, Gipser 1978)

Kehren wir zurück zum Ausgangspunkt: Was wird Männern vorgeworfen, wenn sie wegen eines Tötungsdeliktes verurteilt werden, und für welche Handlungen werden Frauen bestraft? Gleichen sich die Vorwürfe, und wenn nein, erscheinen unterschiedliche, auch härtere Reaktionen ‹gerecht›? Und was macht eigentlich die ‹Härte› aus: die Höhe der Strafe oder der strafrechtliche Vorwurf oder vielleicht die Verweigerung strafrechtlicher Entlastung? Und schließlich, gibt es nicht auch diskriminierende Entschuldigungen?

3. Die eigene Untersuchung

Geht man, wie ich dies eingangs bereits angedeutet habe, von der weitgehenden Unvergleichlichkeit der Geschlechter im Bereich der verurteilten Tötungskriminalität aus, dann legt dies nahe, eliminierbare Unterschiede in der Struktur des Datenmaterials soweit möglich zu vermeiden, um die Vergleichsmöglichkeit in einem gewissen Sinne erst herzustellen. Wir haben dies in der Untersuchung auf zweierlei Arten versucht:

1. durch die Beschränkung der Untersuchung auf *einen* Kriminalitätsbereich, nämlich die als Tötungsdelikte definierten und verurteilten Taten;
2. durch die Beschränkung auf eine ganz spezifische Täter-Opfer-Beziehung, nämlich die zwischen erwachsenen Männern und Frauen.

Da Männer statistisch zehnmal häufiger wegen eines Tötungsdeliktes verurteilt werden, haben wir aus arbeitsökonomischen Gründen bei den männlichen Tätern eine Zufallsstichprobe gezogen (jedes 10. Urteil), bei Frauen dagegen alle Urteile einbezogen. Insgesamt liegen der Untersuchung die Daten von 84 männlichen und 93 weiblichen Tätern zugrunde, die zwischen 1975 und 1985 wegen Mordes oder Totschlags verurteilt wurden. Die Untersuchung umfaßt Urteile aus 9 Bundesländern. Die Urteile wurden uns vom Bundesjustizministerium zur Verfügung gestellt.

Meine erste Feststellung über die Benachteiligungen von Frauen im Rahmen der verurteilten Tötungskriminalität führt allerdings nochmals weg von einer Gegenüberstellung der Taten und TäterInnen und hin zu Bekanntem, das zu erinnern trotzdem lohnt.

Die weitreichendste Benachteiligung ergibt sich aus dem Opferstatus von Frauen.

Berücksichtigt man, daß wir nur 1/10 der Taten männlicher Verurteilter einbezogen haben, dann läßt sich begründet vermuten, daß auf 12 Frauen, die von einem Mann – mit strafrechtlichen Konsequenzen – getötet wurden, nur ein toter Mann kommt, der Opfer einer Frau wurde. Und selbst bei den Taten, die von den Gerichten als bloß versuchte Tötungsdelikte definiert wurden, sind Frauen 6,5 mal häufiger Opfer von Männern als umgekehrt. Hinzu kommt noch eine besondere Form der Benachteiligung: 1/4 der Frauen kennen ihren Täter kaum oder gar nicht. Sie haben, mit anderen Worten, keine Chance, sich zu schützen, und sie haben auch nicht zur Konfliktentstehung beigetragen, indem sie in eine Beziehungsdynamik verstrickt waren, an der Täter wie Opfer beteiligt gewesen sein könnten. Sie sind schlicht Opfer männlicher Gewalt, nicht selten sexueller Gewalt. Etwa jeder 5. Täter hat bei der Tat, so wie sie das Gericht beschreibt, auch irgendeine sexuelle Absicht verfolgt.

Meine zweite Behauptung einer Benachteiligung von Frauen im Rahmen der Tötungsdelikte mag wie ein absurder Zirkelschluß klingen:

Frauen sind dadurch benachteiligt, daß sie selten vor Gericht stehen.

Das heißt, ihr Leben, ihre Konfliktlagen, ihre Motive sind sehr viel weniger Teil des ‹Gerichtsalltages› als Verhaltensweisen von Männern; Männer prägen das Bild der Richter, ihre Handlungsweisen sind den Richtern vertrauter, die der Frauen dagegen fremd. Wir müssen uns in diesem Zusammenhang nur klarmachen, daß z. B. in einer Stadt wie Bremen statistisch nur einmal im Jahr eine Frau vor Gericht steht, die ihren Mann wirklich getötet hat, in der gleichen Zeit werden aber 12 Männer verurteilt. Meines Erachtens hat dies zwei diskriminierende Auswirkungen auf Frauen, die töten. Einerseits macht sie diese Form der Abweichung zum isolierbaren Monster. Die Berichte in Zeitungen scheinen mir ein gutes Beispiel hierfür, oder auch Mergens denkwürdiger Satz: ‹Frauen können grausamer sein als Männer› (Mergen 1978, 225). Dies schließt andererseits nicht aus, daß Frauen, die ‹unbekannten Wesen›, das ‹andere Geschlecht›, zwar ‹besser wegkommen› als Männer, gleichzeitig könnten sie aber schlechter wegkommen, als es ihrer Konfliktlage entspräche, wenn diese nur als kollektive zu erkennen wäre.

Hinzu kommt, daß eine angeklagte Frau meist auf männliche Richter treffen wird. Das begrenzt die Möglichkeiten des Verstehens, genauso wie Schichtunterschiede die Verständigung behindern.

Ich möchte meine weiteren Thesen über die Benachteiligungen von Frauen im Bereich der verurteilten Tötungskriminalität an zwei Beispielen deutlich machen, die ich in Teilen einander gegenüberstelle. Ich zitiere aus den Urteilen. Ich nenne die Täterin ‹Maria› und den Täter ‹Josef› (– mit f, um jede Ähnlichkeit mit lebenden oder toten Personen zu vermeiden). Die beiden Fälle sind durchaus typisch: ⅔ aller von uns untersuchten Tötungsverurteilungen spielten sich im Rahmen sog. ‹Liebesbeziehungen› ab (67,2 %); fast 80 %, wenn Frauen die Täter waren (78,5 %), immerhin die Hälfte bei den männlichen Tätern (52,4 %). In mehr als der Hälfte (53 %) dieser sogenannten ‹Liebesbeziehungen› kam es nach den Feststellungen der Gerichte zu Mißhandlungen der Frauen, etwas häufiger, wenn die Frau die Täterin war (57 % gegenüber 45,5 % bei männlichen Tätern).

A) Die Beziehungen

FALL A: *Im August lernte Maria den Kraftfahrer Karl-Heinz kennen. Er wollte sich ihretwegen scheiden lassen. Ihre gute Beziehung wurde aber durch eine extreme Eifersucht des Karl-Heinz, die sich unter Alkoholeinfluß auch in massiven Tätlichkeiten äußerte, gestört. Wie schon früher eine Freundin und seine Ehefrau bedrohte und schlug er dann auch Maria. Sie wollte sich deshalb mit Tabletten und Gas das Leben nehmen und trennte sich vorübergehend von ihm. Beide versöhnten sich jedoch wieder und bezogen eine gemeinsame Wohnung.*

FALL B: *Josef führte zunächst eine harmonische Ehe, die jedoch später dadurch getrübt wurde, daß sich seine Frau immer mehr dem*

Trunke ergab und bald den Haushalt, aber auch ihre Körperpflege immer mehr vernachlässigte. Ihre Familie litt darunter, zumal sie launisch und zänkisch wurde, wenn sie getrunken hatte. Josef wußte sich nicht anders zu helfen, als seine vom Hausarzt als sensibel gekennzeichnete Frau immer wieder zu verprügeln, wenn sie es wieder zu arg getrieben hatte. Dabei schlug er auch mit den Fäusten zu. Er hatte mit seinem Vorgehen insofern Erfolg, als sich seine Frau nach jeder Tracht Prügel zusammennahm, um dann allerdings wieder rückfällig zu werden. Der Hausarzt stellte bei ihr wiederholt Blutergüsse und einmal auch ein blaugeschlagenes Auge als Folge der ständigen Mißhandlungen fest. Einmal prügelte Josef seine Frau derart, daß sie sich eine Rippe und einen Ellbogen brach. Ein anderes Mal richtete Josef, der selbst gelegentlich über den Durst trank, seine Frau derart zu, daß sie mehrere Wochen bettlägrig war. Die geschlechtlichen Beziehungen zwischen den Ehegatten litten durch die Trunksucht der Frau stark. Ihre ungepflegte Erscheinung, der durch den Alkoholgenuß hervorgerufene Gesichtsausschlag und ihr starker Körpergeruch stießen Josef ab. Gegenüber dem Hausarzt äußerte er wiederholt, daß man sich an seiner Frau ‹nicht mehr begeistern› könne. Davon abgesehen waren die Beziehungen noch dadurch belastet, daß Josef gewisse Praktiken wünschte, mit denen seine Frau nicht einverstanden war. Eine gewisse Ersatzbefriedigung fand Josef in der Lektüre pornographischer Hefte. Sein Groll machte sich nicht nur in Mißhandlungen, sondern auch in wiederholten Äußerungen gegenüber dem Hausarzt Luft, er werde seine Frau eines Tages noch totschlagen.

Urteilsbegründungen, das zeigen diese Beispiele, sagen vermutlich mehr über die Richtenden und deren Begründungsmuster als über die Tat. In Gerichtsurteilen werden menschliche Handlungen konstruiert im Hinblick auf ein Ziel: die – retrospektive – Begründung eines gefällten Urteils. Man könnte die Urteilsbeschreibungen auch als Projektionen der Richtenden begreifen und beschreiben. Ich habe dies – vorläufig – nicht getan, obwohl sich so sicher eine Innenansicht einer männerbündischen Gesellschaft entwickeln ließe: Denn nur bei 6 von 174 Urteilen waren mehr Frauen als Männer beteiligt, aber in einem Drittel der Fälle ausschließlich Männer.

An den oben dargestellten Urteilen fallen sehr unterschiedliche Verhaltenswertungen auf, und zwar nicht nur zwischen der weiblichen Täterin und dem männlichen Täter, sondern auch zwischen dem männlichen Täter und seinem weiblichen Opfer: Während die Ehefrau sich «der Trunksucht ergibt», trinkt Josef, wie wir beiläufig erfahren, «selbst gelegentlich über den Durst».

Die Darstellung weiblicher Opfer folgt häufig einer Maxime, die wir aus Vergewaltigungsverfahren kennen: ‹blame the victim› (Abel, 1988).

Dies ist auch dann zu beobachten, wenn die weibliche Täterin gleichzeitig Opfer ihres Opfers ist. Die Entlastung des männlichen Täters wird über Verhaltens- und Persönlichkeitsbeschreibungen der Opfer gesucht: Die Ehefrau vernachlässigt sich, ist launisch und zänkisch, so daß sich Josef nicht mehr anders zu helfen weiß, als zuzuschlagen. Oder: Die geschlechtlichen Beziehungen litten unter der Trunksucht und dem Körpergeruch der Ehefrau, nicht aber darunter, daß Josef gewisse Praktiken wünschte (meine Phantasie kennt keine Grenzen und ist auch schon geneigt, sich dem Suff zu ergeben). Dies belastet die Beziehung nur zusätzlich und erscheint nachgerade als Folge des Verhaltens der Ehefrau, denn der arme Josef findet – man ist geneigt zu ergänzen: leider nur – eine *gewisse Ersatz*befriedigung in der Lektüre pornographischer Hefte.

Alle diese Beschreibungen machen nur Sinn, wenn sie Frauen beschreiben. Welche Frau könnte dadurch in ihren Aggressionen entschuldigt sein, daß ihr Mann *sich* vernachlässigt. Und auch Attribute wie ‹launisch› und ‹zänkisch› scheinen in diesem Zusammenhang wie selbstverständlich Frauen zu beschreiben. Beschreibungen, die sich auch bei der Attribuierung weiblicher Täterinnen wiederfinden.

Andererseits verfällt die Sprache in eine Distanz zum Handelnden, sobald es um die Beschreibung der Mißhandlungen geht. Eines der sprachlichen Mittel, vom Handelnden abzulenken – und so keinen Vorwurf aus den Handlungsbeschreibungen zu machen –, ist die Voranstellung des Satzobjektes und die passivische Formulierung der Handlung. So heißt es nicht: Er schlug Maria, wie er schon früher eine Freundin und seine Frau geschlagen hatte, sondern es heißt: Wie schon früher eine Freundin und seine Frau... schlug er auch Maria. Eine solche Einleitung läßt uns auf eine Handlung der an den Satzanfang gestellten Personen warten: Was haben die frühere Freundin und die Ehefrau getan? Sie wurden geschlagen. Damit wird erreicht, was sich bei der Beschreibung von Josefs Verhalten noch deutlicher zeigt: es wird – klammheimlich – die Verantwortlichkeit von der handelnden Person weggenommen. Ein anderes Mittel ist die Verknüpfung von Erklärung und Handlung: Er wußte sich nicht anders zu helfen, deshalb schlug er sie. Oder sogar von Handlung und Handlungserfolg: Er hatte mit seinem Vorgehen insofern Erfolg, als sich seine Frau nach jeder Tracht Prügel für einige Tage zusammennahm, dann aber wurde sie rückfällig. Nicht Josef trägt die Verantwortung für sein Schlagen, sondern seine Ehefrau für den Rückfall. Und für Josef! Der gesellschaftliche Konsens, der hier zum Vorschein tritt, lautet, daß Frauen, Ehefrauen, Geliebte, Mütter für das Verhalten «ihrer» Männer Verantwortung tragen. Überspitzt: Hätte sie ihre Verantwortung wahrgenommen, nicht getrunken, sich gewaschen, sich seinen sexuellen Praktiken nicht widersetzt, wäre es mit ihm auch nicht so weit gekommen.

Gleichzeitig fällt auf, daß das Gericht ganz offensichtlich das Gefühl leitet, die Frage der ‹Schuld› an der Konfliktentstehung (an der ganzen Misere) entscheiden zu müssen oder zu sollen. Mag sein, daß dies der Verteidigungsstrategie des Täters entspricht, mag sein, daß das Gericht durch diese Art der Beschreibung, die ja am Urteil nichts ändert, die Akzeptanz des Urteils beim Täter erhöhen will. Dann wäre zu prüfen, ob Frauen sich eher ‹schuldig› fühlen und deshalb die ‹Schuld› nicht auf andere schieben. Jedenfalls fällt auf, daß in den Urteilen in der Regel kein Platz ist für die Dynamik und Ambivalenz des Konflikts. Nehmen wir es denn als Spezifik der rechtlichen Konstruktion der Wirklichkeit, die Widersprüche und Brüche nicht zuzulassen scheint, und nach eindeutigen Bewertungssituationen schreit. In aller Eindeutigkeit: Mit Tätern und Opfern, Täter-Opfern, Opfer-Tätern (Christina Thürmer-Rohr) und Opfern der Opfer. Man kennt schließlich das Leben. Wäre noch zu ergänzen, daß mann als Mann das Männerleben kennt. Die Psyche von Frauen ist hinter dem Richtertisch wahrscheinlich genauso unergründlich wie am Frühstückstisch.

B) Die Tat

FALL B: *Angesichts der nicht enden wollenden Vorwürfe seiner Ehefrau und des abstoßenden Bildes, das sie bot, verlor Josef die Beherrschung. Er versetzte ihr einen Schlag in das Gesicht, so daß sie aus dem Sessel auf den Boden fiel und dort auf dem Rücken liegenblieb. In dieser Lage versetzte ihr der Angeklagte heftige Faustschläge in das Gesicht und gegen den Leib, trat mit seinen nackten, aber mit Hauspantoffeln bekleideten Füßen gegen sie und sprang schließlich mit beiden Beinen mehrfach auf ihr herum. In seiner entfesselten Wut ergriff er endlich eine Flasche oder einen anderen Gegenstand und stieß diesen mehrmals mit aller Kraft derart gegen und in ihr Geschlechtsteil, daß die hintere Scheidenwand auf einer Strecke von etwa 10 cm einriß und außerdem noch folgende Verletzungen entstanden: Durchriß des Dammes, Durchriß des Scheidenmuskels, Zerfetzung der scheidenbenachbarten After- und Mastdarmwandung, Durchriß der unteren Scheidenwand und – etwa in Höhe der beidseitigen Darmansätze – je ein blind im Beckenboden endendes Loch von etwa 2 cm Durchmesser und 4 cm Tiefe.*

FALL A: *Im Wohnzimmer kam es zu einem heftigen Streit, weil Maria die als unberechtigt empfundenen Vorwürfe des eifersüchtigen Karl-Heinz nicht hinnahm. Er wurde auch handgreiflich und schlug die sich wehrende Angeklagte. Als Karl-Heinz die durch die lautstarke Auseinandersetzung wach gewordenen Kinder hörte, ging er auf den Flur hinaus. Die Angeklagte meinte, ein ängstliches «Nicht, Heinz» ihres Sohnes Michael zu hören, befürchtete eine Bedrohung ihrer Kinder durch Karl-Heinz, holte ein Dekorationsmesser mit ca. 20 cm langer Klinge, das in einer Scheide an der Wand hing, und lief damit in den Flur. Obwohl sie dort keine bedrohliche Situation für ihre Kinder vorfand, stach sie mit dem Messer einmal auf den Oberkörper des vor ihr stehenden, überraschten Karl-Heinz ein.*

C) Nach der Tat

FALL A: *Nachdem Karl-Heinz von einem Lungen-Herz-Stich getroffen blutend zusammenbrach, alarmierte Maria die Feuerwehr.*

FALL B: *Nachdem Josef seine Frau in dieser Weise etwa fünf Minuten mißhandelt hatte, ließ er sie auf dem Teppich liegen, setzte sich wieder in den Sessel und sah sich den Spielfilm bis zum Schluß an. Dabei verspürte er nach der Aufregung und Anstrengung Herzschmerzen. Nach dem Ende des Films hob er seine Frau auf, trug sie ins gemeinsame Schlafzimmer, legte sie dort unbekleidet in ihr Bett und deckte sie zu. Danach ging er ebenfalls zu Bett, weinte infolge der durch den Vorfall hervorgerufenen Gemütsbewegung und schlief schließlich ein. Wahrscheinlich war die Frau schon tot, als Josef sie aufhob und ins Bett trug.*

D) Die Tötungsabsicht

FALL B: *Infolge seiner Trunkenheit und seines Affektes hatte Josef trotz der schweren Mißhandlungen mit einem tödlichen Ausgang nicht gerechnet. Es ließ sich nicht feststellen, daß er, als er seine Frau ins Bett trug, die Schwere ihrer Verletzungen oder gar ihren Tod schon kannte. Trotz seiner Trunkenheit und seines Affektes hätte er vorhersehen können, daß die überaus schweren Mißhandlungen geeignet waren, den Tod seiner Ehefrau herbeizuführen.*

FALL A: *Maria wollte Karl-Heinz zumindest verletzen. In ihrer Erregung und alkoholischen Beeinflussung war sie auch mit dem Tod ihres Freundes einverstanden. Sie hat ihren Freund mit bedingtem Tötungsvorsatz getötet.*

Es gibt nur eine rechtliche Kategorie, die die Brutalität der Tathandlung selbst beschreibt: die grausame, das Opfer absichtlich quälende Tötung, die als Mord gilt. Sie ist in unserer Untersuchung nicht aufgetaucht, obwohl es viele ähnliche Fälle gab. Sie hätte auf Josef auch keine Anwendung finden können, denn sie würde voraussetzen, daß Josef bei seinen Handlungen den Tod seiner Ehefrau wollte oder billigend in Kauf nahm. Davon aber ist das Gericht nicht ausgegangen. So bleibt der Frauenhaß, der sich in der Tatausführung entlädt, ohne Einfluß auf das Unwerturteil, wenngleich er – vorgeblich oder tatsächlich, wir wissen es nicht – die Höhe der Strafe bestimmen soll. Das gilt auch für die erschreckend häufigen Verletzungen der Genitalien von Frauen, in denen, so scheint es, die Weiblichkeit selbst zerstört werden soll.

Ich erwähne dies hier, weil es andererseits eine Kategorie gesteigerten Unrechts gibt, die nach den Ergebnissen unserer Untersuchung typischerweise bei Taten von Frauen, und hier noch in besonderem Maße bei Taten gegen ihre Ehemänner oder Geliebten, eingreift: die heimtückische Tötung. Ein Viertel aller Taten, die Frauen an ihren Partnern begangen haben, wurden als (heimtückischer) Mord eingestuft, unabhängig vom Ausgang der Tat (17 von 21 Mordverurteilungen hatten den Partner als Opfer); dagegen sollen nur ⅛ der Tötungsdelikte von Männern an ihren Geliebten oder Ehefrauen ‹Mord› gewesen sein. ¾ aller Mordverurteilungen von Frauen beruhen auf dem Merkmal der Heimtücke, auf dem Vorwurf des nicht offen feindseligen Angriffs, der sich für Frauen ganz offensichtlich von selbst verbietet.

Es gibt auch nur eine Kategorie, die das Verhalten nach der Tat, den Wiedergutmachungsversuch, strafmindernd berücksichtigt: der Rücktritt vom Versuch. Auch auf ihn sind wir in unserer Untersuchung nicht gestoßen, obwohl viele Frauen, offensichtlich erschrocken über ihre Tat, Hilfe geholt haben. Aber auch die Vorschriften über den Rücktritt vom Versuch hätten Maria nicht retten können, denn das bloße Hilferufen reicht nicht. Zynisch könnte man sagen, daß dies ebenso an den rechtlichen Kategorien liegt wie die Tatsache, daß Josef dafür belohnt wird, daß er sich nicht weiter um seine Frau gekümmert hat. Er beweist damit, daß er nicht mit dem Tod seiner Frau gerechnet hat, also gar nicht bedingt vorsätzlich gehandelt haben kann. Dabei kommt ihm zu Hilfe, daß er seine Frau schon so viele Male vorher geschlagen hat, ohne daß sie gestorben ist. Und gerade diesmal ist er, so scheint uns das Gericht mitteilen zu wollen, selbst so arm dran, er hat Herzschmerzen von der Aufregung und der Anstrengung und weint infolge der Gemütsbewegung. Am Ende schläft er ein, wie ein Kind – und wie viele der Männer, die Frauen getötet haben. Josef schließlich, den Mann, entlastet auch seine Trunkenheit.

Maria, die Frau, entlastet ihre Trunkenheit nicht. Sie soll mit dem Tod ihres Freundes, den sie zumindest verletzen wollte, gerade deshalb einverstanden gewesen sein, weil sie betrunken war – sie hat es, das will uns das Gericht wohl andeuten (betrunken wie sie war?), nur nicht gemerkt. Schließlich, das mußte sie wissen, können Messer Menschen tödlich verletzen. Schläge, Fausthiebe, Fußtritte, das wußte Josef, führen dagegen nicht zwangsläufig zum Tod.

Tötungshandlungen von Männern sind, im doppelten Wortsinn, *körperliche* Gewalt. Männer brauchen keine Waffen, wenn sie Frauen angreifen. Fast die Hälfte der Delikte werden sozusagen ‹mit bloßen Händen› begangen. Ganz anders bei Frauen, 4 von 5 Frauen ‹bewaffnen› sich – denn sie haben guten Grund, ‹ihre› Männer zu fürchten. Gerade der Griff zur Waffe erhöht aber die Gefahr, daß die Gerichte, die zur Willenserforschung auf Indizien zurückgreifen – geschlechtsunabhängig (Sessar, 1981) –, auf einen Tötungswillen rückschließen. Hier also liegt die Benachteiligung von Frauen gerade in der Gleichbehandlung des Vorurteils, wer zum Messer greift, rechnet auch mit dem Tod. Ein Vorurteil, das unter anderem Einfluß nehmen könnte auf die durchaus erstaunlichen Ergebnisse unserer Untersuchung, daß soviel mehr Frauen als Männer wegen eines versuchten Tötungsdeliktes verurteilt werden (54 % der Frauen, aber nur 40 % der Männer). Sessar nämlich behauptete in seiner – nicht geschlechtsspezifisch unterscheidenden – Studie, vor allem der Tatausgang nehme Einfluß auf die Bejahung des Tötungsvorsatzes und erst an zweiter Stelle die Tatbegehung (Sessar 1981, 150).

E) Die rechtliche Bewertung

FALL B: *Josef hat sich eines Verbrechens der Körperverletzung mit Todesfolge strafbar gemacht.*

FALL A: *Die geständige Maria ist des Totschlags schuldig.*

Die Verneinung des Tötungswillens bei Josef läßt den Tod seiner Frau als fahrlässige, aber nicht gewollte Folge seiner Handlung erscheinen. Ihm wird deshalb nur ein Körperverletzungsdelikt vorgeworfen, während Maria der weitergehende Vorwurf eines Tötungsdeliktes trifft.

Diese unterschiedliche Bewertung dessen, was gewollt war, immer dann eine nachträgliche Zuschreibung der Richtenden, wenn der/die Täter/in nicht ausnahmsweise den Tötungswillen einräumt, und zwar aktuell – denn Josef hat es nicht geschadet, dem Hausarzt anzuvertrauen, er werde seine Frau noch einmal totschlagen –, könnte sich vor allem bei der Einordnung nicht tödlich endender Angriffe deutlich zu Lasten von Frauen auswirken: Männer begingen Körperverletzungen, wo Frauen Tötungsdelikte begingen. Unsere Untersuchung läßt hierüber keine Schlüsse zu, denn wir haben Delikte nicht einbezogen, die als Körperverletzungen verurteilt wurden.

F) Der minder schwere Fall

FALL A: *Es handelt sich bei Marias Tat um einen minder schweren Totschlagsfall. Es kann dahinstehen, ob sie auf Grund der Mißhandlungen auf der Stelle zur Tat hingerissen wurde. Denn die Besonderheiten in der Person der leicht verletzbaren und gekränkten, stark gehemmten Angeklagten sowie in ihrer Tat nach vorausgegangener, beendeter Aggression lassen den Fall als einen sonstigen minder schweren Fall erscheinen.*

FALL B: *Ein minder schwerer Fall der Körperverletzung mit Todesfolge liegt bei Josef nicht vor. Zwar war seine Tat eine nicht fernliegende Folge der auf die Trunksucht der Ehefrau zurückgehenden Zerrüttung der Ehe. Dieser Josef entlastende Umstand wird jedoch durch sein geradzu bestialisches Verhalten gegen seine Ehefrau, die ihm während der zwanzigjährigen Ehe drei Kinder geboren hatte, mehr als wettgemacht.*

G) Die erheblich verminderte Schuldfähigkeit

FALL B: *Das Gericht hat Josef aufgrund seiner Trunkenheit erheblich verminderte Schuldfähigkeit zugebilligt.*

FALL A: *Die nicht ausschließbare erheblich verminderte Schuldfähigkeit läßt die Tat als sonstigen minder schweren Fall erscheinen.*

Warum wird bei Josef ein minder schwerer Fall erwogen, ein Fall also, der, so die Rechtsprechung, in seinem Unrechtsgehalt deutlich von den durchschnittlichen Delikten abweicht? Doch nur, weil seine Frau eine Schlampe war. Und was bedeutet ‹nicht fernliegend›: naheliegend?, also eine in der Vorstellungswelt der Richter einsichtige Möglichkeit, etwas, was sie sich vorstellen könnten zu tun, wenn sie eine solche Frau hätten? Und die Richter erlauben uns noch einen Blick ins Unbewußte: Der Wert dieser Ehefrau scheint in der Erfüllung ihrer Gebärpflicht zu liegen – und sich darin zu erschöpfen.

Anders bei Maria: Ihr objektiver Konflikt, mit einem Mann zu leben, der sie mißhandelt, und in der aktuellen Tatsituation zunächst zu glauben, er wolle den Kindern etwas antun, wird nicht als Ausgangspunkt der Exkulpationsüberlegungen gewählt. Der Konflikt, in einer Mißhandlungsbeziehung zu leben, der ein ubiquitärer gesellschaftlicher Konflikt ist, wird personalisiert – rechtlich wird nicht auf einen bekannten, erwartbaren Konflikt reagiert, sondern auf den – retrospektiv konstruierten – Zustand der Betroffenen: Die Besonderheit in der Person der Angeklagten, die Tatsache, daß sie verletzbar, leicht gekränkt, aber stark gehemmt ist, sind Anlaß, die Tat in einem milderen Licht erscheinen zu lassen. Der Konflikt selbst, das Leben in einer Beziehung, in der Maria, zu Recht, Angst vor Karl-Heinz hatte, wird bagatellisiert, die vorausgegangene Aggression wird für beendet erklärt.

Marias Fall ist typisch: Obwohl fast die Hälfte aller Frauen (45,2 %), die wegen eines Tötungsdeliktes verurteilt wurden, diese Delikte im Umfeld einer Mißhandlungsbeziehung begangen haben, gibt es keine rechtssichere Kategorie der Einordnung. Das Gesetz selbst stellt zwei Rechtfertigungsregeln auf: Handlungen aus Notwehr und Handlungen im Notstand. Die Bejahung einer Notwehrsituation würde zum Freispruch führen und konnte schon deshalb in unserer Untersuchung nicht auftauchen. Ich glaube aber, und darauf deuten auch die in Rechtszeitschriften veröffentlichten Urteile hin, daß die Notwehr in der Bewertung von Tötungshandlungen mißhandelter Frauen keine Rolle spielt. Auf einen Grund weist das dargestellte Urteil hin: Notwehr ist nur die Abwehr eines gegenwärtigen, noch andauernden Angriffs in Verteidigungsabsicht. Definieren die Gerichte den Angriff, wie bei Maria, aus welchen Gründen auch immer als beendet, die Gefahr als gebannt, dann entfällt das Notwehrrecht. Auch bei der Notstandsregelung wird eine gegenwärtige Gefahrenlage zum Anknüpfungspunkt gewählt, anders als bei der Notwehr soll hier aber eine andauernde Gefahrensituation ausreichen. Der BGH hat den Untergerichten in der Revisionsentscheidung Kappala (NStZ 1984, 21) denn auch die Anwendung der Notstandsregelungen auf mißhandelte Frauen nahegelegt, ohne erkennbare Wirkung allerdings. In unserer Untersuchung war es bei Taten mit weiblichen Tätern in etwa einem Viertel der Fälle (23,7 %, N = 22) nach den Feststellungen des Gerichtes in unmittelbarem Zusammenhang mit der Tat zu körperlichen Mißhandlungen der Täterin gekommen, in fast allen Fällen (21,5 %, N = 20) schätzten wir die Situation aufgrund der Beschreibung des Gerichtes so ein, daß die Frau auch in Zukunft mit Mißhandlungen zu rechnen habe, gleichwohl ist keiner Frau eine Notstandslage bei der Tat zugebilligt worden. In jedem Fall scheitern diese Kategorien, wenn sich die (mißhandelte) Frau nicht zur Tat hinreißen läßt, sondern abwartet, nachdenkt, vielleicht auch nur für sich und ihre Kinder Sorge trägt.

Andererseits haben wir in unserer Untersuchung sehr wohl Kategorien ausfindig machen können, durch die die Gerichte Strafmilderungen für mißhandelte Frauen erreichen. Wir haben 48 Mißhandlungsfälle gefunden. In 35 Fällen (72,9 %) wurde der Täterin verminderte Schuldfähigkeit attestiert, in 24 Fällen wurde alternativ oder kumulativ ein minder schwerer Fall des Totschlags angenommen (50 %), 21 Strafen wurden zur Bewährung ausgesetzt (43,7 %), und in 15 dieser Fälle haben sich die Gerichte die Frage gestellt, ob die Tat durch Notwehr oder Notstand zu rechtfertigen bzw. zu entschuldigen sei (31,3 %), ohne dies zu bejahen.

Diese Aufstellung macht deutlich, wie die Gerichte die Exkulpation mißhandelter Frauen im Bereich der versuchten und vollendeten Tötungsdelikte zu erreichen suchen: mit Vorliebe unter Heranziehung der verminderten Schuldfähigkeit (Glatzel 1981). Dazu – alternativ oder kumulativ – über den minder schweren Fall des Totschlags. Ein Weg, der aber immer dann scheitern muß, wenn ein Mordmerkmal – heißt: Heimtücke – bejaht wird. Zumindest die Entlastung über den Weg der verminderten Schuldfähigkeit, die eine personifizierte tiefgreifende Bewußtseinsstörung voraussetzt, ist selbst diskriminierend. Man ist versucht, entgegenzuhalten, Angriffe mißhandelter Frauen auf ihre Mißhandler gehörten zu den bewußtseinsklaren Momenten. Der minder schwere Fall gilt, wie angedeutet, nicht in allen Fällen, und er anerkennt nur in seiner ersten Alternative den Mißhandlungskonflikt. Wie das Beispiel von Maria aber zeigt, scheinen die Gerichte gerade bemüht, den Mißhandlungshintergrund zu verschleiern und durch nichts den Eindruck zu erwecken, Tötungshandlungen seien entschuldbare Reaktionen im Rahmen von Mißhandlungsbeziehungen. Schließlich, wo kämen wir hin, angesichts 4 Millionen mißhandelnder Ehemänner – so die unverdächtige Schätzung des Bayerischen Sozialministeriums.

H) Strafzumessungserwägungen

FALL B: *Für Josef hat das Schwurgericht berücksichtigt, daß er nicht vorbestraft ist und jahrelang unter der Trunksucht der Ehefrau gelitten hat. Andererseits darf nicht außer Betracht bleiben, daß Josef selbst im Alkoholgenuß nicht gerade mäßig war und in diesem Punkt kein gutes Beispiel gegeben hat. Auch kann die an Roheit kaum zu überbietende Tat nicht als persönlichkeitsfremd angesehen werden. Denn Josef hatte seine Frau häufig und brutal mißhandelt. Daß dies der falsche Weg war, um sie vom Alkohol abzubringen, hätte sich ihm, der angeblich seine Frau innig liebte, aufdrängen müssen.*

FALL A: *Wegen ihrer hervorgetretenen Aggressionstendenzen braucht Maria allerdings eine Warnung. Gegen sie spricht auch eine gewisse Überlegung und Planung bei der Tatausführung selbst, zu der sie erst das Messer von der Wand und aus der Scheide nehmen und in einen anderen Raum gehen mußte.*

6 von 10 Männern, aber nur 2 von 10 Frauen sind vorbestraft, bevor sie das zur Verurteilung gelangte Delikt begehen – und: die Vorstrafen von Männern sind gravierender, fast die Hälfte der vorbe-

straften Männer, aber keine Frau war bereits früher zu einer Haftstrafe verurteilt worden.

Auch die Strafzumessungserwägungen führen zu seltsam anmutenden Gegenüberstellungen: Josef, der es gut meint, aber irrt, in dem Versuch, seine Frau durch Prügel vom Alkohol abzubringen; Maria, deren Aggressionstendenzen eine Warnung verdienen, die als planvoll und überlegt handelnd beschrieben wird, weil sie ein Messer von der Wand nimmt, während Josef, der 5 Minuten auf seiner Frau herumsprang, sie dann Stunden liegen ließ, sich solche symbolischen Bewertungen seiner Person und seiner Handlungen nicht gefallen lassen muß.

I) Die Strafe

Josef wird wegen einer Körperverletzung mit Todesfolge zu einer Freiheitsstrafe von drei Jahren und sechs Monaten verurteilt.

Maria erhält eine Freiheitsstrafe von zwei Jahren wegen Totschlags. Die Strafe wird zur Bewährung ausgesetzt.

Hier ist er: der von Geißler und Marißen nachgewiesene ‹Frauenbonus›. In der Tat spricht in unserer Untersuchung vieles dafür, daß Benachteiligungen von Frauen tatsächlich nicht gefunden werden können, wenn man sie ausschließlich in der Höhe des Strafmaßes sucht. Nur, gibt es sie deswegen nicht, sind womöglich gar die Männer, wie Geißler und Marißen behaupten, sogar ‹doppelt› benachteiligt?

Um an den Ausgangspunkt der Überlegungen zurückzukehren. Unsere Untersuchung gibt einige Anhaltspunkte dafür, daß das Strafrecht gegenüber Frauen (vgl. auch Sauer-Burghard/Zill 1984) im Bereich der Tötungsdelikte, und vor allem mit dem Ehemann oder Geliebten als Opfer, eher in seinem symbolischen Gehalt eingesetzt wird: versuchtes Tötungsdelikt statt Körperverletzung, Mord statt Totschlag, keine Strafminderung wegen Versuchs, keine Anerkennung der Notwehr – oder Notstandslage. Diese symbolische Bestrafung korrespondiert nicht mit höheren Freiheitsstrafen, wenn man die Geschlechter in einen unmittelbaren Vergleich bringt.

Die nachfolgende Tabelle zeigt die Unterschiede im durchschnittlichen Strafmaß (Angaben in Monaten)[1]:

	Männer	Frauen
vollendeter Mord	123,4 (182,3)	110,1 (164,4)
vollendeter Totschlag (kein minder schwerer Fall)	112,1	66,9
vollendeter Totschlag im minder schweren Fall	60,4	31,9
versuchter Mord	84,5	56,3 (73,7)
versuchter Totschlag (kein minder schwerer Fall)	49,9	41,8
versuchter Totschlag im minder schweren Fall	24,5	20,7

Diese Tabelle zeigt sehr deutliche Unterschiede im durchschnittlichen Strafmaß von Männern und Frauen. Solche Unterschiede in der durchschnittlichen Bestrafung sagen aber noch nichts über den *Einfluß* des Geschlechtes auf die Höhe der Strafe, hierzu bedarf es weitergehender statistischer Tests.

Wir haben mit sog. Regressionstests, bei denen versucht wird, einen bestimmten Wert (hier: Höhe der Strafe) aufgrund eines Variablenmodelles zu schätzen, versucht, den Einfluß des Geschlechts auf die Höhe der Strafe zu ermitteln. Das Modell beruht auf einer Annahme darüber, welche Faktoren das Strafmaß beeinflussen; es ist nicht das Ergebnis, sondern das Postulat der Berechnungen.

Bei den ersten Berechnungen, die von uns durchgeführt wurden,

[1] Die Tabelle berücksichtigt nur die verhängten zeitigen Freiheitsstrafen, gerechnet in Monaten. Bei einer Gesamtstrafenbildung wurde die auf das Tötungsdelikt entfallende Einzelstrafe zugrunde gelegt.

Die Angaben in Klammern verweisen auf die Durchschnittswerte, die sich ergeben würden, wenn man die lebenslange Freiheitsstrafe mit 300 Monaten einrechnen würde. Wir halten dies nur bedingt für gerechtfertigt. Lebenslänglich wurde – mit einer Ausnahme – immer dann verhängt, wenn ein vollendeter Mord bei voller Schuldfähigkeit angenommen wurde und die Verurteilung nicht durch ein Jugendgericht erfolgte. In diesen Fällen ist lebenslänglich die zwingend vorgeschriebene Strafe und als solche – gegenüber einer zeitigen Freiheitsstrafe – von eigener Qualität. Darüber hinaus wurde noch in zwei weiteren Fällen eine lebenslängliche Freiheitsstrafe ausgesprochen, einmal für vollendeten Mord bei gleichzeitiger Annahme verminderter Schuldfähigkeit, zum anderen für einen versuchten Mord im Zustand voller Schuldfähigkeit.

haben wir ein Modell aus 11 Variablen zugrunde gelegt, das neben dem Geschlecht die Verurteilung durch ein Jugendgericht, die Unterscheidung zwischen Mord und Totschlag, die Annahme eines minder schweren Falls und/oder verminderter Schuldfähigkeit, die mittäterschaftliche Verurteilung, die Vorstrafenbelastung, abweichende Tatdarstellungen und Leugnen sowie die Prüfung der Notwehr- und Notstandsvoraussetzungen berücksichtigt. Durch dieses Modell werden 65 % der Varianz erklärt. Das Geschlecht ist hier gegenüber den anderen Variablen aber kaum noch signifikant (0,90). Mit anderen Worten: Frauen werden hier nicht begünstigt, weil sie Frauen sind, sondern sie sind mittelbar begünstigt, weil bei ihnen Faktoren häufiger vorliegen, die sich – für Männer wie für Frauen – allgemein günstig auswirken. Also selbst hier keine *geschlechtsspezifische* Bevorzugung, auch kein Frauenbonus, sondern unterschiedliche Reaktionen auf unterschiedliche rechtliche Wertungen und tatsächliche Umstände.

Literatur

Abel, Maria Henriette, 1988, Vergewaltigung, Weinheim 1988

Becker, Günter/Groß, Manfred, 1980, Mord- und Totschlagsdelikte in Berlin (West) 1967 bis 1976, in: Berliner Statistik, Heft 8/1980

Dürkop, Marlis, 1978, Frauenkriminalität in: Frauen im Gefängnis, Frankfurt 1978, Seite 187–216

Glatzel, Johann, 1981, Verminderte Schuldfähigkeit, Strafverteidiger

Gipser, Dietlinde, 1978, Devianz als Problemlösung, in: Kriminologisches Journal, 1978, Seite 305–308

Hoffmann-Bustamente, Dale, 1973, The Nature of female Criminality, in: Issues in Criminology, Vol. 8, 1973, Seite 117–137

LKA Nordrhein-Westfalen, 1978, Aussagekraft der PKS, unveröffentlichtes Manuskript

Mergen, Armand, 1978, Die Kriminologie, München 1978

Pracejus, Michael, 1986, NStZ 1986, 22–24

Rasch, Winfried, 1975, Tötungsdelikte in: Handwörterbuch der Kriminologie, Berlin 1975, 353–398

Rode, Irmgard/Scheld, Siegfried, 1986, Sozialprognose bei Tötungsdelikten, Berlin 1986

Sessar, Klaus, 1979, Der zweifelhafte Aussagewert der PKS, in: Kriminalistik-Forum 1979, 167–171

1979a, Über die verschiedenen Aussichten, Opfer einer gewaltsamen Tötung zu werden, in: Das Verbrechensopfer, Bochum 1979, 301–320

1981, Rechtliche und soziale Prozesse einer Definition der Tötungskriminalität, Freiburg 1981

Dagmar Oberlies, ist Rechtsanwältin in Saarbrücken.

Doris Gercke

Wo der Krimi aufhört ...

Kurzer Bericht über die Situation von Frauen im Strafvollzug *

I. Frauen im Krimi sind Opfer, und insoweit spiegelt sich im Kriminalroman ein bestimmter Aspekt der gesellschaftlichen Situation von Frauen durchaus wider. Bewußt oder unbewußt scheinen sich die Autoren den von Edgar Allan Poe [1] aufgestellten Grundsatz: «Der Tod einer schönen Frau ist also ohne Zweifel das poetischste Thema der Welt» angeeignet zu haben. Auch der in der letzten Zeit viel besprochene «weibliche Kriminalroman» hat die Opfersituation der Frauen nur in dem Sinne aufgehoben, daß der männliche Detektiv jetzt eine «Schwester» bekommen hat. Frauen als Täterinnen sind auch hier kein Thema.

Sicher hat diese Tatsache auch damit zu tun, daß der Anteil von Frauen an der allgemeinen Kriminalität tatsächlich relativ gering ist. Von 1882, als in Deutschland die erste Kriminalstatistik (Verurteiltenstatistik) aufgestellt wurde, bis heute schwankt er zwischen etwa 20 Prozent und 15 Prozent (in den fünfziger und sechziger Jahren sogar nur zwischen 11 Prozent und 12 Prozent), wobei allerdings eine deutliche Steigerung der weiblichen Kriminalität in gesellschaftlichen Krisenzeiten feststellbar ist. Die niedrigere Kriminalitätsrate ist in anderen Ländern ähnlich.

Überwiegend männliche Kriminologen hat der relativ geringe weibliche Täteranteil in den letzten 100 Jahren zu den erstaunlichsten und verwegensten Theorien veranlaßt, die – wie könnte es anders sein – in erster Linie biologistisch und von Ängsten und Vorurteilen geprägt waren. Da sie sich im Alltagswissen der Bevölkerung zum Teil bis heute wiederfinden (und auch wegen ihrer Skurrilität), seien vorweg einige «Theorien» der Information wegen erwähnt:

* Der folgende Text bezieht sich ausdrücklich nicht auf die zur Zeit in der BRD einsitzenden weiblichen politischen Straftäterinnen.

Lombroso[2] «wies nach», daß die Frau biologisch minderwertig und intellektuell unfähig sei, wirkliche Verbrechen zu begehen.

«Wenn wir auch nachweisen mußten (!), daß das Weib geistig und körperlich ein unentwickelter Mann ist, so wird die Tatsache, daß sie sehr viel weniger zum Verbrechen neigt als er und daß sie zugleich ungleich liebevoller ist, tausendfach ihre Mängel auf intellektuellem Gebiet ersetzen.» (Zitat aus dem Vorwort)

Lombroso behauptete schlicht, Intelligenz und Leidenschaft fehlten der Frau, deshalb könne sie nicht kriminell werden. Frauen, die dennoch eine kriminelle Laufbahn einschlügen, seien anormal. Ihre geistige und körperliche Inferiorität bestimmten die Frauen nicht zum Verbrechen, sondern zur Prostitution.

Damit hatte Lombroso die Grundlage gelegt für Aussagen zur weiblichen Kriminalität, die Generationen von Wissenschaftlern zu den erstaunlichsten Annahmen inspirierten.

Z. B. Wulffen[3]:

«Weil der Geschlechtstrieb des Weibes im Durchschnitt weniger stark, weil sein geschlechtliches Verlangen weniger heftig und weniger leicht erregbar ist, deswegen fehlt ihm auch die männliche Aktivität, die hauptsächlich vom Geschlechtstriebe getragen wird. Die Aktivität aber ist es vor allem, die den Mann so stark gefährdet. Die weibliche Passivität ist ein krimineller Talisman.»

Oder auch Pollack[4]: Er besah die «Natur» der Frau, stellte fest, daß es ihr im Geschlechtsakt möglich sei, sexuelle Reaktionen vorzutäuschen (was bei Männern wegen fehlender Erektion nicht möglich sei), und folgerte daraus, daß Frauen auch über ihren Anteil an der allgemeinen Kriminalität täuschen könnten.

Psychologische Erklärungsmuster erfreuten sich später im Zusammenhang mit dem Siegeszug der Psychologie als bürgerlicher Beschwichtigungswissenschaft großer Beliebtheit. Psychische Unfähigkeit, die weibliche Rolle anzunehmen, mußte jetzt als Erklärungsmuster herhalten. Und so geht dann die Psychologie mit der Biologie eine innige Verbindung ein. Eine geradezu klassische Erkenntnis dieser Art soll hier abschließend erwähnt werden:

«Die Menstruation ist praktisch das bedeutsamste Problem. Es gab in Westdeutschland Ende 1958 12448000 Frauen im Alter von

15 bis 45 Jahren. Rechnet man die Zeiten der Schwangerschaft ab und multipliziert man – sehr vorsichtig – die Zahl der Frauenschwächen statt mit 13 nur mit 6, so ergeben sich 75 Millionen Gefahrenpunkte im Verlauf des Jahres. Das soziale Leben einer Nation ist also angefüllt von Krisenmöglichkeiten, die wir zum großen Teil nicht ahnen.» [4]

Die tatsächlichen Ursachen für weibliche Kriminalität und deren relativ geringen Anteil an der Gesamtkriminalität werden bis heute eher vermutet, als daß Aussagen darüber durch umfassende Forschungen als abgesichert gelten könnten.

Auf jeden Fall werden ernst zu nehmende Forschungsansätze Frauenkriminalität weder durch weibliche Sexualität noch durch weibliche psychische Verfassungen, sondern durch die Einbeziehung der gesellschaftlichen Bedingungen, so wie sie sich für Frauen darstellen, erklären wollen.

II.

Im Allgemeinen hört der der Krimi da auf, wo das Verbrechen aufgeklärt, der Täter gefaßt und der «Gerechtigkeit» übergeben wird. Damit hat das Genre seine Unterhaltungs- und Besänftigungspflicht erfüllt, Leserin und Leser können sich beruhigt zu Bett begeben. In Wirklichkeit ist es natürlich so, daß mit der Inhaftierung übergangslos ein neues Verbrechen beginnt. Während allerdings das gewöhnliche Verbrechen als «der isolierte Kampf des Einzelnen gegen die gesellschaftlichen Verhältnisse» [5] hart bestraft wird, gilt die Freiheitsstrafe in der gesellschaftlichen Übereinkunft als Möglichkeit, Täterin und Täter von der Gesellschaft zu isolieren, sie zur Besinnung zu bringen, zu resozialisieren, wieder zu integrieren.

Diese Annahme erweist sich in der überwiegenden Anzahl der Fälle als absurd. Sie dient vermutlich dazu, das Straf- und Rachebedürfnis der Gesellschaft zu befriedigen, ohne dies als solches zu benennen.

Ein besonders «interessantes» Kapitel stellt in diesem Zusammenhang der Frauenstrafvollzug in der Bundesrepublik dar; wobei ich vermute, daß dies nicht auf die BRD beschränkt ist, sondern sich in allen auch patriarchalisch organisierten Gesellschaftsordnungen und Staaten wiederfindet.

In der Bundesrepublik befinden sich regelmäßig zwischen 1300 und 2000 Frauen in Haft.[6] Die Verhältnisse während der Haft werden durch verschiedene Verwaltungsvorschriften, insbesondere aber durch das Strafvollzugsgesetz von 1976 bestimmt. Dieses Strafvollzugsgesetz war insoweit zu begrüßen, als zum erstenmal der Vollzug der Freiheitsstrafe gesetzlich geregelt und damit rechtsstaatlichen Ansprüchen formal Genüge getan wurde.

Es soll hier nicht auf die grundsätzliche Schwäche des Gesetzes eingegangen werden, die darin besteht, daß das Vollzugsziel, die Gefangenen zu befähigen, «künftig in sozialer Verantwortung ein Leben ohne Straftaten zu führen», dem ebenfalls im Gesetz definierten Sicherungsziel entgegensteht. Praktisch kann nämlich das Vollzugsziel nur erreichen, wer sich als widerstandsfähig gegenüber dem Vollzug erweist. Dieser Widerspruch gilt sowohl für Männer als auch für Frauen.

Dagegen ist offensichtlich, daß Frauen, wenn sie straffällig werden, sozial und psychisch noch stärker belastet werden als Männer und daß diese Belastungen durch die positiven Möglichkeiten, die das Strafvollzugsgesetz immerhin bietet, gerade bei Frauen noch weniger aufgefangen werden als bei Männern.

In der Praxis der westdeutschen Strafvollzugsanstalten haben Frauen weit weniger die Chance als Männer, therapeutische Behandlungen in Anspruch zu nehmen. Frauen haben seltener Urlaub und Freigang im Knast (3 Prozent bei Frauen, 11 Prozent bei Männern), die Selbstmordrate von Frauen in der Haft ist 11mal höher als die der Männer, Selbstmordversuche sind doppelt so hoch, und auch Selbstbeschädigung und Hungerstreik kommen öfter vor. Aus- und Weiterbildungsmöglichkeiten bestehen für Frauen weniger als für Männer. Frauenarbeit im Gefängnis ist eher an der traditionellen Frauenrolle ausgerichtet und bedeutet häufig Beschäftigung in der Wäscherei, Schneiderei, Plätterei, Näherei und Gärtnerei. Daß weibliche Gefangene ganz selbstverständlich damit beschäftigt werden, die Wäsche der männlichen Gefangenen zu waschen, ist keine Seltenheit.

Drei Tatsachen, die eine differenzierte Behandlung von Frauen im Strafvollzug möglich machen sollten, werden weitgehend ignoriert:

1. Entgegen einem durch sensationslüsterne Filme geförderten Vorurteil steht fest, daß straffällig gewordene Frauen stärker unter Selbstunsicherheit, mangelndem Selbstwertgefühl, Depressio-

nen, Lebensangst, Unselbständigkeit und dem Gefühl gesellschaftlicher Ächtung leiden als Männer.

Entwürdigung und Ohnmacht, die sie im Leben draußen von und gegenüber Männern und staatlichen Institutionen erfahren haben, machen sie besonders sensibel gegenüber den Entwürdigungen und der Ohnmachtssituation, die die Bedingungen der Haft automatisch mit sich bringen. Sie hätten deshalb intensivste Betreuung nötig.

2. Männer akzeptieren straffällig gewordene Frauen weit weniger als umgekehrt – ein schwereres Leben nach der Haft steht den Frauen bevor. Auf aus der Haft entlassene Frauen wartet selten ein Mann, während Männer sich wenigstens manchmal auf die Solidarität und Unterstützung durch Frauen während und nach der Haft verlassen können.

3. Die relativ kleine Zahl inhaftierter Frauen würde es technisch eher möglich machen, ihnen während des Strafvollzugs bessere Startbedingungen für das Leben danach zu verschaffen. Dazu wäre allerdings wesentlich mehr und besonders gut ausgebildetes Personal nötig. Forderungen danach bestehen schon lange[7], werden jedoch geflissentlich übersehen bzw. völlig unzureichend verwirklicht.

Diese Tatsachen deuten darauf hin, daß die Gesellschaft Frauen, die aus der (ihnen zugedachten) Rolle fallen, mindestens durch die Vollzugsbedingungen härter bestraft als Männer. Zum Verbrechen gehört eben «männliche Energie». Und Frauen gehören besonders bestraft, wenn sie sich Eigenschaften anmaßen, die ihnen nicht zustehen.

Nun wäre es allerdings verwunderlich, wenn die Benachteiligung von Frauen ausgerechnet in den Vollzugsanstalten überwunden wäre. In Wirklichkeit setzt sich hier nur fort, was in unserer Gesellschaft gegenüber Frauen allgemein üblich ist. Daß die Diskriminierung eine Personengruppe trifft, die auf Grund ihrer besonderen Situation daran gehindert ist, sich zu wehren, ist der eigentliche Skandal. Und ein Zustand, auf den immer wieder öffentlich hingewiesen werden muß. Begrüßenswerte Initiativen z. B. der Arbeiterwohlfahrt, der Grünen im Bundestag und einzelner Wissenschaftlerinnen und Wissenschaftler könnten deshalb durchaus auch Unterstützung durch die Zunft der Krimi-Autorinnen und -Autoren gebrauchen. Schließlich nehmen wir doch unser Metier ernst – oder? Und mehr gelesen als Anträge im Bundestag oder wissenschaftliche Abhandlungen werden wir auch!

Anmerkungen

1 Edgar Allan Poe: The Philosophy of Compostion, Essays und Reviews, New York, 1984, S. 19
2 Lombroso, Cesare und G. Ferrero: Das Weib als Verbrecherin und Prostituierte, Hamburg 1884
3 E. Wulffen: Das Weib als Sexualverbrecherin, Berlin 1923
4 Hans von Hentig: Das Verbrechen III, Berlin, Göttingen, Heidelberg 1963, Erstes Buch, S. 21
5 Karl Marx: MEW Bd. 3, Berlin 1969, S. 312
6 Z. B. am 31. 3. 1987 = 40983 Männer und 1480 Frauen, Angaben: Statistisches Bundesamt Wiesbaden, Fachserie 10 Reihe 4, Strafvollzug, Heft 1987
7 Dazu Helga Einsele: Handwörterbuch der Kriminologie, Berlin 1975, S. 640 ff.

Doris Gercke, geboren 1937, lebt in Hamburg. Ihr letzter Kriminalroman «Moskau meine Liebe» erschien bei Galgenberg.

Ruth Rendell

Zwei gelbe Lilien

Sie war eine berühmte Modeschöpferin und noch jung. Erstmals bekannt gemacht hatte sie der Entwurf eines Hochzeitskleides für eine Prinzessin. Jetzt sollte sie einen Vortrag vor der Frauengruppe halten, für die Bridget Thomas die Organisation machte. Sie war die zweite Rednerin im Herbstprogramm, in dem es um berufliche Erfolge von Frauen ging und wie sie sie erreicht hatten. Mehrfach hatte Bridget Annie Carter um ein paar biographische Notizen gebeten, um den Mitgliedern ihres Kreises interessante Hintergrundinformationen liefern zu können, aber sie hatte keine Antwort erhalten. Daher fragte sich Bridget schon, ob sie überhaupt noch an ihre Verabredung dachte und in drei Wochen tatsächlich ihren Vortrag halten würde. Inzwischen hatte sie eigene Nachforschungen anstellen müssen, war in die öffentliche Bibliothek gegangen und hatte im «Who's Who» unter Annie Carter nachgeschlagen.

Bridget hatte einen etwas unsicheren Job in einem kleinen, nicht besonders gutgehenden Buchladen. Sie war Mitte Dreißig und hatte ein recht hübsches Gesicht, das oft besorgt und abgespannt wirkte; sie glaubte, von der jetzt anlaufenden Vortragsreihe profitieren zu können. Vielleicht erfuhr sie ein paar Erfolgsgeheimnisse, Tips fürs Weiterkommen, vielleicht sogar, wie man auf einen Schlag reich würde. Sie hatte nie genug Geld, kannte nicht das Gefühl von Sicherheit und hätte nicht einmal von einem von Annie Carters Konfektionskleidern träumen können, selbst wenn so ein Stück zweimal im Preis heruntergesetzt worden wäre. Jedenfalls standen Kleider auf ihrer Prioritätenliste nicht oben. Sie wurde von Miete, Fahrgeld und Verpflegung angeführt, und zwar in dieser Reihenfolge.

In der Bibliothek fiel sie nicht weiter auf. Sie war nie und nirgends der Typ Frau, dem man noch einen zweiten Blick schenkte. An diesem Mittwochabend, an dem der Laden zur normalen Zeit schloß und die Bibliothek später als gewöhnlich, sahen die wenigen, die sie überhaupt anschauten, eine Frau in einem langen schwarzen, irgendwie verstaubt wirkenden Rock und einem etwas weniger schwarzen T-Shirt – es war mindestens schon fünfzigmal gewaschen worden –, darüber eine dunkelgestreifte Baumwollweste. Die Füße steckten in chinesischen Slippern aus schwarzem Wildleder mit einem Gummiband über dem Spann. Ihre türkisfarbene Strumpfhose hatte unterhalb der linken Wade ein Loch, das sie noch nicht bemerkt hatte. Bridgets Haar war strähnig, lang und blond, und sie hatte es locker hochgesteckt. Sie trug eine riesige schwarze Ledertasche, geräumig und schwer und vollgestopft mit lauter unnötigen Dingen. Sie war die erste, die das zugab, und sie meinte oft, sie müsse sich einmal über die Tasche hermachen. Aber sie schaffte es nie.

Heute abend enthielt ihre Tasche: eine Anzahl zerknüllter Papiertaschentücher, einige pinkfarben, einige weiß, eine Flasche «Wild Musk»-Eau de Toilette mit Zerstäuber, drei Kugelschreiber, eine Nagelschere, einen Nagelknipser, einen Ausweis für die Londoner U-Bahn, eine Telefonkarte der British Telecom, ein Adreßbuch, einen Mascara-Stift im Farbton «After-midnight blue», ein Scheckbuch, ein Notizbuch, eine Postkarte von der Urlaubsreise einer Freundin in die Bretagne, einen Taschenrechner, eine Taschenbuchausgabe von Vasaris «Lives of the Artists», die Bridget immer zu lesen vorhatte, ohne damit recht weiterzukommen, ein Nasenspray, ein Schlüsselbund, ein Heftchen Streichhölzer, einen Silberring mit grünem Stein, wahrscheinlich Onyx, eine Fasanenfeder von einem Wochenende auf dem Land in Somerset, drei Stücke von einer Tafel Milchschokolade, eine Sonnenbrille und ihre Brieftasche, in der sich die einzige Kreditkarte befand, die sie besaß, die Scheckkarte ihrer Bank, ihr Bibliotheksausweis, ihr nie benötigter Führerschein und 70 Pfund in kleinen Noten zu fünf und zehn Pfund. Dazu kamen noch ungefähr vier Pfund in Münzen.

Am Abend zuvor hatte Bridget ihre Tante besucht. Das war auch der Grund, warum sie soviel Geld bei sich hatte. Bridgets Tante Monica war eine alte Frau, die nie geheiratet hatte und die ihr Bruder, Bridgets Vater, unverfroren und lautstark als «alte Jungfer» zu bezeichnen pflegte. Bridget hielt das für abscheulich und machte ihrem Vater entsprechende Vorhaltungen, aber er wollte nicht einsehen, wie beleidigend dieser Ausdruck war. Obwohl Monica nie verheiratet gewesen war, hatte sie es doch in anderen Lebensbereichen zu etwas gebracht und war in der Tat nahe daran, auf Bridgets Liste weiblicher Erfolgsmenschen gesetzt zu werden, die von ihrer Frauengruppe zu Vorträgen eingeladen wurden. Ererbtes Geld, das sie klug angelegt hatte, sorgte für ein beträchtliches Einkommen. Rechnete man es zu der Pension hinzu, die sie nach ihrer höheren Beamtenkarriere erhielt, konnte man sie fast reich nennen.

Bridget nahm nicht gern Geld von Monica Thomas. Jedenfalls sagte sie sich das. In Wirklichkeit nahm sie das Geld zwar gern an, hatte aber zugleich das demütigende Gefühl, daß sie als junge und gesunde Frau selber fähig sein sollte, für sich zu sorgen, statt Geld von einer Frau zu nehmen, der genau das gelungen war und noch immer gelang. Bei diesen Besuchen erkundigte sich Monica häufig, wenn auch nicht jedesmal, wie sie zurechtkomme.

«Es langt gerade so, nicht wahr?» hieß die Formel, die sich dann gewöhnlich anschloß.

Bei diesen Worten spürte Bridget stets eine leichte innere Erregung, denn sie wußte, daß sie eine bevorstehende großzügige Gabe ankündigten. Gleichzeitig schämte sie sich, daß so etwas sie überhaupt in Erregung versetzen konnte. Sie nahm an, andere Frauen empfanden das gleiche, wenn sie an die Liebe dachten oder wenn sie merkten, daß sie schwanger waren, oder wenn sie befördert wurden. Und sie erregte es schon, wenn ihre Tante, ihre altjüngferliche, in einer düsteren Etagenwohnung in Fulham zurückgezogen lebende Tante vorhatte, ihr 50 Pfund zuzustecken.

Monica baute ihr dann auf ihre Art eine Brücke. «Du kannst es genausogut jetzt nehmen, statt zu warten, bis ich tot bin.»

Und Bridget lächelte und schaute weg. Wenn sie besonders mutig war, gab sie zurück, sie solle doch nicht vom Sterben reden. Einmal hatte sie sogar gesagt: «Du weißt, daß ich nicht deswegen zu dir komme.» Aber im selben Augenblick wußte sie, daß genau das der Grund war. Und Monicas beißende Antwort lautete: «Und ich betrachte meine kleinen Geschenke auch nicht als Bezahlung für deine Besuche», und sie wußte dabei ganz genau, daß eben das der Fall und es ihnen beiden auch klar war. Sie wußten, daß es ein Handel war, ein durchaus berechneter, aber zugleich mit Scham- und Schuldgefühlen belasteter Handel.

Bridget hatte stets das Gefühl, daß sie es mit ihren 36 Jahren hätte

Bridgets Tante Monica…

sein müssen, die ihrer zweiundsiebzigjährigen Tante etwas zugute kommen ließ. Das war der normale Lauf der Dinge. Hier aber war es umgekehrt. Als sie gestern abend die Hand nach den Geldscheinen ausgestreckt hatte, konnte sie nur mit Mühe unterdrücken, daß sie vor Gier und Aufregung zitterten. Als Nachspiel dazu war dann wieder eine von Monicas beliebten Bemerkungen gefallen, wie gerne sie es doch sähe, wenn Bridget sich ein wenig besser kleiden würde. Monica hatte zwar nur einen vagen Begriff vom Wandel der Lebenshaltungskosten, doch daß ein größerer Kleiderkauf ihre Nichte mehr kosten würde, als die gewöhnliche Summe hergab, wußte sie sehr wohl. Also mußten zu den üblichen 50 noch einmal 25 dazugelegt werden.

Rund fünf Pfund waren im Verlauf des Tages draufgegangen. Für den Rest hatte Bridget eine Menge Verwendungsmöglichkeiten, und dazu gehörte nicht einmal der Kauf des schlichten dunklen Mantels nebst Rock und pinkfarbenem Twinset, den Monica angeregt hatte. Da waren zum Beispiel die Gasrechnung und die Gelegenheit, endlich das Kreditkartenkonto auszugleichen, auf dem 21 Prozent Zinsen berechnet wurden. Nicht daß Bridget nicht auch sehnsüchtige Gedanken an schöne Dinge durch den Kopf gingen, die sie gern besessen hätte, aber höchstwahrscheinlich nie besitzen würde. Einen Sessel aus dem Schaufenster in der Bond Street zum Beispiel, der dort einsam und in schlanker, fast überheblicher Eleganz stand mit seinen hohen Beinen und seiner geschwungenen Rückenlehne; eine wahre Zierde hätte er für ihr Zimmer sein und sie täglich mit einem Gefühl von Glück und Stolz erfüllen können. Und ausgerechnet heute hatte eine Frau in den Laden kommen und den neuen Salman Rushdie bestellen müssen, und sie hatte ein Kleid angehabt, das ohne Zweifel von Annie Carter stammte. Bridget hatte auf das Kleid gestarrt wie auf ein unerreichbares Wunderwerk, auf die phantastischen Reißverschlüsse an den Ärmeln, auf die dreieckigen Ausschnitte unter den Armen, den zipfeligen Saum und das geschlitzte Rückendekolleté. Sie bewunderte gerade das Ausgefallene an diesen Dingen und würde in einem pinkfarbenen Twinset nicht einmal begraben sein wollen.

Sie hatte die Kundin sehnsüchtig angestarrt, so wie sie jetzt, als sie das «Who's Who» an seinen Platz schleppte, im Vorbeigehen auf den Rücken einer himmlischen Jacke gestarrt hatte. Sie konnte nachher nicht mehr sagen, ob ein Mann oder eine Frau sie getragen hatte. Sie erinnerte sich nur noch an eine Figur in Jeans. Diese Figur in Jeans drückte sich gegen die Regale mit der Science-fiction-Literatur, so daß sie die Rückseite der Jacke wunderbar im Blick hatte. Die Jacke war aus blauem Denim mit Motiven in Applikationstechnik. Bridget wußte, daß es eine Applikation war, denn sie hatte etwas von dieser Technik in einem Handarbeitskurs gelernt. Der Kurs hatte zu ihrem horizonterweiternden, das Lebensgefühl steigernden Programm gehört, mit dem sie die Einsamkeit bekämpfte. Für das Muster auf der Jacke waren Satin, Seide und Brokat verarbeitet worden, dazu Perlen, Ziermünzen und Goldfäden. Es bestand aus einem Schwarm leuchtender Schmetterlinge, purpurfarben, türkis, zinnoberrot, königsblau und fuchsienpink, und sie taumelten und flatterten um die offenen Münder zweier gelber Lilien. Bridget hatte auf dieses phantastische Bild aus Seide und Juwelen gestarrt und dann schnell weggeschaut. Sie wollte es nicht mehr ansehen. Wie gern hätte sie diese Jacke besessen.

Der Eintrag über Annie Carter im «Who's Who» nannte ein Buch über Mode, das sie Anfang der achtziger Jahre geschrieben hatte. Bridget fand es sinnvoll, es sich selber anzusehen. Sie hätte dann ein Gesprächsthema für das Abendessen, zu dem sie und das Komitee sich nach dem Vortrag mit der Modeschöpferin zusammensetzen würden. Sie ließ das «Who's Who» offen auf dem Tisch liegen, klemmte die Tasche zwischen Tisch- und Stuhlbeine und stand dann auf, um am Computer der Bibliothek nachzusehen, ob das Buch zum Bestand gehörte.

Später erinnerte sie sich, wenn auch dunkel, an einige Leute, die sie auf ihrem Weg zum Computer gesehen hatte. An einen alten Mann in soßenfarbenem Anzug, der eine Zeitung las; an zwei alte Frauen in rehbraunen Regenmänteln und mit Hüten wie Puddingschüsseln auf dem Kopf; und an ein Kind, das trotz aller Drohungen und Bitten seiner Mutter überall herumrannte. Die Mutter war etwa in Bridgets Alter, ziemlich fett, mit struppigen, dunklen Haaren und geschwollenen Beinen. Es waren noch mehr Leute dagewesen, an die sie sich aber weniger erinnerte.

Der Computer ließ sie wissen, daß das Buch zwar zum Bestand gehörte, aber ausgeliehen war. Bridget ging an ihren Tisch zurück. Sie las die spärliche Eintragung im «Who's Who» noch einmal durch und merkte sich, daß Annie Carters Hobbies Bobfahren und das Sammeln von *netsuke* waren. Das machte fast einen einschüchternden Eindruck. Sie griff nach ihrer Tasche, um das Notizbuch herauszuholen.

Die Tasche war verschwunden.

Den Schock, den Bridget erlitt, kennt jeder, der etwas für ihn Wichtiges verliert oder glaubt, es verloren zu haben. Körperlich hatte sie das Gefühl, als durchzucke sie etwas von oben bis unten, überschlage sich in ihrer Brust und breite sich dann bis zu den Fußsohlen aus. Gleichzeitig sagte sie sich, die Tasche könne nicht weg sein, sie könne sie nicht verloren haben, sie könne nicht gestohlen worden sein – wer sollte sie hier denn gestohlen haben? –, sie müsse sie mit zum Computer genommen haben. Bridget ging zurück zum Computer, sie rannte, aber die Tasche war nicht da. Sie wandte sich an die beiden Bibliotheksassistentinnen und dann an die Bibliothekarin selbst, und alle sahen sich überall nach der Tasche um. Bridget kam es so vor, als hätten sich alle, die sie vorher gesehen hatte, schnell davongemacht – alle, das heißt bis auf den Zeitung lesenden Mann.

Die Bibliothekarin war äußerst liebenswürdig. Es war inzwischen Feierabend, und sie bot Bridget an, mit ihr zur Polizei zu gehen, es liege auf ihrem Weg. Bridget spürte noch immer den Schock des Verlustes. In ihrem Körper überschlugen sich die Dinge, Panik und Zweifel stiegen in ihr hoch. Der Kopf schien sich vom Hals losgelöst zu haben und zu schweben.

«Es kann nicht sein», sagte sie immer wieder zu der Bibliothekarin. «Ich glaube einfach nicht, daß es in diesen paar Sekunden, in denen ich fort war, passiert sein kann.»

«Ich fürchte, so ist es aber passiert», sagte die Bibliothekarin. Sie war zu freundlich, um ein einziges Wort über Bridgets Dummheit zu verlieren, daß sie ihre Tasche auch nur eine Sekunde aus den Augen gelassen hatte. «Es geht mich zwar nichts an, aber war viel Geld drin?»

«Eine ganze Menge. Ja, eine ganze Menge.» Bescheiden fügte sie hinzu: «Jedenfalls für mich.»

Die Polizei konnte ihr wenig Hoffnung machen, daß sie das Geld wiederbekäme. Die Tasche, sagte sie, könnte wieder auftauchen und einiges von ihrem Inhalt. Inzwischen konnte Bridget nicht einmal zurück in ihr Zimmer. Sie hatte auch kein Geld, um ihre Kreditkarten-Gesellschaft anzurufen und den Diebstahl zu melden. Die Bibliothekarin – sie hieß übrigens Elizabeth Derwent – kümmerte sich um alles. Sie nahm Bridget mit zu sich nach Hause, zeigte ihr das Telefon und fuhr sie dann zu einem Schlüsseldienst. Es war so etwas wie der Beginn einer dauerhaften Freundschaft. So mochte Bridget zwar viele ihrer irdischen Güter verloren haben, aber zumindest habe sie, sagte sie später zu ihrer Tante Monica, dadurch Elizabeths Freundschaft gewonnen.

«So etwas nennt man Glück im Unglück», sagte Monica und drückte Bridget 50 Pfund in Zehn-Pfund-Noten in die Hand.

Doch das geschah erst ein paar Tage später. An diesem ersten Abend mußte Bridget mit dem Verlust von 70 Pfund, von Führerschein, Kreditkarte und Scheckbuch fertig werden, von «Lives of the Artists» (das sie nun nie mehr lesen würde), ihrem Adreßbuch und dem Silberring mit dem Stein, der vielleicht ein Onyx war. Sie saß in ihrem Zimmer und war traurig. Sie ärgerte sich schrecklich, als dem Schock die unentrinnbare Gewißheit folgte, daß jemand ihr die Tasche vorsätzlich gestohlen hatte. Einige Tassen starken Tees trösteten sie ein wenig. Bridget hatte mehr mit ihrer Tante gemein, als sie für möglich gehalten hätte, war sie doch in jeder Hinsicht eine, wenn auch um einiges modernere, alte Jungfer – bis auf die Jungfernschaft selbst.

Ende der Woche kam ein Paket. Es enthielt Brieftasche (leer bis auf den Bibliotheksausweis), Silberring, Adreßbuch, Notizbuch, Nagelschere und Nagelknipser, den Mascara-Stift in «After-midnight blue» und die meisten anderen Dinge. Es fehlten Geld, Kreditkarte und Scheckbuch, Führerschein, das Taschenbuch von Vasari und die Tasche selber. Es lag auch ein Brief dabei. Er lautete: «Liebe Miss Thomas, diesen Namen nebst Adresse fand ich in dem Notizbuch. Ich hoffe, es sind Ihre Sachen und sie kommen auch in Ihre Hände. Ich habe die Sachen in einer Plastiktüte in einem Müllbehälter in der Kensington Street gefunden. Die Brieftasche brachte mich darauf, daß es sich nicht um Dinge handeln könnte, die jemand absichtlich weggeworfen hat. Ich fürchte, mehr ist nicht übriggeblieben, obwohl ich mir denken könnte, daß in der Brieftasche Geld gewesen ist und vielleicht andere wertvolle Dinge. Mit freundlichen Grüßen, Patrick Baker.»

Den Briefkopf schmückten seine Adresse und Telefonnummer. Bridget war normalerweise gar nicht impulsiv, aber jetzt floß sie so plötzlich über vor glücklichem Staunen und wiedergewonnenem Vertrauen in die menschliche Natur, daß sie gleich nach dem Telefonhörer griff und die Nummer wählte. Er meldete sich. Er hatte eine angenehme Stimme, sprach gebildet, ziemlich langsam und wählte die Worte bedächtig. Es war die Stimme eines jungen Mannes. Bridget sprudelte über vor Dankbarkeit. Wie nett das von ihm sei! Welche Arbeit er sich gemacht habe! Nicht nur daß er ihre Sachen gefunden habe. Er habe sie mit nach Hause genommen, verpackt, das Paketporto ausgelegt, und sicher habe er auch noch im Postamt Schlange stehen müssen! Wie könne sie sich revanchieren? Wie könne sie ihm ihre Dankbarkeit zeigen?

Kommen Sie und nehmen Sie einen Drink mit mir, sagte er. Ja, natürlich, gerne, sagte sie. Sie versprach, sich mit ihm auf einen Drink zu treffen, und sie verabredeten Ort und Zeit, obwohl sie bereits wieder kalte Füße kriegte. Sie fragte Elizabeth um Rat.

«In einem Pub in der Kensington Street einen Drink zu nehmen kann nichts schaden», sagte Elizabeth lächelnd.

«So etwas tue ich sonst eigentlich nicht.» Jedenfalls hatte sie es seit Jahren nicht mehr getan. Genau gesagt, war es zwei Jahre her, daß Bridget zum letztenmal mit einem Mann aus gewesen war und ihre traurige Affäre mit dem verheirateten Buchhalter, die sich Jahr um Jahr hingezogen hatte, schließlich ihr Ende gefunden hatte. In Pubs zu sitzen und ein Glas zu trinken, war in dieser Beziehung kein Thema gewesen. Manchmal hatten sie sich schnell und verstohlen in dem kleinen Büro geliebt, wo sich die Steuerakten der Klienten stapelten. «Vielleicht ist es ja eine willkommene Abwechslung», sagte sie.

Patrick Baker mochte auf die meisten Frauen attraktiv wirken. Bridget aber fühlte sich von seinem Anblick abgestoßen, zumindest ging sie auf Distanz. Er sah ihr zu gut aus. Er war tatsächlich eine strahlende Schönheit und sah aus wie ein Engel oder wie ein junger schwedischer Tennisspieler. Das hatte natürlich zunächst nicht viel zu sagen. Doch da war die Art, wie er sie musterte, als sie durch den kleinen rückwärtigen Garten das Pub betrat und er sich von dem Tisch erhob, an dem er Platz genommen hatte. Sein Blick machte sie scheu und ängstlich. Dennoch hätte man nicht sagen können, daß sie selber den Blick nicht von ihm abwenden konnte. Es war einfach zuviel für sie, ihn anzusehen, war ihr fast peinlich, und sie versuchte, zur Seite zu blicken.

Auch wußte sie gar nicht, was sie sagen sollte. Zum Glück fing er gleich an, noch einmal in allen Einzelheiten zu schildern, wie er ihren Besitz in dem Abfallkorb in der Kensington Street gefunden hatte. Bridget war eine gute Zuhörerin. Er erzählte ihr auch, wie er einmal in der U-Bahn eine Aktentasche verloren habe, und einem Freund sei die Brieftasche in einem Zug von New York nach Philadelphia gestohlen worden. Das waren so schlichte und alltägliche Geschichten, daß Bridget sich ein Herz faßte und ihm von einem Einbruch bei ihrer Tante Monica erzählte, bei dem sie um eine Halskette mit Smaragden erleichtert worden war. Glücklicherweise sei sie versichert gewesen. Das gab ihm Gelegenheit, sie weiter über ihre Tante auszufragen, und Bridget fand sich ganz unterhaltsam, als sie ihm von Monicas Finanzabenteuern erzählte. Warum sollte sie ihm nicht auch erzählen, woher das Geld kam, das man ihr gestohlen hatte? Es schien ihn zu interessieren, daß es von Monica stammte und daß Monica die Angewohnheit hatte, ihre solche Summen zuzustecken.

«Wissen Sie, sie sagt immer, ich kriege es ja doch eines Tages – sie meint, wenn sie tot ist, die Arme. Warum also nicht schon jetzt?»

«Wirklich, warum eigentlich nicht?»

«Es war eben mein Pech, daß sie mir gerade an so einem Tag die Brieftasche gestohlen haben.»

Er bat sie, einmal mit ihm zu Abend zu essen. Bridget war einverstanden, aber es dürfe keinesfalls teuer oder feudal sein.

Bridget hatte Elizabeth überredet, mit zu dem Abend mit Annie Carter zu kommen. Da sich ihre Gedanken jetzt ohnehin um Kleider drehten, fragte Bridget ihre Freundin, was sie zu dem Abendessen anziehen solle.

«Er selbst zieht sich gar nicht förmlich an», sagte Bridget. «Ganz im Gegenteil.» Inzwischen hatten sich die beiden noch einmal auf einen Drink getroffen. «Er hatte so einen Safari-Anzug an und dazu ein rotes Hemd. Aber er sieht wirklich ganz toll aus, Elizabeth. Eigentlich zu toll, verstehst du?»

Elizabeth verstand nicht. Sie meinte, niemand könne im Ernst zu gut aussehen. Bridget antwortete, sie wisse schon, daß das albern sei, aber – es mache sie einfach ein bißchen verlegen, mit ihm gesehen zu werden. Das verstehe sie doch? Es sei ihr unangenehm.

«Ich leihe dir mein schwarzes Spitzenkleid, wenn du magst», sagte Elizabeth. «Es paßt dir. Es paßt zu jeder Gelegenheit.»

Bridget wollte sich das schwarze Spitzenkleid nicht ausleihen. Sie mochte nicht unter fremder Flagge segeln. Sie würde sich auch nicht Tante Monicas Smaragdkette ausleihen, den Ersatz für das gestohlene Stück. Ihr schwarzer Rock und dazu das Samtoberteil aus dem Secondhand-Laden in Hammersmith sollten genügen. Wenn es schon kein Annie-Carter-Modell sein konnte, dann auch keine halben Sachen. Monica, die natürlich nichts von dem verheirateten Buchhalter und noch weniger von seinem Vorgänger, dem verheirateten Volksschullehrer, wußte, tat so, als sei Patrick Baker der erste Mann, mit dem Bridget allein ausgehe und als läge nichts ferner als der Gedanke ans Heiraten. Bridget hörte sich das alles an und dachte, wie furchtbar es wäre, wenn sie sich in Patrick Baker verliebte, seiner Schönheit verfiele und leiden müßte, wenn er nicht bei ihr wäre.

Selbst bei diesen Gedanken – vernünftigen Gedanken mit einem Schuß Ironie – sah sie sein Gesicht vor sich, seine scharf geschnittenen Züge und das Weiche darin, den wunderbaren Mund und die großen, weit auseinanderliegenden Augen, das blonde, dichte Haar und die glatte, braune Haut. Sie sah auch seinen muskulösen Körper, schlank und geschmeidig, aber stark, seine schmalen Hände mit den langen Fingern, und sie spürte in ihrem Innern etwas, das sie lange unterdrückt hatte, ein zartes, sehnsüchtiges Prickeln. Es verschlug ihr ein bißchen den Atem.

Das Restaurant, in dem sie sich zum Dinner trafen, war weder feudal noch teuer, und alles ging gut, bis Patrick am Ende merkte, daß er sein Scheckbuch zu Hause vergessen hatte. Also mußte Bridget mit dem Geld zahlen, daß Tante Monica ihr für ein Abendkleid gegeben hatte. Er war ihr sehr dankbar. Er küßte sie auf dem Bürgersteig vor dem Restaurant, oder genauer: unter dem Torbogen, der früher in der Königlichen Marstall geführt hatte. Sie fuhren mit dem Taxi zu ihm nach Hause.

Patrick hatte eine hübsche Dachwohnung in Bayswater, fast mit Blick auf den Park. Mit Bridget geschah etwas Interessantes. Es gelang ihr nämlich, die meiste Zeit wie neben sich selbst zu stehen und mit einem gewissen Abstand zu betrachten, was sie da wohlüberlegt tat. Sie würde es mit ihm genießen, er war so schön, sie würde es tun, und das wär's dann. Solche Männer waren nichts für sie, jedenfalls nicht für mehr als ein- oder zweimal. Aber wenn sich ihr einmal im Leben schon eine solche Gelegenheit bot, warum nicht? Warum eigentlich nicht?

Dieses Leben, dieser Lebensstil waren nichts für sie. Im Grunde war sie besser daheim aufgehoben, mit einer Kanne voll starkem Tee und ihrer Stickarbeit oder dem neuesten Taschenbuch über das veränderte Verhalten von Frauen in der westlichen Gesellschaft. Zudem hatte sie nicht vor, Tante Monicas Geld zu teilen, wenn es einmal soweit war. Erst neulich hatte sie sich regelrecht zur Ordnung rufen müssen, weil sie sich einem von Geld inspirierten, unwürdigen Traum hingegeben hatte: Sie hatte sich vorgestellt, wie es wäre, hoch oben in einer Dachterrassenwohnung mit Galerie zu leben, die zu diesem prätentiösen Sessel aus der Bond Street paßte und in der sie ihre ausgefallenen fließenden Röcke, ihre altertümlichen Mäntel und feine alte Spitze trug.

Als sie mit Patrick nach Hause fuhr, war sie ziemlich betrunken. Nicht so betrunken, daß sie nicht mehr wußte, was sie tat, aber betrunken genug, daß es ihr nichts mehr ausmachte. Sie war betrunken genug, die Hemmungen abzuschütteln, die sie hatte, solange sie einigermaßen nüchtern war, und von denen sie wußte, daß sie später unverändert zurückkehren würden. Sie sank mit Wonne in Patricks Arme, mit der unbekümmerten Hingabe und Entschlossenheit, mit der sich jemand den Freuden einer Kreuzfahrt rund um die Welt hingibt – einmal im Leben mußte es sein. Mit ihm im Bett war es ganz anders als in der Registratur mit dem verheirateten Buchhalter. Das hatte sie gewußt, und deswegen war sie hier. In der Nacht ging die Gasheizung aus, und weil die Zündflamme zu schwach war, sprang sie nicht wieder von selbst an. Es wurde kalt, aber Bridget merkte es in Patricks Armen nicht.

Sie wachte als erste auf. Bridget gehörte zu den Menschen, die immer als erste aufwachen. Sie lag ein Stück von Patrick Baker entfernt und dachte an die schöne Nacht, die sie erlebt hatte, und daß es so genug war. Sie würde ihn nicht wiedersehen. Ihn wiederzusehen könnte gefährlich werden, und sie konnte es sich nicht leisten, sich in Gefahr zu begeben, bei ihrem unscheinbaren Äußeren, ihrem unsicheren Job und ihrem geringen Einkommen. Also stand sie sofort auf und sagte zu Patrick, der sich ein wenig herumgewälzt und sie sanft an sich zu ziehen versucht hatte, sie mache ihm jetzt eine Tasse Tee.

Patrick steckte die Nase aus dem Bettzeug und sagte, es sei kalt draußen, die Zentralheizung funktioniere wieder einmal nicht, wie immer. «Daß dir nicht kalt wird», sagte er schläfrig. «Such dir etwas zum Anziehen im Schrank.»

Selbst in den Tropen wäre Bridget nicht im Traum auf den Gedanken gekommen, unbekleidet durch die Wohnung eines Mannes zu marschieren. Sie zog sich an. Während das Wasser im Kessel heiß wurde, sah sie sich interessiert in Patricks Wohnzimmer um. Gestern abend hatte sie keine Gelegenheit gehabt, etwas davon wahrzunehmen. Ein unordentlicher Mann, stellte sie fest. Und einen besonderen Geschmack hatte er auch nicht. Man sah, daß er seine Bilder fertig gerahmt bei «Athena Art» kaufte. Er hatte nicht viele Bücher, und die meisten davon waren Science-fiction-Romane. Es war daher eine echte Überraschung, als sie zwischen einem Fantasy-Schmöker und einem Klassiker von John Wyndham Vasaris «Lives of the Artists» in einer Taschenbuchausgabe entdeckte.

Wahrscheinlich war ihr sowieso schon kalt. Jedenfalls lief ihr plötzlich ein unangenehmer Schauer über den Rücken. Die Wärme des Kessels an ihren Händen hatte etwas Tröstliches. Sie goß den Tee auf und brachte ihm eine Tasse. Sie stellte sie auf den Nachttisch, weil er wieder fest eingeschlafen war. Jetzt fröstelte sie, und sie öffnete den Schrank und sah hinein.

Er schien eine Menge Mäntel und Jacken zu besitzen. Sie schob die Bügel auf der Stange hin und her, Tweed rieb sich an Futterstoff, Leinen an Wildseide. Seine Garderobe war sehr umfangreich und vielfältig. Er mußte viel Geld dafür übrig haben. Die Jacke mit den Schmetterlingen glitt ihr plötzlich leuchtend entgegen, als hätte das Schicksal das Ganze inszeniert. Alles hatte sich verschworen, um es zu einer dramatischen Entdeckung zu machen. Selbst die Sonne kam heraus und warf einen unerwarteten Strahl direkt in den offenen Schrank. Bridget starrte die Jeansjacke mit derselben Begierde und derselben Bewunderung an wie beim erstenmal. Sie starrte auf die Kaskade von Schmetterlingen, zinnoberrot, purpurfarben und türkis, königsblau, fuchsienpink, die dort um die offenen Münder zweier gelber Lilien taumelten und flatterten.

Sie zögerte kaum, als sie sie vom Bügel nahm und anzog. Sie war hinreißend. Ihr fiel ein, daß ihr dasselbe Wort auch beim ersten Anblick der Jacke durch den Kopf gegangen war. Und ihr fiel ein, wie sehr sie sich gewünscht hatte, sie zu besitzen; wie sie nicht mehr gewagt hatte, hinzusehen, aus Angst, der Wunsch könnte schmerzlich werden und sie zugleich lächerlich machen! Mit leicht zur Seite geneigtem Kopf sah sie auf Patrick hinab und fragte sich, ob sie ihm zum Abschied einen Kuß geben sollte. Vielleicht nicht, vielleicht lieber nicht. Außerdem würde er ihn kaum spüren.

Sie verließ die Wohnung. Sie würden sich nie mehr sehen. Stillschweigend hatte sie einen mehr als fairen Tausch gemacht. Glücklich und leichten Herzens rannte sie die Treppe hinab und hinaus in den Morgen, und vor der Kälte schützten sie ihre bunte Jacke, ihre Schmetterlinge, ihr rechtmäßiger Besitz.

«Ruth Rendell – die beste Kriminalschriftstellerin Großbritanniens!» (Observer Magazine) – lebt als Schriftstellerin in London. Ihre letzten Romane: «Leben mit doppeltem Boden» (rororo thriller Nr. 2898) und «Die Brautjungfer» (Blanvalet).

Harvey Kurtzman

The Giggling Killer

BESIDES... IT'S A SHORTER CUT THROUGH THE PARK, AND WE DO WANT TO GET HO...
JOHN!
UK!
HIHEEEHEEE! HEEEHEE! HIHEEHEEE!
POLICE! POLICE!
UK! URK!
HE'S AFTER ME!
WHERE AM I?
THIS ROAD MUST LEAD OUT!
DEAD END!
STAY AWAY!
HIHEEE HEEE! HEE HEE HEE!
YEEEEE...
CLAK!
CLAK!
LOOKS LIKE THE GIGGLING STRANGLER'S BEEN HERE!
YEP! HE'S DRAWN A TRIANGLE WITH A LIPSTICK ON HIS VICTIM'S HEADS AS USUAL!
2

Morning
GIGGLING KILLER STRIKE
COUPLE STRANGLED IN GREENVIEW PARK!
(EXTRA) -- This morning at one A.M., Mr. and Mrs. John Hewlett were strangled to death. The victims had tri-angular lipstick markings on their foreheads! This was the identical way that four other strangulation victims were marked in.
DISTRICT ATTORNEY DEMANDS BROAD INVESTIGATION!
BLAMES POLICE CHIEF FOR LETTING
PHOTO OF VICTIM'S M
IMAGINE THAT GIGGLING KILLER! WELL! SERVES PEOPLE RIGHT HANGING AROUND PARKS AT NIGHT WHEN THEY SHOULD BE ASLEEP! RUNNING AROUND TO NIGHT CLUBS AND SUCH! WELL, LESTER! HOW LONG ARE YOU GOING TO SIT AROUND LOOKING AT THAT PAPER?
A BODY'D THINK YOU'D BE OF SOME HELP AROUND THE HOUSE INSTEAD OF SITTING IN YOUR EASY CHAIR WHILE I WORK!
ALL I DO IS PICK UP YOUR THINGS ALL DAY! WOULD THINK YOU'D... AT LEAST THROW YOUR OWN SOCKS INTO THE HAMPER!
IF YOU WON'T BE ANY HELP AROUND THE HOUSE, AT LEAST GET OUT OF THE WAY SO THAT I CAN SWEEP!
NAG! NAG! NAG!
GIGGLING KILLER!
OH! "NAG, NAG, NAG," IT IS NOW! YOU COMPLAINED ENOUGH ABOUT MY MEAL! WHY DON'T YOU GO TO A RESTAURANT TO EAT! GO AHEAD TO THE PUBLIC LIBRARY IF YOU WANT SILENCE!
OH LORD! THAT WOMAN!
3

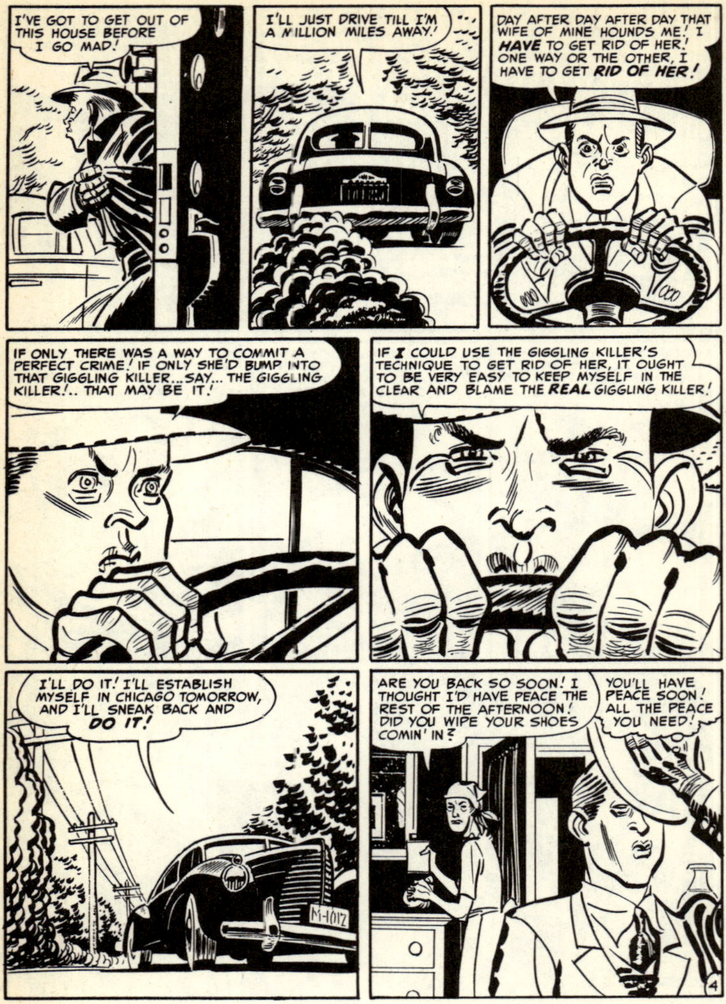

I'VE GOT TO GET OUT OF THIS HOUSE BEFORE I GO MAD!
I'LL JUST DRIVE TILL I'M A MILLION MILES AWAY!
DAY AFTER DAY AFTER DAY THAT WIFE OF MINE HOUNDS ME! I HAVE TO GET RID OF HER! ONE WAY OR THE OTHER, I HAVE TO GET RID OF HER!
IF ONLY THERE WAS A WAY TO COMMIT A PERFECT CRIME! IF ONLY SHE'D BUMP INTO THAT GIGGLING KILLER...SAY... THE GIGGLING KILLER!.. THAT MAY BE IT!
IF I COULD USE THE GIGGLING KILLER'S TECHNIQUE TO GET RID OF HER, IT OUGHT TO BE VERY EASY TO KEEP MYSELF IN THE CLEAR AND BLAME THE REAL GIGGLING KILLER!
I'LL DO IT! I'LL ESTABLISH MYSELF IN CHICAGO TOMORROW, AND I'LL SNEAK BACK AND DO IT!
M-1012
ARE YOU BACK SO SOON! I THOUGHT I'D HAVE PEACE THE REST OF THE AFTERNOON! DID YOU WIPE YOUR SHOES COMIN' IN?
YOU'LL HAVE PEACE SOON! ALL THE PEACE YOU NEED!
4

FIRST I'LL UNLOCK THIS CELLAR WINDOW SO THAT I CAN CLIMB IN LATER!
PACKING FOR YOUR WEEKLY SALES TRIP TO CHICAGO, I S'POSE!
YES! DON'T BOTHER WITH SUPPER! I'M LEAVING RIGHT AWAY, AND I WON'T BE BACK FOR TWO DAYS!
DOESN'T SHE WISH I WON'T BE BACK! WELL, I'LL BE BACK ALL RIGHT... TONIGHT... WITH A BIG SURPRISE!
...AFTER 2 HOURS OF DRIVING...
AHH! CHICAGO AT LAST! FIRST I'LL DO A LITTLE SHOPPING AND THEN I'LL CHECK IN AT THE MILTON HOTEL AS USUAL!
THAT'S RIGHT! I NEED A GOOD STRONG ROPE FOR A CLOTHES-LINE! THAT WILL DO!
GOOD EVENING, MR. LOMAN! YOU WANT YOUR ROOM KEY AS USUAL!
HELLO TOM! (YAWN!) HOPE MY ROOM'S READY! I'M GOING TO HIT THE SACK RIGHT AWAY! (YAWN!)
ROOM CLERK
PUT THE BAGS DOWN ANYWHERE, BOY! THANK YOU! GOOD-NIGHT!
HELLO! SWITCHBOARD OPERATOR? I'M GOING TO SLEEP NOW! WOULD YOU WAKE ME AT EIGHT?
5

EVERYONE THINKS I'M ASLEEP! NOW! DOWN THE BACK STAIRS! FIVE MINUTES TO CATCH THE NINE O'CLOCK EXPRESS TO METROPOLIS!
HOTEL MILTON DELIVERY ENTRANCE
SO FAR, SO GOOD! NOBODY HAS SEEN ME!
PERFECT TIMING! MY CAR WILL STAY AT THE MILTON HOTEL GARAGE ALL NIGHT AND NO ONE WILL SUSPECT A THING!
BOARD!
...2 HOURS LATER, METROPOLIS!
STREETS DESERTED! PERFECT! LIGHTS ON IN THE LIVING ROOM! SHE'S PROBABLY WATCHING THE LAST SHOW ON THE TELEVISION SET!... HAVE I GOT MY ROPE? PERFECT!
NOW I'LL LET MYSELF IN THROUGH THE CELLAR WINDOW THAT I OPENED BEFORE...
THERE!
NOW, YOU WITCH! YOUR TIME HAS COME! SOON, I'LL BE RID OF YOU FOREVER!
I MUSTN'T FORGET TO GIGGLE, LOUD, SO THAT THE NEIGHBORS CAN HEAR!
HA HA!
HEE! HEE!
HA HA
HEE!
HA
HEE HEE!
6

Harvey Kurtzman, geboren 1924 in New York, gehört nach dem amerikanischen Comic Journal *zu den drei besten Comic-Book-Zeichnern Amerikas.*

Fred Prase

Der Gabelstapler

Den sie bestatten, war auch einer.

Er starb nicht auf der Straße, wurde nicht überfahren, nicht erschossen, nicht erstochen und auch nicht erschlagen. Er starb nicht durch fremde Gewalt in Ausübung seines Dienstes, wie das manchmal bei Polizisten vorkommt, sondern im Urlaub durch eigene Schwäche. Sein Tod stand auch nicht in der Zeitung. Nur ganz wenige nahmen Notiz davon. Er starb am ersten Tag eines neuen Jahres in der Wohnung seiner Mutter. Auch Polizisten haben Mütter, und vielleicht geht es dort einfacher. Nach dem Mittagessen legte er das Besteck auf den Tisch und sich auf das Sofa. Er stand einfach nicht mehr auf. Wahrscheinlich bemerkte er seinen eigenen Tod nicht. Vermutlich wäre es ihm auch egal gewesen.

Er war über einsneunzig, wog über zwei Zentner, hatte Hände wie Bratpfannen und die Kraft eines Ochsen. Nur sein Kopf war im Verhältnis zu seinem Körper etwas klein geraten. Schiefe Verkehrszeichen bog er wieder gerade wie andere Fahrradspeichen. Besoffene behandelte er besonders fürsorglich. Im Polizeideutsch nennt man Schnapsleichen «hilflose Personen», weil sie ihren Weg nicht mehr ohne fremde Hilfe fortsetzen können und meist, wie Käfer auf dem Rücken liegend, vor irgendwelchen Kneipen gefunden werden. Er nahm sie immer wie quängelnde Babys ohne Kraftanstrengung mit der Leichtigkeit eines Gabelstaplers auf seine Arme und trug sie zum Funkwagen. So jedenfalls bleibt er mir in Erinnerung; ein großer grüner Gabelstapler mit überlangen, starken Armen und zu kleinem Kopf.

Nun hat er sich sein Scheißgenick gebrochen. So und nicht anders, wortkarg wie immer, hätte er seinen eigenen Tod kommentiert. Folgenschwerer und gründlicher konnte er sich nicht zugrunde richten. Was er wirklich wollte, hatte er endlich erreicht.

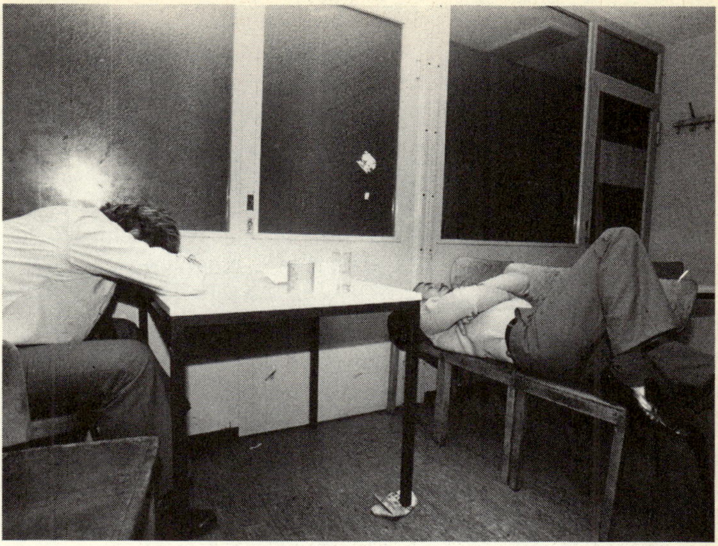

Schon vor Monaten hatte er aufgegeben. Er soff nur noch, alles und in unglaublichen Mengen. Er ging in den Schnaps wie andere ins Wasser. Er ersäufte sich darin. Der Arzt hatte ihm jeden Tropfen verboten. Vergeblich.

Sein Gewicht schwankte ständig. Es hing davon ab, wieviel Wasser sich gerade in seinem Körper angesammelt hatte. Manchmal waren seine Beine so dick, daß die Hosenbeine um die Waden spannten. Dann setzte er beim Gehen ein Bein vor das andere wie ein müder Zirkuselefant. Noch Mitte Dezember warnte ihn ein Kollege aus seiner Schicht: «Wenn du nicht mit dieser tierischen Sauferei aufhörst, müssen wir für dich die schwarze Kiste bestellen.» «Arme Kiste», war alles, was er sagte.

Während der Nachtschichten zog er sich immer früher und häufiger in die Dunkelheit des Spindraumes zurück. Keiner wollte wirklich wissen, was er dort machte. Wenn sein rasselnder Atem durch den Türspalt in den Wachraum drang, schauten sich die anderen vielsagend an und wandten sich wortlos mit einem Schulterzucken wieder ihrer beschissenen Arbeit zu. Jeder wußte, was der andere dachte, doch keiner sprach es aus: Was unterscheidet ihn eigentlich noch von einem heruntergekommenen Penner? Was trennt ihn von den abgewrackten Säufern, die ihre Nächte auf Heißluftschächten oder in Ladeneingängen verbringen?

Die Antwort beschränkte sich immer auf einen simplen Gegenstand: die UNIFORM. Sie war nie sauber. Die abgewetzte Jacke voller Fettspritzer und anderer Flecken, die ein Leben auf Stoff hinterlassen kann. Keine Bügelfalten, dafür Schneematschränder vom vergangenen Jahr in der Hose, aus der ewig das Hemd hing, genau dort, wo im Gürtel die Pistole steckt, grad so, als ob er sie verbergen wollte. Vor Jahren zum ersten und einzigen Mal geknotet, hing seine Krawatte immer auf halbmast wie eine Flagge an einem Regierungsgebäude, wenn Staatstrauer angeordnet ist. Von der «Dienstbekleidungsvorschrift für Polizei-Vollzugsbeamte» hielt er gar nichts. Sein äußeres Erscheinungsbild schädige zweifellos das Ansehen der Polizei in der Öffentlichkeit, meinten diejenigen seiner Vorgesetzten, die auch glauben, daß Recht und Ordnung etwas mit unbefleckter Sauberkeit und tadellosem Schuhputz zu tun haben muß. Für solche Polizisten war er eine Horrorerscheinung. Sie drohten ihm mit Disziplinarstrafen und dienstlichen Nachteilen. Er sagte ihnen, man könne niemanden tiefer als ganz nach unten drücken. Und da sei er schließlich schon. Im Gegensatz zu manch anderen war er aber nur außen schmutzig. Außerdem war ihm scheißegal, was die Bosse von ihm dachten. Irgendwann bemerkten auch sie es und ließen ihn in Ruhe.

Diese verschmutzte, vergammelte Uniform trennte und verband ihn mit dem Haufen der Ausgestiegenen und Ausgestoßenen, der Fertigen und der Verrückten der Bahnhofswelt. Polizisten, sagte er, sind die zwischen den Reibungslosen und den Zerriebenen. Und außerdem, meinte er, sei dieser Job der einzige, wo die Unteren mehr als die Oberen entscheiden müßten. Da ihm seine Oberen nichts mehr anhaben konnten, weil er sich nichts mehr anhaben ließ, entschied er sich als Unterer für die Untersten und ordnete, selbst im Chaos, das Chaos um ihn, soweit es ihm möglich war. So hielt er auf seine Weise aufrecht, was das Gesetz die öffentliche Sicherheit und Ordnung nennt, weil er wußte, daß das Öffentliche immer nur das Vielfache des Privaten ist. Eigentlich sollte man seine Uniform im Polizeimuseum ausstellen.

Viele Polizisten glauben, wenn die keine Angst vor dir haben, respektieren sie dich nicht. Und wenn sie dich nicht respektieren,

machen sie dich fertig. Also mach sie fertig, bevor sie dich fertig machen. Solche Erkenntnis wird praktiziert. An Möglichkeiten mangelt es im Bahnhofsmilieu nicht. Verhaftungen gehören hier zur Tagesordnung. Routine für Polizisten, dennoch immer gefährlich. Keiner würde das Revier ohne Handschellen und Knüppel verlassen. Nicht jeder Verdächtige läßt sich wie ein Tanzbär abführen. Auch Ganoven haben ihren Stolz. Und wenn der verletzt wird, gibt es meist Kampf zwischen uniformem Müssen und zivilem Nichtwollen. Solche Kämpfe gewinnt meist die staatliche Übermacht. Danach wird der Verlierer zum Revier gebracht. Das Gesetz hat einen Namen für diesen Vorgang: Freiheitsentziehung nach Widerstand gegen die Staatsgewalt.

Erst hört man Gebrüll im Treppenhaus, dann knallt das Eisen der Eingangstür mit einem Donnerschlag gegen die Wand. Herein stürzt, krampfhaft das Gleichgewicht haltend, Kopf voraus, Beine hinterher, die Arme auf dem Rücken gefesselt, ein Mensch. Manchmal reicht der Schwung bis zum ersten Hindernis, dem Wachtresen; das hört man dann. Der Herold der Macht kündigt den Helden an. Der Gefesselte kann entweder ein ausgesprochener Drecksack sein, der es nicht besser verdient und selbst nichts anderes erwartet hat, als in den Arsch getreten zu werden. Denn Gewalt respektiert Gewalt. Oder aber es ist ein Objekt der Methode: «Krieg sie, bevor sie dich kriegen.» Von diesen, den geborenen Opfern, leben in unserem Land manche schlechter als Hunde. Sie bellen nicht, sie beißen nicht, sie knurren nicht, manche bedanken sich sogar dafür.

Von dieser Methode hielt er nichts. Er nahm nicht fest. Er nahm mit, aber er nahm nicht weg, vor allen Dingen nicht die Würde. Einmal kam er mit einem entflohenen Knastbruder von der Streife zurück. Er hatte ihm einen Arm um die Schulter gelegt und erzählte dem Entwichenen etwas Lustiges, einen Witz vielleicht, denn der Abgehauene lachte, obwohl er doch genau wußte, daß er wieder zurück in den Bau mußte. Irgendwie bestand zwischen ihm und solchen Menschen eine Art stillschweigende Übereinkunft. Sie erkannten sich gegenseitig mit einem Blick, wie das bei Menschen am Rande eben so ist. Sie wissen, daß sie mehr gebeutelt werden als die in der schützenden Mitte und richten sich darauf ein. Zwischen ihm, dem der eigene Untergang schon schnapssauer aus allen Poren drang, und den anderen, die auch nichts mehr vom Leben erwarteten, kam nie so etwas auf, wie es bei uns, den sogenannten Starken und Gesunden, immer früher oder später unweigerlich durchkommt: Arbeite und vergesse!

Nicht mitfühlen, Distanz halten, nur nicht zuviel Licht in die Sache bringen. Zuviel Helligkeit blendet nur. Ort, Zeit, Geschehen und Wirkung feststellen. Täter verhaften (wenn möglich) und Opfer versorgen (wenn nötig). Beweise sichern und Tatsachen feststellen; Zeugen vernehmen und Ermittlungen führen, seitenlange Protokolle schreiben und Aktendeckel darum binden: numerieren, weitergeben und vergessen.

Und wenn der Staatsanwalt dann irgendwann den Täter oder den, den wir dafür gehalten haben, anklagt, stellen wir fest, daß es wieder nicht gereicht hat, daß alles sinnlos und es folglich richtig war, schon davor zu vergessen. Und trotzdem macht man ungerührt weiter, obwohl man nichts von dem, was man sich einmal vorgenommen hat, je erreicht. Man verläßt kopfschüttelnd den Gerichtssaal, geht zurück aufs Revier und macht weiter, was das Gesetz vorschreibt, als ob man nichts dazulernen könnte.

Wer diese eisernen Regeln nicht einhalten kann, wer das Notwen-

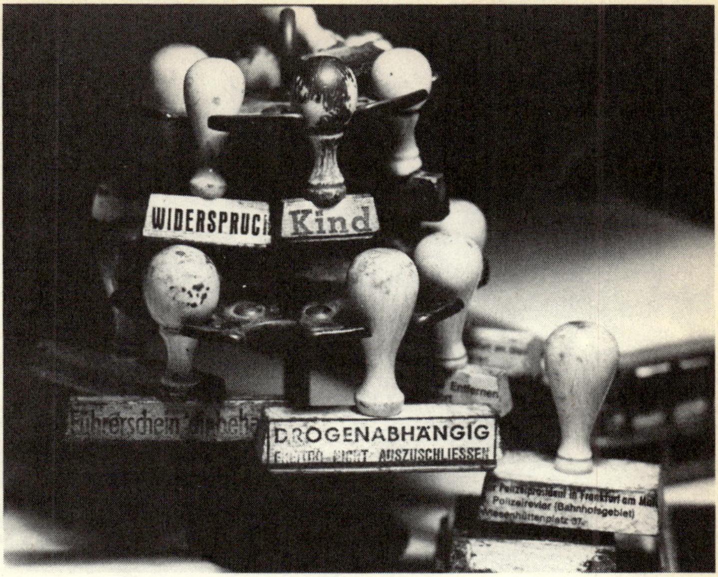

dige nicht mit der Gefühlslosigkeit einer Maschine ablaufen lassen und das Erlebte nicht wie Schweiß ausschwitzen kann, ist für diesen Job ungeeignet, also nicht brauchbar. So wie er. Er wurde nur 28 und schaffte nur 11 Dienstjahre. Davon 9 im Bahnhofsviertel mit Menschen, von denen viele nur deshalb dort leben, weil sie woanders keine Lebensmöglichkeit mehr haben. Er hatte wohl überhaupt keine mehr. Der Moloch hat ihn gefressen, und keiner hat's bemerkt.

Drei Tage nach seinem Tod fuhren wir in sein Heimatdorf. Es liegt irgendwo in Nordhessen, in der Nähe von Bad Hersfeld. Von den 2989 Polizisten unserer Stadt nahmen 52 Anteil. Gerade soviel, wie in einen Reisebus passen. Auf der letzten Bank lag der Kranz «VON DEINEN KOLLEGEN». Im Gang schepperten Bierflaschen. Die meisten waren leer, als wir ankamen. Polizisten können wie Kinder sein. Es war eine fröhliche Hinfahrt. Die Ortschaften heißen Hohenroda, Friedewald, Asbach und so ähnlich. Sie klingen und riechen nach Grenze. Flache, manchmal hügelige Schneelandschaft, weite Schutzlosigkeit. Fahles, graues Winterlicht; Gefühle verwehen wie der Januarschnee, ein Hauch von Sibirien, nicht nur wegen des nahen Stacheldrahtes und der Minenfelder. Es fehlen die

Großstadtmauern, die hohen, zusammengewachsenen Häuser ohne Vorgärten, die dunklen Nischen in den Hauseingängen und der Schutz der Anonymität, die gnädig alles verdeckt und unsichtbar macht.

Diese kleinen Orte, wo die Einwohner noch Seelen heißen, sind die Vorratsbehälter für die großen Städte. Dorthin gehen die Jungen, wenn sie die Schonzeit hinter sich haben. Die Großstadt holt sich vom Land Wasser und Menschen, verbraucht beide ohne die Spur eines schlechten Gewissens. Als Ersatz gibt es Kläranlagen und Friedhöfe. Wasser zu Wasser, Erde zu Erde. Doch ein Leichnam fault lange.

Es war eine große Beerdigung, zumindest nahmen viele teil. Zweifellos ein gesellschaftliches Ereignis für das Dorf. So viele Polizisten in schwarzen Lederjacken, mit ernsten Gesichtern unter grünen Schirmmützen, hatten die Dörfler mit Sicherheit noch nie gesehen. Die Leichenhalle faßte die Trauergemeinde nicht. Für die Polizisten war kein Platz, wir beanspruchten auch keinen. Wir warteten draußen im Schnee. Es war saukalt!

Bei chinesischen Begräbnissen Erster Klasse tragen 32 Kulis den

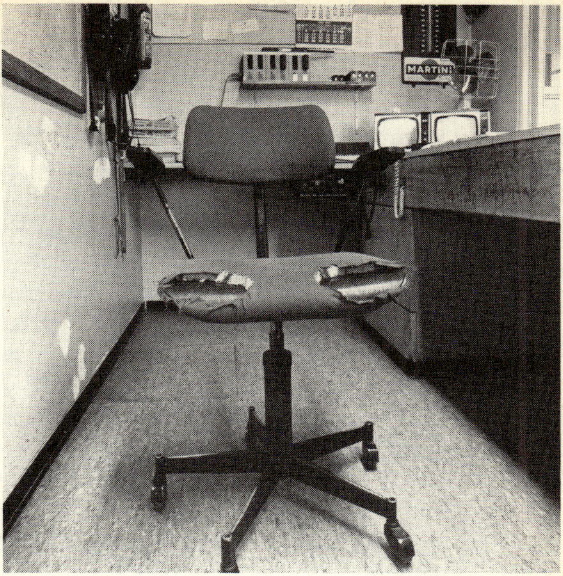

Sarg. Das ist so Vorschrift (Zweiter Klasse: 16 Kulis, Dritter Klasse: 8 Kulis, Vierter Klasse: 4 Kulis, gar keine Klasse: man schmeißt die Leiche aufs Feld, wo die Hunde sie beknabbern, oder vor die Tür eines Europäers, der sie eingraben lassen muß).

Seinen Sarg trugen 6 Polizisten, 3 auf jeder Seite, seine weiße Mütze lag oben drauf. Es spielte kein Polizeiorchester, noch nicht einmal in der kleinen Besetzung. Er war einer von über 700 Polizeiobermeistern dieser Stadt mit achtzehnhundert Mark netto im Monat, Zimmer im Polizisten-Wohnheim, seit einem Jahr Beamter auf Lebenszeit und Nachtdienst jeden vierten Tag.

Aber der Ortsposaunenverein machte seine Sache auch nicht schlecht. Die Rede am offenen Grab sollte in Vertretung des Polizeipräsidenten der Leiter der Schutzpolizei halten. Doch der war wegen einer dringenden Angelegenheit verhindert und übergab den Auftrag an den Reviervorsteher. Aber der erkrankte plötzlich und delegierte die Angelegenheit an seinen Vertreter. Dieser sprach davon, daß der Tote es nicht geschafft habe, das Verbrechen mit Stumpf und Stiel auszurotten. Damit beschämte er die Polizisten. Und Mutter und Vater standen auch dabei. Doch das ist öfters so, wenn er den Mund aufmacht. Dabei gibt er sich alle Mühe; vielleicht liegt es genau daran.

Ihm, den die 6 Polizisten ungeschickt in die Grube abseilten und den Sarg mit einem lauten, sonderbar hohlen Krachen aufsetzten, wäre das ganze Tamtam ohnehin auf die Nerven gegangen. Er hätte sich mehr darüber gefreut, wenn wir uns an seiner Grube richtig beschluckt und die leeren Flaschen auf dem Sarg zertrümmert hätten. Aber die Regeln der Ordnung und des öffentlichen Anstandes mußten auch in diesem Fall gewahrt bleiben. So standen wir, sonst immer die Herren der Lage, mit leeren Gesichtern abseits und überließen es den Einheimischen, Erde auf seinen Sarg zu werfen.

Als das vorbei war und der Friedhofswärter begann, gefrorene Erdbrocken auf den Sarg zu schaufeln, stiegen aus dem verschneiten Feld hinter dem Friedhof rotglühende Raketen in den Winterhimmel.

Gleißendes Rot zischte leicht, fast geräuschlos empor, verblühte und verschmolz mit dem Grau da oben. Fügte sich zum dumpfen Dröhnen der fallenden Erde. Ein Requiem für CAPTAIN SENSIBEL; so nannten wir ihn.

Alle Fotos: Fred Prase

<u>Fred Prase</u>, 1946 in Neustadt/Coburg geboren, Dienst bei der hessischen Polizei, zuletzt 1988 als Polizeihauptkommissar beim 4. Polizeirevier im Frankfurter Bahnhofsviertel. Seit 1985 Foto- und Textreportagen, Essays und Kurzgeschichten. Der Foto-Text-Band «Feuerteich» erschien 1985 im Unionsverlag.

Leo P. Ard

Alles für das Wohl des Volkes

Wir haben eine Spezialaufgabe für Sie!» Der Polizeipräsident blickte Scholz ermunternd an, wuchtete seine zwei Zentner aus dem Drehsessel und schritt zum Fenster. Scholz' Augen folgten ihm mißtrauisch.

Der Präsident fingerte ungeniert durch die beige Stoffhose den eingeklemmten Slip aus der Spalte. Dann stützte er sich auf die Fensterbank und lehnte die Stirn an die Scheibe. Der Förderturm des Bergbaumuseums, Bochums lindgrünes Wahrzeichen, spiegelte sich in der Hornbrille.

Scholz wußte genau, daß der Präsident nicht die Vorboten des Frühlings begutachtete, sondern ihn in der Glasscheibe genau im Visier hatte und auf eine Reaktion wartete. Aus über achtzehn Jahren Dienstzeit und etlichen Zusammenkünften mit dem Präsidenten wußte Scholz aber auch, daß Reden nur Silber bringen konnte.

«Wissen Sie eigentlich, wie viele Neuzugänge an Aus-, Über-, Unter-, Vor- und Zurücksiedlern es im letzten Jahr in Nordrhein-Westfalen gegeben hat?»

Kommissar Scholz räusperte sich. «Ein paar Zehntausende werden es wohl gewesen sein!»

«Falsch, mein Lieber», sagte der Präsident, ohne sich umzudrehen. Die Scheibe beschlug.

Der Präsident stutzte, dann hauchte er einen gesichtsgroßen Kreis an die Scheibe und schrieb mit dem Zeigefinger eine sechsstellige Ziffer.

«So viele?» staunte Scholz.

«Die Heim-ins-Reich-Kampagne unseres werten Herrn Bundeskanzlers hat uns eine Menge Probleme beschert», sagte der Präsident und ließ durch die Betonung keinen Zweifel daran, was er vom Kanzler hielt. «Damit will ich nicht sagen, daß es sich bei unseren Brüdern und Schwestern um besonders kriminelle Mitmenschen handelt. Aber es gibt einzigartige und eigenartige kriminelle Delikte, insbesondere bei ehemaligen DDR-Bürgern, die uns Kopfschmerzen bereiten. Unsere Kommissariate in der gegenwärtigen Struktur sind mit dieser neuen Qualität krimineller Energie überfordert.»

Der Präsident nahm wieder Platz. Er holte tief Luft: «Wir brauchen einen besonders feinfühligen Umgang mit den neuen Bürgern. Wir brauchen Spezialisten, die mit der Mentalität der Leute umgehen, die sich mit den gesellschaftlichen Realitäten in deren Heimat vertraut machen können...»

Seine Stimme wurde lauter, und Scholz ahnte, was nun kam. Um die Gefahr abzuwenden, warf er ein:

«Das ist doch was für die Ausländerabteilung!»

«Mein lieber Scholz», sagte der Präsident scharf. «Das lassen Sie aber keine anderen Vorgesetzten hören. Es handelt sich schließlich um Deutsche. Sie wissen doch, alles, was in den Grenzen von 1937 und so weiter...»

Das leuchtete Scholz ein. Verständigungsschwierigkeiten hatte er allerdings, als ihm der Präsident in einem zwanzigminütigen Monolog die Aufgaben der neuen Sonderkommission umriß. In enger Zusammenarbeit mit den anderen Kommissariaten sollte die Crew alle Delikte bearbeiten, die von Neu-Deutschen begangen würden. Die Arbeit vor Ort sollte bereits nach drei Monaten ausgewertet werden und in einen Top-Secret-Bericht für das Düsseldorfer Innenministerium einfließen.

«Das Bochumer Modell ist ein Pilotprojekt fürs ganze Bundesgebiet, Scholz», schloß der Präsident mit einem feierlichen Unterton in seiner dunklen Stimme. «Und Sie, werter Kollege Scholz, werden dabei den Hut aufhaben.»

Der Präsident erwartete offenbar keinen Widerspruch. Er stand auf, reichte Scholz erst die Hand und dann einen Stapel Akten. «Viel Erfolg!»

Nachdenklich saß Scholz an seinem Schreibtisch im 2. Kommissariat. Er schaffte sich Platz für die neuen Akten, indem er die Ordner «Einbrüche III/90» auf den Schreibtisch seines Stellvertreters schob. Sollte der sich nach seinem Ski-Urlaub damit herumschlagen.

Scholz griff den ersten Schnellhefter. Eine dünne Staubschicht signalisierte, daß der Präsident sich mit seiner Entscheidung gründlich Zeit genommen hatte.

Aus den Bemerkungen auf dem beigefügten Laufzettel wurde deutlich, daß die Akte alle Kommissariate durchlaufen hatte. Selbst das 14., das politische Angelegenheiten bearbeitete, hatte sich für nicht zuständig erklärt.

Neugierig überflog Scholz den Sachverhalt.

Ein im August letzten Jahres aus der DDR legal übergesiedelter achtundvierzigjähriger Facharbeiter hatte seinen neuen Arbeitsplatz in einem Textilunternehmen in Wattenscheid sehr individuell und zur Unzufriedenheit von Geschäftsführung, Betriebsrat und Arbeitskollegen umgestaltet.

Statt der üblichen Pin-up-Girls hatte der ehemalige Leipziger ein Foto des Bundeskanzlers im braunen Rahmen aufgehängt. Daneben ein selbstgefertigtes Transparent mit der Aufschrift: «Alles für das Wohl des Volkes».

Auf Anfrage hatte der Mann erklärt, er habe fast 30 Jahre in solcher Umgebung gearbeitet. «Ich bin dran gewöhnt, daß der Honekker an der Wand hing, daneben eine Ausschreibung für die ‹Messe der Meister von morgen› und so weiter. Das fehlt mir.»

Die Anzeigen lauteten auf Beleidigung und Nötigung.

Scholz legte den Ordner in das unterste Fach seines Schreibtisches und nahm die nächste Akte.

Der Bericht begann mit einer Schilderung: «Wieder wurden zwei DDR-Bürger bei der Flucht...»

Das Telefon klingelte.

Seine Frau erinnerte ihn an den für den nächsten Tag geplanten Theaterbesuch. Er solle sich auf keinen Fall wieder Termine aufhalsen lassen.

Er versprach es und legte auf.

«Wieder wurden zwei ehemalige DDR-Bürger bei der Flucht aus der Delikatessenabteilung unseres Kaufhauses erwischt», hieß es in dem Bericht des Hausdetektivs. Die beiden hätten nach dem Verzehr von Lachsbrötchen und Avocados mit Büsumer Krabben das Weite gesucht, ohne die Rechnung zu bezahlen.

Bei der Vernehmung auf der Polizeiwache erklärten die Ex-Dresdner, daß sie sich zum erstenmal in diese Etage getraut hätten. Prompt seien sie von den Verkäufern zum Verzehr der Lebensmittel genötigt worden. Sie seien davon ausgegangen, daß es sich um eine Gratisgabe gehandelt habe. Einen Preis hätten sie nirgendwo entdeckt. Mit ihren vom Sozialamt verordneten «Mindesteinkaufssätzen» von 14 DM täglich wären sie nicht in der Lage gewesen, sich derartiges zu leisten.

Scholz legte seine Stirn in Falten.

Sein Blick wanderte zu dem noch zu bearbeitenden Aktenstapel. Ungewollt stöhnte er auf, reckte sich und stand auf. Er wanderte quer durch den Raum, griff den Aktenordner «Drogen» und zauberte dahinter eine nahezu leere Flasche Cognac hervor. Mit zwei Fingern wusch er das kleine Schnapsglas am Spülbecken aus, goß randvoll ein und kippte das Teufelszeug hinunter. Noch während er in sich hineinhorchte und aprilfrische Spannkraft zurückkehren fühlte, öffnete sich die Tür, und der Polizeipräsident schob einen hochgewachsenen Mann in den Raum.

Der Chef blickte auf die Flasche, ließ sich aber nichts anmerken. Scholz murmelte etwas von Sodbrennen und stellte die leere Buddel gleichgültig in den Papierkorb.

«Verstärkung für Sie, Herr Scholz. Darf ich vorstellen: Herr Bohn aus Frankfurt», sagte der Präsident. «Der junge Mann kommt frisch vom Lehrgang und wird eine große Hilfe für Sie sein.»

Die neuen Kollegen reichten sich die Hände. Der Präsident grunzte zufrieden und verschwand.

«Soso. Lehrgang», begann Scholz die Konversation. «Recklinghausen?»

«Zentraler Lehrgang. Stuttgart», sagte der Neue.

«Ach der!» bemerkte Scholz und hoffte, der andere würde nicht merken, daß er keinen blassen Schimmer hatte. Er wies dem neuen Kollegen den freien Nachbarschreibtisch zu und musterte den Langen. Sportlicher Typ, glattrasiert, kurzes Haar, faltenfreies Gesicht, entspannte Züge. Kollege Bohn mußte um die Dreißig sein und stressfreie Dienstjahre verbracht haben.

«Haben Sie noch einen Braunen?» fragte der, als er es sich bequem gemacht hatte.

Scholz stutzte.

«Tut mir leid. Die Pulle ist leer.»

«Schade», meinte der Neue. «Wenn ich meinen Einstand gebe, dann gibt's etwas Besonderes. Sie werden staunen!»

Der folgende Morgen brachte den beiden den ersten Einsatz vor Ort. Die Zentrale beorderte sie zur Wache nach Altenbochum.

Dort beschimpfte eine ältere Frau ununterbrochen zwei jüngere Streifenbeamte, die mit rotem Kopf und sichtlich genervt auf bessere Zeiten warteten.

«Um was geht's?» fragte Scholz den Streifenführer.

«Um versuchte Körperverletzung, Sachbeschädigung, Verstöße gegen die Straßenverkehrsordnung, Widerstand gegen die Staatsgewalt, Beleidigung...»

«Sie sollten sich was schämen, Sie Flegel!» schimpfte die Alte. «Bei uns in Parchim...»

In einem Nebenzimmer erstattete der Streifenführer Bericht.

Die frisch in die Bundesrepublik übergesiedelte DDR-Bürgerin Elisabeth Löberschmidt aus der mecklenburgischen Kleinstadt Parchim hatte Steine auf vorbeifahrende Pkw auf der Wittener Straße geworfen. Den Beamten hatte die Sechsundfünfzigjährige erklärt, sie habe bei strömendem Regen versucht, mit ihrem Enkel die Straße zu überqueren. Dies sei ihr aufgrund des ununterbrochenen Autoverkehrs und der Rücksichtslosigkeit der Fahrer nicht möglich gewesen. Nach einer halben Stunde habe sie sich nicht anders zu helfen gewußt und in ihrer Wut zuerst zu Lehmklumpen und dann zu Steinen gegriffen. Als die beiden Streifenpolizisten ihre Personalien aufnehmen wollten, wäre sie mit dem Schirm auf sie losgegangen.

Erst mittags kehrten Scholz und Bohn ins Präsidium zurück.

Das Telefon klingelte.

«Bohn. Sonderabteilung!» nuschelte er in einer Art und Weise, die Scholz erneut befremdend und dennoch irgendwie bekannt vorkam.

Bohn hielt ihm den Hörer hin:

«Für Sie, Genosse Scholz.»

Scholz sah Bohn entgeistert an. Der verzog sein Gesicht und legte sich grinsend die Hand vor den Mund.

Geistesabwesend nahm der Kommissar den Hörer. War das eben eine spritzige Bemerkung bezüglich ihres neuen Arbeitsgebietes oder eine Anspielung auf seine zwanzigjährige SPD-Mitgliedschaft? Er hoffte nur, daß sich diese Art der Anrede nicht im Präsidium durchsetzte.

Das Telefongespräch rauschte an ihm vorüber, automatisch schrieb er mit. «Ich kümmere mich drum», sagte er schließlich. Er legte auf und schielte auf seine Armbanduhr. In einer halben Stunde war Feierabend.

«Kollege Bohn. Ich habe einen Auftrag für Sie», sagte er mit ernster Miene. «Bei MacDonalds am Hauptbahnhof hat es gerade eine Schlägerei gegeben. Irgendwie ist da auch ein Zoni drin verwickelt. Offenbar hat sich die Existenz unserer Abteilung schnell rumgesprochen. Die Einsatzleitung bittet uns, die Angelegenheit unter die Lupe zu nehmen.»

Scholz konnte schon als Kind nicht lügen. Also drehte er sein Gesicht zur Seite, um Bohn nicht in die Augen gucken zu müssen, und sagte: «Ich habe gleich noch einen Termin. Könnten Sie mal hindüsen und die Sache aufnehmen?»

Zu seinem Erstaunen strahlte der Neue: «Gerne doch!»

Scholz sah ihm nach.

Die verbleibenden Minuten bis Dienstschluß widmete sich Scholz den nächsten Akten.

Auf einer Baustelle in Stiepel hatten Arbeiter dagegen protestiert, in den Pausen ständig «Stimme der DDR» hören zu müssen, nur weil die Mehrheit der Beschäftigten aus der DDR gekommen war. Es war daraufhin zu einer Schlägerei gekommen.

Das 14. Kommissariat meldete, daß bei Krupp ein Aufruf zur Bildung einer Betriebskampfgruppe «Wilhelm Pieck» Furore gemacht habe.

Die politische Polizei wies darauf hin, daß bei Opel in einer Betriebsversammlung die Schaffung einer «Konfliktkommission» nach VEB-Vorbild gefordert wurde.

Beim Fernseher-Werk Graetz in Bochum-Riemke hatte es eine subversive Aktion des weiblichen Ex-DDR-Personals gegeben. In Ermangelung eines Betriebskindergartens hatten die Frauen ihre Kinder bei der Chefsekretärin abgegeben und damit die Vorstandsarbeit völlig blockiert.

Scholz schloß seinen Schreibtisch ab und verließ den Raum.

Am nächsten Morgen kümmerte er sich um neue Räumlichkeiten. Die chronische Platzknappheit im Präsidium machte die Suche nicht einfach. Erst als sich der Präsident persönlich einschaltete, wurden ihm in einem Nebenflügel im Bereich des 4. Kommissariats zwei Räume zugeteilt.

Ein Einsatzwagen fuhr ihn anschließend mit Blaulicht an die Stadtgrenze nach Hattingen. Dort hatten zwei Familien aus Rostock den Besitzer eines Mietshauses tätlich angegriffen, als er die zweite Monatsmiete kassieren wollte. Sie hatten die vereinbarte Kaltmiete von 1300 DM pro Monat für die Jahresmiete gehalten.

Als Scholz am späten Vormittag in seinem alten Büro auftauchte, fand er auf seinem Schreibtisch eine handschriftliche Notiz: «Ich habe eine interessante Spur aufgenommen! Bohn.»

Daneben lag – säuberlich getippt – Bohns Bericht vom gestrigen Einsatz.

«In der Filiale einer bekannten US-amerikanischen Handelsorganisation kam es gegen 16.30 zu einer tätlichen Auseinandersetzung zwischen dem Kaderleiter des Betriebes, Ernst Junge, und dem Facharbeiter für warenbewegende Prozesse, Ludwig Markosch. Junge hatte Markosch vorgeworfen, noch zu verwertende Sekundärrohstoffe für seine Datscha entwendet zu haben. Im Laufe des Wortwechsels bedrohte Markosch den Kaderleiter mit einem Winkelement. *(Winkelement war mit Kugelschreiber gestrichen, darüber das Wort Fahne gesetzt.)* Markosch behauptete, Junge habe ihn mit einer Sättigungsbeilage beworfen.»

Scholz las den Bericht mehrere Male. Dann starrte er fassungslos aus dem Fenster.

Er hörte nicht, als Bohn den Raum betrat.

Erst als der seine Kunstledertasche auf den Schreibtisch knallte, zuckte Scholz zusammen.

Bohn strahlte wie ein Botschaftsbesetzer. Er packte eine Salami, eine Flasche Schnaps und zwei Gläser auf den Schreibtisch.

Wortlos goß er ein und reichte Scholz ein Glas rüber.

«Mein Einstand!» sagte Bohn. «Prost!»

Sie kippten im Duett. Noch immer sprachlos, suchte Scholz nach seinen Zigaretten.

Bohn schien sich vorgenommen zu haben, ihn heute zu verwöhnen. Er hielt ihm ein Päckchen hin, und Scholz fingerte eine Zigarette heraus.

Der Klare und der inhalierte Rauch zeigten sofortige Wirkung.

Scholz wurde schwindelig.

Bohn deutete die Reaktionen seines Vorgesetzten anders. Er goß nach und schob dem Kommissar die Salami hin.

«Der Bericht von gestern», sagte Scholz schließlich. «Ich habe ihn nicht verstanden!»

«Kann man es immer noch merken?»

Der Lange lachte.

«Sprache war das Schwierigste auf dem Lehrgang. Was glauben Sie, wie schwer es erst die Volkspolizisten hatten!»

«Volkspolizisten?» staunte Scholz, der sich die Intensivierung der deutsch-deutschen Beziehungen nicht so umfassend vorgestellt hatte.

«Ich war zusammen mit zwanzig Vopos auf dem Lehrgang. Als Leutnant der Kriminalpolizei hatte ich da natürlich Vorteile.»

Er schob sich eine Scheibe Salami in den Mund.

«Wir haben ganz schön gestaunt, was es hier in der BRD für kriminelle Delikte gibt. Wenn das unser Karl-Eduard von Schnitzler gewußt hätte.»

Scholz schluckte.

«Sie kommen aus Frankfurt?»

«Ja. An der Oder. Ehemals Leutnant der Kripo, MUK. Also Morduntersuchungskommission, über Ungarn rübergemacht, September letzten Jahres.»

Scholz kippte den zweiten Schnaps und schüttelte sich.

«Wie schmeckt unser Nordhäuser?»

«Nordhäuser? Der von drüben?»

«Natürlich! Auch die Schmalkalder Salami hier!»

«Wo haben Sie die denn her?»

Bohn rieb sich die Hände. «Schwarzmarkt. Direkt neben dem Bahnhof wird Heimatware verkauft. Nicht billig, aber echt. Bin zufällig drauf gestoßen. Was glauben Sie, wie heiß ich nach einer Vita-Cola war.»

Scholz nahm noch einen Zug von der Zigarette.

Die Übelkeit nahm zu. Schnell drückte er den Gammel aus.

Bevor ihm schwarz vor den Augen wurde, sah er die Schachtel: Karo.

Leo P. Ard ist Jürgen Pomorin. Als Journalist macht er Dokumentarfilme, als Leo P. Ard schrieb er zusammen mit Reinhard Junge u. a. «Das Ekel von Datteln» und «Die Meute von Hörde» im Dortmunder GRAFIT-Verlag.

Larisa Isarowa

Arznei oder Betäubungsmittel?

Über den sowjetischen Kriminalroman

George Orwell nannte den Kriminalroman gute schlechte Literatur. Das ist insofern ein gerechtes Urteil, als wir in diesem Genre zwei Richtungen deutlich voneinander unterscheiden können.

Die eine stammt aus der Tradition des Ritterromans. Die Helden verhalten sich furchtlos vor den Starken und bescheiden gegenüber den Schwachen, sie verehren die Frauen und führen einen ständigen Kampf für die Gerechtigkeit. Der andere Typus ist unverhüllt egoistisch. Der Kampf gegen das Böse wird mit dessen eigenen Methoden geführt, keiner traut oder achtet den anderen. Der Kult der Gewalt und der Kampf um Gerechtigkeit sind nur die äußere Hülle für eigennützige Motive.

Jede beliebige Gesellschaft, in der politische Passivität herrscht, bringt das Bedürfnis nach Kriminalliteratur hervor. Dieses Genre blüht in hungrigen Ländern genauso wie in satten, weil seine Klischees geistige Leere ausfüllen können. Der Kriminalroman hat einen sehr starken Einfluß auf Bewußtsein und Unterbewußtsein. Das wird bis zum äußersten ausgereizt, indem die Ereignisfolge des normalen Romans durch eine Kette von Enthüllungen ersetzt wird. In seiner leichten Konsumierbarkeit ist der Kriminalroman für eine ambivalente bzw. gegensätzliche Leserschaft geeignet: Der «Aso» liebt ihn genauso wie der Akademiker. Für den einen ist er eine Zerstreuung, für den anderen eine Art wissenschaftliche Untersuchung, mit der er seine Gedanken beschäftigen kann.

In dieser Kunstgattung verbinden sich Pädagogisches und Moralisierendes mit purer Sittenlosigkeit. Der Kriminalroman ist wie eine Therapie, in gleichem Maße emotionaler Baldrian und Auslöser von Aggressionen. Die Jugend erlebt ihn als Tagtraum und Drogenersatz, die ältere Generation versetzt er in eine wohlige Leere, die sie die Erinnerungen an schlechtes Leben vergessen läßt. Der traditionelle Konservatismus in seiner Form führt zu Stereotypen bei seiner Rezeption durch den Leser. Dieser hat seinerseits das Bedürfnis, sich von seinem Leiden, das Übersättigung oder Hunger heißen kann, abzulenken und sich nicht verunsichern zu lassen. Die Identifikation mit dem Text verschafft ihm die Illusion von eigenem Mut. Die Einsamkeit von Verstand und Herz entfremdet den Menschen von einer Gesellschaft, die ihm zwar materiellen Wohlstand geben oder auch vorenthalten kann, die aber seine Seele immer vernachlässigen wird. Geistige Armut ruft keineswegs Begeisterung, sondern Haß auf echte Kunst hervor. Aus der Unfähigkeit, sie zu verstehen, erklärt sich der Minderwertigkeitskomplex, an dem Millionen von Lesern von Krimis in Massenauflagen leiden.

Es ist bedrückend, daß die Kriminalliteratur in ihrer Gleichförmigkeit und ihren Wiederholungen wie geklont wirkt. Diese Genese kann in verschiedenen Ländern auf allen Kontinenten beobachtet werden. Alles wiederholt sich spiralförmig. Länder der Dritten Welt durchlaufen dieselben Etappen wie hochentwickelte Länder mit alten und traditionsreichen Kulturen.

Moralische Ideale werden durch unerträglich niedrige und beliebige Standards ersetzt. Die Mittelmäßigkeit der entsprechenden Schriftsteller und ihrer Leser senkt das Niveau des Genres, macht es nur noch «schlecht».

Puschkin schrieb: «Mit dem Unglücklichen fühlen wir wegen eines eigenartigen Egoismus: Wir sehen, daß wir in Wirklichkeit nicht allein unglücklich sind. Nur eine vollkommen edle und selbstlose Seele kann Anteil nehmen am Glück des anderen.»

Die moderne Massenkultur widerspiegelt das kulturelle Niveau der Massen. Nahe am Analphabetismus, sind sie nicht in der Lage, den intellektuellen Abgrund zu überwinden, der menschliche Kultur von deren bloßer Imitation trennt. Der Erfolg wird durch die Anwendung gewisser Kunstgriffe garantiert. Die Dilettanten, die ihre populären Krimis wie in einem Inkubator erzeugen, wollen ihn auf jeden Fall. Deshalb halten auch die Theoretiker dieser Gattung so beharrlich an der Regel Van Dijns fest.

Für ein Talent hingegen existieren keine Regeln. Es geht immer seinen eigenen Weg, es ist ein Forscher, der verschiedene Stilmittel,

Figuren und Formen des Genres ausprobiert, um seine originäre Ausdrucksweise zu finden. Das führt nicht immer zu Erfolg und sofortiger Anerkennung. Doch dem Talentierten ersetzt eine allgemeinmenschliche Anerkennung die kommerzielle.

Mir scheint, daß derzeit drei klar voneinander abgrenzbare Typen von Kriminalromanen klar voneinander abgegrenzt werden können.

Die erste Sorte kann meistens zur Literatur gezählt werden. Dieser Kriminalroman bleibt im Gedächtnis haften. Für einen Schriftsteller gibt es nichts Größeres, als einen wirklichen Menschen zu schaffen, ganz so wie Gott, nur eben nicht aus der Rippe Adams. Eine solche Persönlichkeit ist aus Fleisch und Blut, hat eine eigene Biographie. Ihr eigenständiges Leben fängt auf den Seiten eines Buches an, und sie stirbt auch nach dem Tod ihres Schöpfers nicht. Der zweite Typ, die Sujetkrimis, sind ein Stück Kunsthandwerk. Ihre Handlung ist trickreich. Ihre Spannung, ihre Überraschungsmomente entreißen den Leser für ein paar Stunden seiner Wirklichkeit, obwohl er sich schon nach einem Tag fragen wird, was ihn verlockt hat, die Seiten zu verschlingen. Nur noch bruchstückhaft bleibt ihr Inhalt in seinem Gedächtnis. Schließlich gibt es noch die Kriminalromane, die auf einem Paradoxon basieren. Äußerlich betrachtet, wirken sie nicht logisch, aber in Wirklichkeit sind sie sehr klug konstruiert. Sie sind fast nach der Logik eines Kindes aufgebaut, die von Erwachsenen nicht beachtet wird, aber nichtsdestotrotz äußerst scharfsinnig und assoziativ ist.

Am populärsten sind heutzutage die Sujetkrimis. Sie sind die beliebtesten und gleichzeitig die intellektuell anspruchsvollsten und spannendsten. Vier Namen eröffnen die Parade dieser Bücher: Conan Doyle, Simenon, Agatha Christie und Chesterton.

Conan Doyle erweckt mit seinem Sherlock Holmes wie Simenon mit seinem Kommissar Maigret ein unbedingtes Vertrauen. Sie erwärmen unsere Seelen mit einer Hoffnung auf Gerechtigkeit, Mitgefühl und Verständnis. Agatha Christie zwingt uns mit ihrem Hercule Poirot und ihrer Miss Marple dazu, uns fieberhaft in den Stoff hineinzuvertiefen, während sich Chesterton und sein Pater Brown offen über den Leser lustig machen. Ihre Überlegenheit liegt in ihrer Beobachtungsgabe und ihrer unkonventionellen Sicht der Dinge und ist stets ein Triumph des menschlichen Intellekts.

Obwohl landläufig angenommen wird, daß die Kriminalliteratur ihren Triumphzug mit den Werken Edgar A. Poes antrat, kann ich dieses literaturwissenschaftliche Axiom nicht übernehmen. Denn von Anfang an gehörten Ermittlungen, Abenteuer und Abenteurer zur Literatur der Menschheit. Die erotisch-mythologischen Geschichten aus dem alten Griechenland, Schelmenromane, Ritterchroniken, gotische Schauerromane, antiklerikale Romane, Feuilletons, Weihnachtsgeschichten, die comedia humana – alles existierte lang vor Edgar A. Poe. Das Genre Kriminalliteratur darf demnach nicht allein von seinem jetzigen Zustand, in dem Konkretismus und eine Verengung der Wirklichkeit vorherrschen, beurteilt werden. Erst wenn dieses Niveau überwunden wird, beginnt der echte Sieg des Kriminalromans. Dann können im Regal des Krimifreundes auch Cervantes, Dickens, Balzac und Dostojewski stehen, denn sie alle haben meisterhaft Verbrechen an Körper und Geist verfolgt. Sie haben mitgefühlt und mitgelitten und niemals den Menschen durch kalten Professionalismus erniedrigt. Niemals haben sie seelischen Tiefgang, Moral und Menschlichkeit durch einen Kult der Gewalt oder Grausamkeit ausgetauscht.

Der sowjetische Kriminalroman erlebte alle Wechselfälle des westlichen, von dem er in Form, Thematik und den Typen nach abstammt. Dennoch gibt es bei uns heute weder einen Sherlock Holmes noch einen Maigret, diesen Don Quichote des 20. Jahrhunderts, sondern nur Imitationen bei populären Schriftstellern vom Typ eines Julian Semjonow. Nicht einer der Helden aus diesen Büchern wurde zu einer literarischen Figur von allgemeiner Bedeutung, und zwar deshalb, denn jedes totalitäre Regime tötet die Individualität seiner Schriftsteller und ihrer Helden und erlaubt ihm nicht, sich von der Masse abzuheben.

Über unsere eigenen Traditionen des Kriminalromans zu sprechen ist einfach und schwierig zugleich. Sie existieren nämlich als solche fast nicht. Hilfreicher ist es, einzelne Perioden zu untersuchen, in denen der Krimi die Zeiten und die gesellschaftliche Situation widerspiegelt. Zur kurzen Blüte der Literatur des zwanzigsten Jahrhunderts gehören der schon klassisch gewordene und in Babelscher Tradition geschriebene «Grüne Planwagen» von Kosatschinskij, der nicht weniger brillante Gaunerroman «Die zwölf Stühle» von Ilf und Petrow, sowie das «Goldene Kalb» mit der für Jahrzehnte einzigen unsterblichen literarischen Figur, Ostap Wender. Dann begann die trostlose Zeit der Spionagegeschichten und -romane, die ein Spiegelbild der schrecklichen Zeit der dreißiger Jahre darstellten. Sie setzten die Traditionen der Kriegsabenteuer des Chadshi Murat Mugujews und von Nikolaj Atarow fort, leichtverständlich, aber spannend für die Leute und auf ein niedriges Niveau von Intelligenz zurechtgestutzt. Komplizierter lasen sich die Krimipamphlete Roman Kims, die zeigen, welche Forderungen von der offiziösen Presse an die Literatur gestellt wurden. Ist es deshalb so, daß seriöse Schriftsteller dieses Genre bei uns gemieden haben? Eine Ausnahme stellt allein Wenjamin Kawerin dar, der schon lange ein Anhänger scharfer Sujets war. «Die zwei Kapitäne» und «Das offene Buch» schildern Untersuchungen, auch wenn in ihnen nicht der für den sowjetischen Krimi unvermeidliche Milizionär vorkommt. Nachgespürt wird den Schwierigkeiten und Gefahren, denen denkende Menschen in der «Periode des Personenkults» ausgesetzt waren.

Jurij German hingegen, einer der begabtesten Schriftsteller der dreißiger und vierziger Jahre, zollte Miliz und Tscheka großzügig Tribut. Dabei war er subjektiv aufrichtig in seiner Beurteilung dieser «selbstlosen Kämpfer», glaubte er doch an romantische Ideale und an eine positive Rolle derjenigen, die so «erfolgreich» für die Umerziehung der Kriminellen sorgten.

In den zehn Jahren nach dem Krieg wurden die Romane von

A. Adamow berühmt. Sie stellen eine Scheidelinie zwischen den bis dahin erschienenen Büchern vom Schlage Awalows und seines traurigen Majors Pronim und den umfangreichen Romanen Spanows dar, die als Prototyp für zahlreiche Parodien dienten.

Die Bücher Awalows sind für viele interessant, weil er die soziale Problematik einbezieht. Er entlarvt die Handelsmafia und macht den Versuch, Milizionäre menschlich und nicht als das mit Fäusten versehene «Gute an sich» darzustellen.

Aber nach Awalow beginnt sich eine lange Reihe von Schriftstellern mit gerade noch mittelmäßigen Fähigkeiten hinzuziehen. Sie bildeten eine homogene Gruppe und ordneten sich völlig dem Diktat der Rechts- und Staatsorgane unter. Ohne den staatlichen Zensurvermerk wurde nicht ein Kriminalroman gedruckt. Autoren, die sich den verordneten Vorschriften beugten, wurden großzügig und reich belohnt. Die Forderungen an sie waren umkompliziert: Die Beschäftigten der Miliz sind immer nur Helden und frei von Fehlern. Wegen dienstlicher Überlastung schlafen sie nie genug und vernachlässigen ihre Ernährung. Irgendwelche Flittchen machen sie ebensowenig an wie alkoholische Getränke. Nur törichte Ehefrauen oder leichtfertige Bräute, die ihrer gar nicht würdig sind, können das Herz dieser pflichtbewußten Einzelkämpfer brechen, die stets vorbildliche Leistungen bringen. In unseren Krimis herrschte eine hundertprozentige Aufdeckungsquote von Verbrechen.

Die Kleinkariertheit der Sujets, die Verengung der Thematik, die Minimierung von sozialen Aspekten und die Darstellung der negativen Helden als Einzelerscheinungen gingen Hand in Hand mit dem vollkommenen Edelmut der leitenden Amtspersonen (für Verbrecher verantwortlich waren «Drahtzieher»). Solche Werke brachten dem Autor Ruhm und begeisterten ein unbedarftes Lesepublikum, das wegen seines niedrigen intellektuellen Niveaus scharf auf geistige Narkotika war.

Über Moral wurde in diesen Büchern fast nicht nachgedacht, die positiven Helden benahmen sich wie die Milizhunde: Fassen und Zuschnappen hieß der Sinn ihrer Tätigkeit, was von den Schriftstellern auch gutgeheißen wurde. Von Barmherzigkeit zum Nächsten war ebensowenig die Rede wie von Mitleid mit den kleinen und bedauernswerten Kreaturen, die die Buchseiten bevölkerten.

Der ideale Held in Uniform liebte und verehrte niemand außer seinem weisen Vorgesetzten, der seine Mitarbeiter anleitete und ihnen «geniale» Ratschläge erteilte.

Eine solche Lektüre verstärkte die moralische Verwüstung der Leserschaft. Sie konnte sich auch auf die junge Generation auswirken, die ihre Denktraditionen aufgriff und sich ganz pragmatisch mit einem lebensfrohen Zynismus ausstattete.

Hauptsache ist der Erfolg, ohne jede Plackerei, ohne Suchen und Anstrengungen. Erfolg, damit es vorangeht und man höhere Auflagen bekommt. Man macht es denen recht, die diese Literatur drucken lassen, und denen, die sie konsumieren. Gleichzeitig verachtet man wirkliche Literatur, weil sie sowieso nur für die «Intelligenz» ist, wie ein weitverbreitetes Vorurteil der Massenkultur heißt.

Die geistige Anspruchslosigkeit setzt eine bloß mechanische Gymnastik des Gehirns in Gang, gerade so, als ob ein Kreuzworträtsel gelöst würde. Ein echtes Verstehen ist nicht notwendig, sondern nur eine mechanische Akkumulation von Fakten, die niemandem nütze sind, die aber nichtsdestotrotz dem Lesenden das Gefühl von Bildung vermitteln.

Man kann mit niemand in diesen Büchern Mitgefühl haben, denn es ist schwer, zu leblosen Marionetten Zuneigung zu fassen, auch wenn sie Etiketten mit der genauen Beschreibung tragen, wer gut und wer böse ist. Seine Gleichgültigkeit läßt den Leser abstumpfen. Die Grausamkeit seiner Umwelt läßt ihn auf neue Formen von ihr neugierig werden, auf Methoden von Mord und Totschlag, die von den Verfassern mit echter Begabung detailliert geschildert werden; tatsächlich ist wirkliche Inspiration der Autoren nur auf diesen Seiten zu spüren.

Es ist schwer zu sagen, wer zuerst ein Philister war: der Autor oder der Leser. Ein Streit darüber erinnert an die Diskussion, an welcher Seite ein Ei geköpft werden soll. Trotz alledem wird sich ein echtes Talent nicht in das Prokrustesbett von Klischees einzwängen lassen. Auch in den letzten Jahrzehnten hat sich die Intelligenz zu Wort gemeldet. Ihre untraditionelle Einstellung zum Leben und ihre geradezu seherischen Vorahnungen erfahren heute erbarmungslose und tragische Bestätigung.

Die drei Schriftsteller, an die ich erinnern möchte, gehören schon lange nicht mehr zu den Lebenden. J. Fajbyschenko verübte Selbstmord. J. Jarowoj kam bei einem Autounfall um. W. Korotkewitsch starb an einem aufgebrochenen Geschwür. Ihre Werke sind sich ganz und gar nicht ähnlich, sie unterscheiden sich in Kultur und Weltanschauung. Doch auch wenn diese Autoren einander nicht kannten, ist ihnen doch ihr Talent und ihre Fähigkeit gemeinsam, im alltäglichen Leben die ursprüngliche Kraft der Persönlichkeit zu entdecken, obwohl in den Jahren der Stagnation Gleichmacherei herrschte.

Korotkewitsch war ein großer weißrussischer Schriftsteller, auch wenn das offiziell noch nicht anerkannt ist. Als brillanter Ethnograph, Historiker, Soziologe, Romancier und Dichter schuf er zwei großartige Kriminalromane aus dem abenteuerlich-historischen Genre: «Die wilde Jagd des Königs Stach» und «Das schwarze Olschanskij-Schloß». Unbestreitbar sind diese ungewöhnlichen Bücher Kriminalromane. Doch die Intensität und Kraft von Korotkewitschs Talent wird dadurch nicht geschmälert. Während er ein verwickeltes und grausames Verbrechen verfolgt, zeigt der Schriftsteller sowohl den geistigen Verfall des Landes als auch die Bitterkeit und Trauer einer Persönlichkeit darüber, daß die Massen den Sieg über den unterjochten Intellekt errungen haben. Gleichzeitig stellt er die Fähigkeit des Menschen zu lieben, aber auch im Namen der Gerechtigkeit wie ein Don Quichotte zu hassen, dar, wenn dies der Kodex der Ritterehre verlangt.

Solche Bücher vergißt man auch nach einem Jahr nicht. Sie graben sich tief in das Gedächtnis ein und halten sich dort dank ihrer traurigen Ironie, die eine der Voraussetzungen für einen Kriminalroman ist. Die bekannten Kunstgriffe verlangen Sinn für Humor beim Schriftsteller. Denn er sollte sich über die Phantome seiner Phantasie lustig machen können, sonst wird sein Bierernst die leichte Thematik und die Seichtigkeit des Werks erst recht entlarven. Es spricht für die Unbedarftheit eines Krimiautors, wenn er ernsthaft meint, daß sein Buch bedeutungsvoll sei. Nur sein Sinn für Humor zieht Leser an, die sich von ihm statt von Medikamenten gegen Überanstrengung und Stress retten lassen wollen.

Der Roman Fajbyschenkos erschien fünfzehn Jahre nach seinem Selbstmord. Zu Lebzeiten des jungen Schriftstellers wurden von ihm nur drei kleine Erzählungen unterschiedlichen Niveaus veröffentlicht. Sein Werk war noch unausgegoren. Fajbyschenko versuchte, sich an die Forderungen der Zeit anzupassen. Danach richtete er seinen Schreibstil, was ihm sehr weh tat und unglücklich machte. Dennoch hat seine beste Geschichte, «Krzysja», nichts an Frische verloren. Im Gegenteil, gerade heute hat sie eine tragische Aktualität, weil sie Probleme eines Nationalitätenkonflikts mit großem Takt- und Mitgefühl und bitterer Hoffnungslosigkeit berührt. Fajbyschenko drückt aus, daß Menschen nicht nach solchen Kategorien unterschieden werden dürfen. Richtig ist, daß die Welt aus Unterdrückten und Unterdrückern besteht, jedoch unabhängig von Hautfarbe, Herkunft oder dem Vermerk im Paß. Aber je geringer die Intelligenz eines Menschen ist, desto fanatischer greift er nationalistische Losungen auf, und je verzweifelter sein Minderwertigkeitskomplex ist, desto grausamer und unmenschlicher wird er.

Die Geschichte einer jungen, unglücklichen Liebe zieht sich vor dem Hintergrund sozialer und nationaler Streitigkeiten in der westlichen Ukraine während der ersten Nachkriegszeit wie ein zarter goldener Faden durch eine grausame und besinnungslose Welt. Jeder in ihr dargestellte Mensch ist für sich genommen gut, ehrlich und tapfer. Als Mitglied einer festgefügten Gruppe verliert er jedoch all diese Eigenschaften, die ihn zum Individuum machen. Er ordnet sich dem Diktat des Herdentriebes und dem zügellosen, dumpfen Haß der Massen unter.

Fajbyschenkos Roman «In diesem entscheidenden Moment» ist

gerade erst erschienen, wenn auch mit barbarischen Kürzungen und Redigierungen. Er ist eine bedeutsame Neuerscheinung, obwohl er nicht auf ein breites gesellschaftliches Interesse an politisierten Büchern trifft. Die Geschichte handelt von einer Geologengruppe, die auf der Suche nach Gold in Sibirien von Kriminellen überfallen wird. In ihrem Verlauf offenbart sich der Wert der einzelnen Persönlichkeiten. Es stellt sich heraus, wer von den Beteiligten zu einer Heldentat fähig ist, wer umsichtig und wer feige handelt, wer seinen Mitmenschen nur für ein Schräubchen im Räderwerk hält und wer leidet, wenn er das Blut seines Feindes vergießen muß, auch wenn er dessen Primitivität und Dumpfheit kennt.

Im entscheidenden Moment entsteht eine unsichtbare Scheidelinie innerhalb einer gewöhnlichen Gruppe von bis dahin ganz normalen Menschen. In ihrem gesellschaftlichen Mikrokosmos erinnern sie sich daran, wie man sich erheben und fast unbewaffnet die dumpfe und inhumane Kraft derer zerschlagen kann, die das Recht verloren haben, sich Menschen zu nennen, weil sie alles verraten haben, um «gut» zu leben und Schwächere zu tyrannisieren.

Schließlich darf nicht das Buch «Sine ira et studio» von J. Jarowo vergessen werden, in dem der Schriftsteller Alltagsprobleme in eine ungewöhnliche Perspektive bringt. Er geht dabei sehr soziologisch vor und nimmt eine Menge von Problemen vorweg, die der Gesellschaft heute in der Periode der «Glasnost» zu schaffen machen. Er stellt das Scheitern von Menschen dar, denen jede Initiative unmöglich gemacht wird und deren Talent ihre Umwelt nicht anerkennt.

Jarowos beste Erzählung ist «Eröffnung der Anklage». Sie zeigt, wie alle normalen menschlichen Werte auf den Kopf gestellt werden. Ein begabter Organisator macht aus einem stillgelegten Bergwerk ein blühendes Privatunternehmen und gibt damit einigen Menschen eine sinnvolle Arbeit. Er wird in ihren Augen zum Verbrecher, weil er ein törichtes und unsinniges Gesetz überschreitet. Die gleichen Leute, die er vor der Arbeitslosigkeit gerettet hat, zeigen Genugtuung, als er bei einem Autounfall ums Leben kommt. Seine Ehrlichkeit, Klarheit und Unabhängigkeit hatte angefangen, sie zu ärgern, denn die Masse weiß nur die zu schätzen, die sich nicht exponieren, sondern sich klammheimlich mit dem Chaos in der Wirtschaft arrangieren, ohne dabei je gegen Instruktionen oder Dogmen zu verstoßen.

Unter den heute lebenden Kriminalschriftstellern ist Andris Kolberg einer der profiliertesten. Seine Romane zeichnen beharrlich und genau den Zerfallsprozeß der litauischen Volksgruppe nach. Er nimmt sich konsequent alle sozialen Gruppen vor und zeigt, wie sich positive Eigenschaften von Menschen in einem unökonomisch wirtschaftenden totalitären Staat in ihr Gegenteil verkehren können. Unter solchen Bedingungen sind die Interessen der Jugend niveaulos, die Frauen primitiv und alle Gefühle kleinlich, weil nur dem Materialismus gedient, der das einzige Ziel im Leben darstellt.

Die Miliz dient in seinen Büchern nur nominellen Funktionen. Kein Charakter prägt sich ins Gedächtnis ein, die Figuren sind absichtlich konturlos, nur die Namen ausgesprochen treffend. Die Tragödien zerstörter Seelen werden in Großaufnahme dargestellt und sind wegen der scheinbaren Leidenschaftslosigkeit des Autors überzeugend.

In den letzten Jahren tauchten auf den Ladentischen der Geschäfte eine Menge von Dutzendkrimis junger Schriftsteller auf. Leider konnte keiner von ihnen in der Presse als Persönlichkeit entdeckt werden. Keiner von ihnen möchte die auch heute, in der Periode des Pluralismus, tabuisierten Themen anpacken. Ich werde hier keine Namen nennen, weil ich für diese Schriftsteller keine Reklame machen möchte. Oft genug wird nämlich angenommen, daß gerade Talent eine vernichtende Kritik hervorruft. Davon kann hier keine Rede sein, denn sie sind alle nur mit mittelmäßigen Fähigkeiten begabt.

Einige betonen das spielerische Element in leichten und ironischen Krimis, andere erlauben sich sogar feinste Angriffe auf die Miliz, und wieder andere schreiben über die Korruption des Systems, freilich nicht heute, sondern in der Vergangenheit. Und fast alle kopieren westliche Krimis in der Hoffnung, daß sie bei uns wenig bekannt sind und gelesen werden.

Ehemalige Sportler entscheiden sich dazu, die Machenschaften ihrer Bosse aufzudecken, frühere Mitarbeiter der Miliz lassen sich über deren Grausamkeit und mangelnde Professionalität aus, und Journalisten schreiben Weihnachtsgeschichten auf der Basis von Krimisujets. Sie alle versuchen, den Leser davon zu überzeugen, daß sie Erneuerer und Meister des Genres sind. Oft übersehen sie dabei geflissentlich, wie unkultiviert eigentlich die Bedürfnisse derjenigen sind, die ihre Werke lesen wollen.

Die Handwerkelei blüht. Die Popularität wächst, weil geistlose Bücher dazu beitragen, die Gedankenlosigkeit der Leser zu zerstreuen. Schwierigkeiten des Alltagslebens, politische Probleme oder untergründige Spannungen in der Gesellschaft kommen in den Büchern dieser jungen Autoren zu «Gesprächen in der Gemeinschaftsküche» herunter, gerade so, als ob Nachbarn miteinander tratschen und sich darüber freuen, wenn sie etwas Neues über die verwerflichen Fehltritte der «Intelligenzler» erfahren können. Vielleicht ist das der Grund, warum es junge Autoren lieben, Ärzte anzuprangern, die immer schon ein Neidobjekt der Spießer darstellen, sich aber als kultivierte Menschen nicht gegen die Macht der Herrschenden wehren.

Die neuesten Kriminalromane nuancieren in drei Grautönen. Da sind die hellgrauen Werke, die einem wie Lackstiefel vorkommen, die zwar schön aussehen, aber schiefgetretene Absätze haben und schlecht zu tragen sind. Es gibt Krimis, die sind mittelgrau wie Spatzen, die sich tschilpend um die Krümel für ihren Lebensunterhalt balgen. Aber die schrecklichsten sind die fahlgrauen, die bleichen Giftpilzen gleichen. Doch die schreibenden Senioren sind davon überzeugt, daß ihre Lebenserfahrung im Staatsschutzapparat Talent und Gewissen ersetzen.

In der Don Quichotte-Inszenierung Bulgakows sagt der Ritter von der traurigen Gestalt zu seinem getreuen Sancho Pansa: «Reite durch die Welt. Räche die Beleidigungen, die den Hilflosen und Schwachen von den Wüterichen und Starken zugefügt werden. Kämpfe für die geschändete Ehre, um der Welt das wiederzugeben, was sie unwiederbringlich verloren hat – die Gerechtigkeit.»

Ich glaube fest daran, daß im Kriminalroman der Weltliteratur, wo Sherlock Holmes und Kommissar Maigret zu Hause sind, eines

Tages auch ein russischer Held erscheinen wird, der ebenso zum Mythos des Kämpfers für das Gute und die Gerechtigkeit werden wird wie seine älteren Kollegen.

Larisa Isarowa lebt als Schriftstellerin in Moskau.

Dr. Norbert Menzel

Sling oder Der Gerichtsreporter beim Wolkenschieben

Die moderne deutschsprachige Gerichtsreportage wurde von zwei Männern nahezu gleichzeitig begründet: von Egon «Erwin» Kisch und von «Sling» (Paul Felix Schlesinger).

Die beiden hatten vieles gemeinsam: beide hochgebildete Juden aus bürgerlichen Aufsteigerfamilien von Metropolen – Kisch in Prag, Sling in Berlin. Für beide wurde der Einstieg in den Journalismus schwierig; später wurden beide Starschreiber.

Nur: Kisch erlebt in unseren Jahren eine gewaltige Renaissance; von Sling dagegen findet man nur noch zwei Bücher im Sortiment, davon ist das eine umständlich zu bekommen, weil in Berlin (DDR) verlegt.

Paul Felix Schlesinger wurde am 11. Mai 1878 in Berlin als viertes Kind (dritter Sohn) einer «gutbürgerlichen» jüdischen Familie geboren. Sein Schülertraum war es, Musik zu studieren. Aber die Erfüllung dieses Wunsches blieb zunächst seinem knapp zwei Jahre älteren Bruder vorbehalten: Bruno Walter (Schlesinger) wurde später ein weltberühmter Dirigent.

Der jüngere Paul Felix war wohl eher ein Multitalent. So hatte er schon im Alter von 17 bei dem Verlag J. Gnadenfeld & Co. eine Persiflage auf einen Schwank von Feydeau unterbringen können. «Fernands Flitterwochen» erschienen unter dem Pseudonym Paul Felix, waren aber bald vergessen.

Vom Packhof nach Moabit

Die Eltern drängten darauf, daß wenigstens der Jüngere einen handfesten Beruf erlerne. Er schreibt darüber später:

«Den Grund meiner juristischen Kenntnisse legte ich als Lehrling einer sehr alten, sehr ehrenwerten Firma der Textilbranche. Wir fabrizierten Damenkleiderstoffe, Schals und Tücher. Da keiner der Söhne und Schwiegersöhne des Chefs Rechtsanwalt geworden war, führte die Firma prinzipiell keine Prozesse. Infolgedessen ließ er die unbefriedigte Streitlust in den Geschäftsräumen des Hauses aus, besonders an mir. Er war gewöhnlich anderer Ansicht als ich. Dennoch hat er mich höchstens dreimal einen Esel genannt.

In dieser trüben Lehrzeit gab es einen Lichtblick. Alle zwei, drei Monate passierte es, daß der jeweilige Lehrling mit dem Hausdiener Justav auf dem Packhof zu tun hatte. Nun war es eine geheiligte Tradition der Firma, daß jede Erledigung auf dem Packhof fünf Stunden dauerte. In Wirklichkeit brauchte man zwei Stunden zu dem Geschäft. Justav und der Lehrling gingen zunächst in eine Destille frühstücken, sodann zogen sie in gehobener Stimmung in das nahe gelegene Kriminalgericht, um ein paar Verbrecher verurteilt zu sehen. So kam ich nach Moabit. In Moabit rollten Justavs und meine Filme.

Ich habe das Wollwarenhandwerk nie gelernt. Aber von Moabit blieb etwas in mir hängen.»

Um die Jahrhundertwende studierte Schlesinger dann doch – zunächst in München, dann in Berlin: Germanistik, Schauspiel und Musik.

In München fand er schnell Zugang zur literarischen Boheme. Er wurde ständiger Darsteller in dem legendären Kabarett «Die elf Scharfrichter» – mit Frank Wedekind als prominentestem Ensemble-Mitglied. Für die «Elf Scharfrichter» textete Schlesinger und komponierte sogar gelegentlich.

Von der «Schaubühne» zur «Vossischen»

1906 findet Schlesinger den Einstieg in den Journalismus, seit 1908 erscheinen in der «Schaubühne» (nach dem Krieg in der «Weltbühne») regelmäßig Musik- und Theaterkritiken von ihm. Um

1910 wird er im Verlagshaus Ullstein als Korrespondent angestellt. Zunächst erscheinen in den Ullstein-Blättern seine Impressionen aus deutschen Städten. 1911/12 arbeitet er ein Jahr als feuilletonistischer Mitarbeiter in Paris. Daneben werden Erzählungen und Skizzen von ihm in mehreren Münchner, Berliner und Stuttgarter Zeitschriften abgedruckt.

Bei Ausbruch des Ersten Weltkrieges wird der ganz und gar unmilitärische Schlesinger eingezogen, kann aber 1915 für zwei Jahre als Ullstein-Korrespondent in die Schweiz gehen. Später wird er wieder nach München beordert.

1920 muß der Verlag sein Korrespondentennetz einschränken. Schlesinger wird nach Berlin zurückgerufen und dem Feuilleton-Ressort der «Vossischen Zeitung» zugeordnet. Für sie schreibt er regelmäßig als «Sling» seine kurzen Feuilletons, wobei er sich ab 1924 mehr und mehr auf das Gerichtsfeuilleton konzentriert. Als Redakteur im Feuilleton-Ressort fällt ihm die «allgemeine Kriminalität» zu: Verfahren gegen Mörder und Huren, Betrüger und Meineidige. Die politischen Prozesse – in Slings Gerichtsreporter-Jahren 24 bis 28 selten geworden – wurden von den Kollegen der politischen Ressorts wahrgenommen.

1924 beginnt Slings bedeutendste Zeit. Sie dauert leider nur vier Jahre. Seinen 50. Geburtstag will er nicht in Berlin feiern; mit Frau und Tochter verreist er für einige Tage. Am Abend des 22. Mai 1928 gibt er in seinem Haus in Berlin-Schlachtensee eine private Nachfeier. Während des Tanzens erleidet er einen Herzanfall und stirbt kurz darauf.

Von der «Eidesseuche» zum Geist des Gesetzes

Sling zählte zu den wenigen Journalisten, denen es gelungen ist, «Wolken zu schieben»: durch publizistisches Wirken politische (oder gesellschaftliche) Zustände in ihrem Sinne zu verändern.

Sling bekämpfte leidenschaftlich die «Eidesseuche» – die durch Gesetz und Gerichte verursachte Inflationierung des Eides.

Hintergrund für den Konflikt war eine neue Strafprozeßordnung, die 1924 von Reichsjustizminister Erich Emminger durchgesetzt wurde – einem Juristen und Reichstagsabgeordneten der Bayerischen Volkspartei. Diese Reform veränderte das Schwurgericht, in dem bis dahin die Geschworenen allein über Schuld oder Nichtschuld zu befinden hatten. Nun mußten drei Berufsrichter zusammen mit sechs Geschworenen über Schuldspruch und Strafmaß urteilen.

Hinzu kam, daß die wirklich reformbedürftigen Bestimmungen in Straf- und Zivilprozeßordnung von der Emmingerschen Justizreform nicht entscheidend verändert worden waren. Vor allem gilt dies für die Gewohnheit des vorsitzenden Richters, die Zeugen schon vor der Vernehmung zu vereidigen. Die Folge war, daß (teils durch Querulanten und aus persönlicher Rachsucht, teils aber auch zur Wiederaufnahme von Verfahren bzw. zur Begleitung von Berufungs- und Revisionsanträgen) in den Jahren 1924 und 1925 bei den Staatsanwaltschaften eine Fülle von Meineidsanzeigen einging, die meist in penibler Kleinkariertheit verfolgt wurden.

Sling räsonnierte darüber: «Wenn spätere Geschlechter sich darüber unterhalten, auf welchen Gebieten das so rühmliche 20. Jahrhundert zurückgeblieben gewesen sei, so wird man vielleicht an erster Stelle das Kapitel der Rechtspflege erwähnen, das mit dem ‹Unfug des Schwörens› gekennzeichnet ist. Dabei wird man vielleicht weniger im verurteilenden Sinne der unzähligen Menschen gedenken, die unter dem Zwange der Gesetzgebung, aus der Pein einer Situation heraus dazu getrieben werden, unter ihrem Eide Falsches anzugeben. Aber man wird mit Kopfschütteln auf die Staatsanwaltschaften zurückblicken, die dem Geist und dem Buchstaben des Gesetzes zu folgen glaubten, wenn sie den widerwärtigsten Familienschmutz aufwühlten, nur um zu beweisen, daß hier ein Schimpfwort gefallen oder nicht gefallen sei, daß zwischen diesem Manne und jener Frau diese oder jene Beziehungen geschwebt haben oder nicht. Man wird sich an den Kopf fassen und fragen, welche Justiz- und welche Finanzminister es geduldet haben, daß der ganze Apparat des Schwurgerichts mit Richtern, Geschworenen, Staatsanwälten, Verteidigern, Zeugen, Gerichtsdienern dafür aufgewendet wurde, um die Verhältnisse der Familie E. klarzustellen! Dies in einer Zeit, die wir als die Zeit der Not bezeichnen, dies an dem Tage und in der Stunde, an dem das Zeppelin-Luftschiff siegreich den Ozean überquert hat. Man wird dann vielleicht fragen, ob sich denn keine Stimme gegen diesen unrühmlichen Unfug erhoben habe – und man wird die eine verschollene Stimme eines bescheidenen Gerichtsberichterstatters nicht mehr hören.»

Unverdrossen schrieb er gegen diesen Mißstand an. 1926 wurden in Preußen, danach auch im übrigen Reichsgebiet Regelungen geschaffen, die heute noch gelten:

Die Zeugen sind erst nach ihrer Vernehmung zu vereidigen.

Das Gericht kann von einer Vereidigung des Zeugen absehen, wenn es seiner Aussage keine wesentliche Bedeutung beimißt oder wenn es von ihm auch unter Eid keine wesentliche Aussage erwartet.

Bei Verfahren wegen Übertretungen oder in Privatklageverfahren werden Zeugen nur noch in außergewöhnlichen Fällen vereidigt.

Vom Gerichtssaal zu den Lesern

Eine möglicherweise noch größere Bedeutung des Paul Felix Schlesinger liegt darin, daß er eine neue Form der Gerichtsberichterstattung schuf, daß er der lesenden Öffentlichkeit neue Zusammenhänge von Schuld und Tat, von Verbrechen und Tragik, von Tätern und Richtenden, von Trieb und Gesetz, von Justiz und Bürgern vermittelte.

Gustav Radbruch brachte den Geist der Slingschen Gerichtsreportagen auf den Begriff:

«Sling hat glücklicherweise keine eigene ‹Strafrechtstheorie›. Er schiebt mit ungläubigem Lächeln alle diese eifernden Theorien beiseite und bewahrt dem Strafrecht gegenüber die Haltung, die einer so fragwürdigen Erscheinung gegenüber allein möglich ist: abgründige Skepsis... Solange wir ‹Täter› strafen, nicht Menschen behandeln – solange es ein ‹Straf›recht gibt, gibt es kein gerechtes Strafrecht.»

Sling geißelte nicht wie Tucholsky die Auswüchse der Klassenjustiz. Das war in doppelter Hinsicht nicht sein Ressort. Doch er war nicht unpolitisch, schrieb gegen den Ersten Weltkrieg an («Wir sind eine reinliche Nation, waschen uns nachher, und dann ist wieder alles gut»). Er war ein guter bürgerlicher Demokrat, der gerne Schriftsteller geworden wäre und statt dessen vier Kasperle-Bücher und diverse Trivialromane für Ullstein schrieb. Seine Feuilletons waren geistreich und elegant, besaßen Atmosphäre – besonders in den sehr knapp formulierten Stücken, unter denen sich manches Juwel befindet. Die «große» Politik scheint bei Sling durch die vorgeblich private Beschreibung von Einzelschicksalen hindurch. Die verzweifelte Jagd nach «Glück» und warum man es nie erreicht; die Mentalität von Aufsteigern; die tragikomische Wert-Welt von Heiratsschwindlern und Hochstaplern – das beherrschte Sling. «Berlin zu schreiben» lautete sein feuilletonistisches Credo – und da Berlin auch Mord und Totschlag war, fühlte sich der Moralist Sling herausgefordert. «Der dreimal tote Peter» hieß das Lustspiel, mit dem er 1927 Erfolg hatte (Hauptrolle: Heinz Rühmann). Bei Prozessen gab es weniger zu lachen:

«Ich suche im Gerichtssaal die seelischen Beweggründe der auftretenden Personen, der Angeklagten, der Zeugen. Ich kann es auch nicht unversucht lassen, in die Herzen des Staatsanwalts und des Richters zu blicken. Das aufgenommene Bild erzeugt in mir Trauer, Empörung, Furcht, Mitleid, Verachtung, Heiterkeit, Spottlust, Liebe und Haß.»

Dr. Norbert Menzel lebt als Redakteur in Hamburg. Für «Schwarze Beute 4» schrieb er «Pinkertons bester Mann. Dashiell Hammett und die berühmteste Detektiv-Agentur.»

Sling

Der heilsame Schuß

Der angeklagte Heilgehilfe ist ein blasser junger Mann von fünfundzwanzig Jahren, glattrasiert, mit einem kaum zu bändigenden rotblonden Lockenhaar. Auch seine niedliche Frau steht noch im Mai des Lebens. Sie hat es überhaupt mit dem Mai zu tun. Am 11. Mai ist sie geboren, am 16. Mai 1922 lernte sie ihren Mann kennen und lieben, am 11. Mai 1923 heirateten sie, und am 23. Mai 1924 schoß er ihr eine Kugel durch die Brust.

Der Vorsitzende des Schwurgerichts stellte in seinem Urteil fest, daß die eigentlich Schuldigen auf der Zeugenbank säßen: die Schwiegermütter, deren Eifersüchteleien Unfrieden in die junge Ehe gebracht hätten. Der junge Gatte liebte sehr heiß, das Frauchen war etwas schnippisch. Es war zu Handgreiflichkeiten gekommen; da hob der Mann die Gemeinschaft auf, zog weg – und konnte es dennoch nicht ohne die Frau aushalten. Von einem Freunde borgte er sich zu drei verschiedenen Malen unter einem Vorwande einen Revolver. In Wirklichkeit mit der Absicht, das erstemal sich selbst, das zweitemal seine Frau und sich, das drittemal wieder sich selbst zu erschießen. Indessen war es anders gekommen: Er war bei ihr, um ihre Versöhnung zu erbitten. Sie sang dazu: Ausgerechnet Bananen. Er wollte sie, die sich gerade frisierte, umfassen. Da schlug sie ihn – vielleicht versehentlich – mit der Bürste. Und nun schoß er – lief weg, blieb eine halbe Treppe tiefer bewußtlos liegen, bis er von einem Schupomann abgeführt wurde.

Der Schuß war merkwürdigerweise nicht tödlich, die Kugel konnte entfernt werden. Die junge Frau steht rund und gesund als Zeugin vor Gericht. Wesentliche Meinungsverschiedenheiten über Vorgeschichte und Tatbestand sind nicht vorhanden. Da fragt der Vorsitzende, wie es denn mit dem Scheidungsprozeß stünde. Und die junge Frau sagt: «Ich habe die Prozeßvollmacht an den Rechtsanwalt nicht unterschrieben. Es ist wohl am besten, wenn wir wieder zusammengehen.»

«So – Sie haben ihm verziehen?»

«Ja, ich glaube, das ist besser so –»

Der medizinische Sachverständige erklärt den Angeklagten trotz gewisser ohnmachtähnlicher Zustände für geistig gesund. Er habe seine Tat sicher nicht im Zustande der Unzurechnungsfähigkeit begangen. Wohl aber sei er ein Mann von schwacher Energie und großer Entschlußlosigkeit. Gerade aber solche Leute, die sich schwer zu etwas Entscheidendem aufraffen können, neigen zu plötzlichen, verhängnisvollen Aufwallungen. Der Angeklagte habe durchaus keinen Entschluß fassen können, um sich dem Kampf der Schwiegermütter zu entziehen. Er habe geschwankt und gelitten, um dann jäh die Waffe gegen die junge Frau zu richten.

Der Staatsanwalt hielt ein sanftes Plädoyer und beantragte zwei Jahre fünf Monate Gefängnis – für versuchten Totschlag und unerlaubtes Waffentragen. Das Schwurgericht war milder und erkannte auf zwölf Monate Gefängnis, lehnte zwar die vom Verteidiger beantragte Bewährungsfrist ab, empfahl jedoch, nach sechs Monaten Strafaussetzung zu beantragen.

Nach sechs Monaten – dann ist, wenn er im November die Strafe antritt, wieder Mai – und das Leben ist wieder blank und neu. Vielleicht. Hoffentlich.

Janwillem van de Wetering

Und DREI . . . !

Der gutaussehende, erfolgreiche Frank Nullish und sein nagelneuer, phantastischer Volvo Automatik hatten die Wahl an diesem schicksalsschweren Tag. Sie konnten links abbiegen, nachdem sie aus der Klinik kamen, in der Franks Frau Betty-Baby nicht geheilt wurde, und nach Hause fahren. Zu Hause, das war Franks geräumige Eigentumswohnung auf der obersten Etage eines vierstöckigen Hauses im vornehmen Amsterdamer Vorort Amstelveen. Die Wohnung bot einen Ausblick auf einen gepflegten, von großen Pappeln gesäumten Park, dessen stets gemähte Rasenflächen einen klaren Teich mit strahlend weißen Pekingenten darauf umfaßten. Links abzubiegen war die nette Alternative – der Volvo würde auf seinem Einstellplatz in der Tiefgarage stehen, und Frank, die alte Meerschaumpfeife zwischen die Zähne geklemmt, würde vom Balkon aus die Enten beobachten, während Cat, die Katze, schlaff auf seinen Armen lag.

Frank rauchte. Cat schnurrte. Weit unter ihm quakten die Enten.

Rechts abzubiegen bot keine ganz so nette Alternative, bedeutete, in ein Gewirr kleiner, schmaler Einbahnstraßen, halbmondförmiger Gassen und steiler Brücken hineinzugeraten, das in die Innenstadt Amsterdams mit ihren einstmals stolzen und prächtigen Giebelhäusern aus dem siebzehnten Jahrhundert hineinführte, an der dann aber die Gefräßigkeit der Geschäftemacher Raubbau getrieben hatte und die erst in letzter Zeit wieder als ein malerisches, altes und sehr weltliches Zentrum auf Vordermann gebracht worden war. Von Interesse für Touristen und vergnügungssüchtige Einheimische – eine Gegend des lärmenden Vergnügens, kleiner Mauscheleien und aller möglichen anderen Dinge.

Er hatte die Wahl: links oder rechts. Der Volvo bog nach rechts ab.

Frank lächelte, glücklich für einen Augenblick, dann für erheblich längere Augenblicke beunruhigt.

Frank verstand sich gern als einen distanzierten und introvertierten Menschen, als jemanden, der gerne zu Hause war und blieb, der es im Leben zu etwas gebracht hatte, ein einsamer Beobachter der Enten.

Seine Frau Betty-Baby sah einsam fern, aber das war jetzt auch schon eine ganze Weile her, damals, bevor sie krankhaft zu fett geworden und in eine Privatklinik eingewiesen worden war. Ein kurzer, täglicher Besuch nach der Arbeit bei seiner kränkelnden Frau war fester Bestandteil seines distanzierten, introvertierten Einzelgänger-Lebens, und es war ganz und gar kein allzu schlechtes Leben. Wie lange war Betty-Baby jetzt schon fort? Frank rechnete nach, griff nach Zahlen und Daten, hinausgehende Zahlungen für Arztrechnungen, hereinkommende Zahlungen von der Versicherung. Während Frank rechnete, wartete der Volvo hinter einem Lastwagen, der faulig stinkenden Rauch ausstieß.

Frank kurbelte das Schiebedach zu. Natürlich störte es ihn kaum, daß die keuchend ausgehusteten Auspuffgase schmutzige, ölige Luft in die Ventilation des Volvos spuckten. Sinnlos, sich den Kopf über unvermeidbare Ärgernisse zu zerbrechen, wenn sonst alles wunderbar lief. Frank lächelte die riesigen Hecktüren des Lasters an, die ihm sowohl die Weiterfahrt als auch den Blick versperrten. Der Lastwagen setzte sich wieder in Bewegung, der Volvo bislang noch nicht, und als er es dann tat, nickte Frank in seinem Rückspiegel der wütenden Fahrerin hinter ihm zu. Sie füllte einen kleinen Wagen ganz aus. Der Wagen hupte, der Laster sprotzte. Frank lachte laut. Es könnte trotzdem alles kaum besser sein. Machte er nicht ein Vermögen mit dem, was Betty-Babys Dad einmal «unsere bescheidene, aber profitable Produktpalette» genannt hatte? Die Produktpalette bestand aus speziellen Haken und Nadeln, wie sie in der Kunststickerei benötigt wurden – von reichen Ladies mit dem Bedürfnis, Kissenbezüge zu besticken und Wandteppiche mit aufgedruckten Motiven, Klingelzüge, um Dienstmädchen zu rufen, die gegangen waren, und Schutzdeckchen für Tastaturen von Klavieren, auf denen niemand mehr spielte. Es mußte eine ganze Menge von diesen Ladies geben, dachte Frank: vornübergebeugte Großmütterchen und alte Tanten mit rutschenden Perücken und Schultertüchern, die die merkwürdig geformten Haken und Nadeln kauften, die von seiner Firma so fleißig produziert wurden. Sämtliche

Produkte waren streng patentiert. Die Maschinen, die zu ihrer Herstellung benötigt wurden, waren schon seit Jahren abbezahlt. Die Stückzahlen waren nicht groß genug, daß die Großen der Branche auch nur in Erwägung zogen, sich damit abzugeben. Ein einfaches, kleines Produkt, eine hohe Gewinnspanne, keine Konkurrenz, ein stetiger und reichlicher Bargeldstrom in die Kassen von Franks Firma.

Seine Firma? Nun, die Firma von Betty-Babys Dad, aber der alte Herr vergaß heute immer wieder seinen eigenen Namen. Das war schon in Ordnung, als Wuffo, der Hund, noch lebte, denn Wuffo brachte ihr taperiges Herrchen nach Spaziergängen immer sicher nach Hause, aber dann wurde Wuffo selbst alt und vergeßlich, starb schließlich sogar, also ging der alte Herr in ein nettes Heim zu den netten Krankenschwestern, die seine netten Bedürfnisse befriedigten. Frank unterzeichnete mit Vergnügen die netten Schecks. Nachdem die Handlungsvollmacht dem Schwiegersohn Frank und dem einzigen Kind, der kränkelnden Betty-Baby, übertragen worden war – wem gehörte da was?

Aber im Augenblick war da noch eine weitere Frage, die ihm allerdings entglitten war. Erinnere dich an die Frage, Frank. Wie lange war Betty-Baby schon krank? Drei Monate vielleicht? Wird sie vermißt? Sie wird nicht vermißt. Die meistens unsichtbare Haushälterin Mrs. Bakker führt den Haushalt gut. Auf daß das gute Leben niemals aufhört. Also, wieso war der Volvo dann falsch abgebogen? Woher auf einmal diese beinahe nicht zu bändigende Wut? Woher dieses glühende Verlangen, aufs Gas zu treten und den stinkenden großen Laster zu rammen, dann zurückzuschalten, rückwärts in das kleine hupende Auto zu donnern? He, ein Parkplatz zwischen den Weiden am Rande der Gracht. Park dort ein. Kümmer dich nicht um irgendwelche Zeichen. Den drohenden Finger der Frau in diesem kleinen Wagen einfach ignorieren. Und wo du gerade schon mal dabei bist, beachte auch nicht weiter das «Arschloch», das sich auf den Lippen der Frau formte.

Sicher in die Parklücke eingeparkt. So. So ist's gut.

Frank erkannte seine Umgebung wieder, als er aus seinem nur wenige Zentimeter von der Mauer der Gracht parkenden Wagen stieg. Früher hatte sich hier der Firmensitz befunden, bevor die Innenstadt schmutzige Betriebe gegen glitzerndes Vergnügen austauschte. Heute befanden sich in den renovierten prächtigen Handelshäusern, Lagerhäusern und Werkstätten hinter ihren schmukken Giebeln gemütliche Bars, Touristenhotels und Kunstgalerien. Frank warf einen Blick auf seine Uhr – die Galerien würden etwa jetzt schließen, die Bars schon bald öffnen. Was jetzt? Ein Bierchen zischen?

Frank hatte seit Jahren keinen Zug mehr durch die Gemeinde gemacht. Dazu gehörten Kumpel, gute alte Freunde, die einen lautstark begrüßten und freundschaftlich knufften, bevor sie ihren Kreis öffneten und man in ihrer Mitte aufgenommen wurde. Frank erinnerte sich an eine Zeit, in der er «Tarzan» geheißen hatte, erinnerte sich, wie er sein tulpenförmiges Glas mit Wacholder gehoben hatte, um dem schnurrbärtigen «Pirat» mit seinem Ohrring, dem gedrungenen, militärisch gekleideten «Stinkie» und einem Barkeeper zuzuprosten, der unter dem Namen «Fats» bekannt gewesen war. Damals vor zwanzig Jahren waren das wichtige Menschen auf Franks Bühne gewesen. Die Bühne brach zusammen, die Schauspieler zerstreuten sich in alle Himmelsrichtungen, allerdings auch wieder nicht ganz, denn Frank erinnerte sich, erst kürzlich wieder dem Piraten über den Weg gelaufen zu sein, und sein neues Image, Glatze und kein Ohrring mehr, hatte vergnügt eine Frau und drei Kinder erwähnt. «Wir fünf, Tarzan, frühstücken jeden Tag zusammen.»

«Wir drei, Pirat», hätte Frank sagen können. Frank, den englischen Trenchcoat eng um sich gezogen, mit seinen gefönten Haaren, in die die Brise fuhr, sagte das nicht. Es entsprach sowieso nicht der Wahrheit. Betty-Baby und Cat frühstückten nicht, sondern schliefen immer aus, schnarchten leise, Hand in Pfote, während Frank im Wohnzimmer die vorbereitete Mahlzeit verschlang und dazu Instant-Kaffee schlürfte, dabei immer mit einem Auge die Zeitung überflog, um zu sehen, wie sich die Aktien machten. Nicht daß sie sich jemals wirklich machten. Langweiliges holländisches Bier und langweilige Banken, Elektro- und Ölkonzerne. Genauso beständig und sicher wie das niederländische Königshaus von Oranien.

Wenn die Kurse fallen, warte nur fünf Minuten. Und schon springen sie wieder nach oben.

«Trinkst du immer noch Bier, Pirat?»

«Nein. Kein Bier.» Der Mann verschwand schon wieder in der Menge, unterwegs, um mit einem Lächeln mehr Frühstücke für seine Sippe zu verdienen.

Frank, der zwischen dem Volvo und einer von Hundedreck eingerahmten Ulme stand, drehte sich zu einem Filmplakat um, auf dem sich eine nackte Frau einem warzigen Alligator näherte. Frank bemerkte die geschürzten Lippen der Frau, die sich der Brutalität der Bestie ergaben. Den Film ansehen? Aber sollte er nicht zuerst etwas zu Abend essen? Irgendwo in der Nähe einen strahlenverseuchten Happen nehmen? Warum nicht einfach nach Hause fahren und sich mit Cat eines von Mrs. Bakkers Filet Mignon teilen? Gebratene Pfifferlinge als Beilage? Käse und Crackers für das geruhsame Danach? Echte Schlagsahne auf frischen Früchten? Java-Kaffee? Kubanische Zigarre? Blick auf den Park? Ein weiterer gemütlicher Abend, verbracht beim Beobachten der Enten? Was machte er überhaupt hier in diesem Höllenloch?

General Frank befahl sich kurzerhand, wieder in den Volvo zu steigen. Die Mannschaften erhoben Einwände, sagten: «Nee», hatten ungewaschene Ohren.

General und Mannschaften überquerten die Mauer der Gracht. Er fragte sich, ob er vielleicht eine Frau brauchte. Es müßten eigentlich eine ganze Menge nacktschultrige, nacktbeinige, ja sogar barbusige Frauen in den Gassen dieses Viertels warten, eingerahmt von Neonröhren, erotisch beleuchtet von rosa und dunkelrot getönten Scheinwerfern, die unter Fensterbänken versteckt waren; eine buntschillernde Auswahl.

«Komm, sieh uns zu, wie wir mit Alligatoren ausflippen», flüsterte die buntschillernde Auswahl.

Frank brummte abwiegelnd vor sich hin. «Du bist heute nicht ganz bei Verstand. Willst du dir was holen?»

Er versuchte es mit einem Kompromiß. Einen Pornofilm ausleihen und zu Hause in den Videorecorder schieben? Aber die Heiligen marschierten weiter, auf engen Bürgersteigen hinter phallischen Metallpfosten, von der Stadtverwaltung in Abständen von einem halben Meter aufgestellt, um friedliche Fußgänger vor dem üblen Verkehr zu schützen. Er berührte leicht die glatten Oberflächen der Pfosten, die darum baten, ihr Verlangen zu befriedigen. Er ging vorbei an Bars, die sich mit fröhlichen jungen Leuten füllten. Stand er mit seinen vierzig Jahren vielleicht schon jenseits der Grenze? Würde er mit seiner Kleidung nicht sofort auffallen?

Vor einem kleinen Geschäft blieb er stehen, setzte seine randlose Brille mit goldenen Stegen auf und begutachtete sein Spiegelbild zwischen hochhackigen Schuhen, Umhängetaschen und anderen Lederartikeln für schwule Touristen in der Schaufensterauslage. Sein hellgrauer Dreiteiler? Schien in Ordnung zu sein. Die kastanienbraune Seidenkrawatte? Nett. Das konservative, rosafarbene Hemd aus reiner Baumwolle? Nett. Haare? Sicher, sie lichteten sich langsam, aber noch war nirgendwo eine kahle Stelle. Frank runzelte seine Stirn. Was kümmerte es ihn, ob er von kleinen Menschen akzeptiert wurde? War er denn nicht der Monopolist des Landes für profitbringende Spezialhaken und Nadeln für die Handarbeit? Frank schnaubte verächtlich, ging weiter, stieß sich seine Zehen am Kopfsteinpflaster, humpelte ein bißchen. Er erkannte den Giebel des Hauses wieder, gegen das er sich jetzt lehnte. Er schützte das Patrizierhaus, in dem er vor zwanzig Jahren, frisch von der Wirtschaftsfachschule, für Betty-Babys Vater zu arbeiten begonnen hatte. Kurze Zeit später war das Gebäude verkauft worden und die Firma in ein modernes Gewerbegebiet am Stadtrand umgezogen, wo er sie heute kommandierte, aber hier hatte Franks Karriere begonnen.

Frank lachte viel zu laut, zog dann wütend seine Stirn kraus. Wieso verlor er jetzt schon seine Beherrschung, wo er doch noch gar nicht zu trinken angefangen hatte? Deutlich hörte er die einleitenden Takte einer traurigen Jazz-Melodie. Kam die Musik aus Lautsprechern im Inneren des Gebäudes, oder drehte der gute alte Frankie langsam durch? Er schüttelte seinen Kopf, um eine deprimierende, wenn auch faszinierende Ballade loszuwerden, die zu einem von großen Männern mit tiefliegenden Augen auf Kontrabässen gezupften Muster gespielt wurde. Um sich von diesen Musikern in ihren Gehröcken zu befreien, appellierte Frank an die Wand, gegen die er lehnte, tastete sie liebevoll mit seinen Fingerspitzen ab. Er hatte dieses Gebäude als eine Ruine in Erinnerung, doch jetzt war seine Oberfläche geglättet und verputzt, seine Türen neu gestrichen und seine verrotteten Fenster ersetzt worden. Der imposante Eingang des großen Patrizierhauses wies sieben Messing-Klingeln auf, mit elegant beschrifteten Namensschildchen, eines für jede Etage. Dann befanden sich dort heute also Wohnungen statt des schmuddeligen Büros von Betty-Babys Vater, statt der anderen Büros und des Lagers für die Fertigprodukte. Der Keller, wo früher einmal Maschinen gestampft und gehämmert hatten, war heute eine Bar geworden.

Frank erinnert sich wieder an den neunzehn Jahre alten, aufgeweckten jungen Burschen, der er einmal gewesen war, der hier sein Tor zum Erfolg gefunden hatte. Der durch dieses Tor gegangen war. Direkt eingetreten war. Und gleichzeitig in die Ehe.

Damals wußte er noch nichts von Betty-Baby, nichts von dem Alleinerbe. Zu jener Zeit lernte Betty-Baby auf einem Schweizer Internat noch Manieren und gute Umgangsformen, stand jedoch kurz davor, zurückzukehren und ebenfalls einzutreten.

Eintreten.

«Bist du angekommen?» fragte Frank Frank. «Wie gefällt dir die andere Seite?»

«Ich bin. Und sie gefällt mir», sagte Frank zu Frank.

Jetzt war er reich, und Betty-Baby war verrückt. Während Frank darauf wartete, daß das Kribbeln in seinen Zehen endlich abklang und die bedrückenden Baßspieler ihre Melodie beendeten, sah er das Gesicht von Betty-Babys Arzt. «Rein körperlich gesehen», sagte das Gesicht, «ist Ihre Frau vollkommen gesund.» Das Gesicht lächelte. «In diesem Punkt sind meine Kollegen mit mir natürlich einer Meinung.» Und was war dann mit Betty-Babys Juckreiz, ihren Bauchkrämpfen, ihrem schlurfenden Bein, den Gewichtsproblemen, den Atemschwierigkeiten?

«Ich würde Ihnen gerne einen Psychiater empfehlen, Mr. Nullish.»

Frank drückte sich von der Wand ab, stieß sich wieder seine Zehen, taumelte zurück in einen Passanten, drehte sich um, entschuldigte sich.

«Gehen Sie zu den Anonymen Alkoholikern», sagte der Passant. «Das ist zwar ein langweiliger Haufen stinkender Angeber, aber manchmal können sie einem wirklich helfen.»

«Ja», sagte Frank.

«Mir haben sie ganz bestimmt geholfen», sagte der Passant und deutete auf den nahen Eingang der Bar. Frank bemerkte den Geruch von Wacholder, der aus der Bar und aus dem Mund des Passanten kam. «Heute kann ich der Versuchung widerstehen», sagte der Passant, hob dabei sein stoppeliges Kinn. «Ich muß nicht mehr in die üblen Kaschemmen. Ich kann einfach nach Hause gehen.» Seine geröteten Augen blinzelten. «Okay?»

«Ja», sagte Frank.

Ganz sicher war Betty-Baby verrückt, genau wie sein Bruder Pete und dessen Frau Suzie. Eine andere Erfolgsgeschichte. Pete kam, durch Suzie, in eine Firma, die den Alleinvertrieb für japanische Maschinen zur Reparatur von Deichen besaß. Nachdem Suzie es müde geworden war, in Einkaufszentren ausgiebig von ihrer Kreditkarte Gebrauch zu machen, begann sie zu einem Klapsdoktor zu gehen. Auch Pete wurde eingeladen, dorthin zu kommen. Pete kam zu Frank. Da war Pete, in Franks Büro, zeichnete sich als Silhouette vor der Vitrine voller Nadelhaken und gebogener Nadeln ab. Angstschweiß glänzte auf Petes Gesicht. «Der Klapsdoktor will mich auch noch verrückt machen, Frankie. Am Ende werde ich noch genau wie Suzie und träume von Froschgesicht mit Penis-Zähnen. Aber nicht mit mir, Bruder, nicht mit mir», plapperte es über Petes feiste Lippen. «Suzie kann von mir aus Froschgesicht haben. Für mich die Freiheit.» Also kaufte Pete sich einen Plastik-Nachbau eines 1931er Duesenberg-Kabrios und lachte sich in der Innenstadt kleine Mädchen an, mit denen er auf seinem Plastik-Mini-Schoner segeln ging. «Keine Lust, mal mitzukommen, Frankie? In der Kajüte ein Mäuschen auf der Tischkante vernaschen, während all das Wasser um den Rumpf plätschert? Hast du so was noch nie gemacht?» Frank hatte so was noch nie gemacht, obwohl er absolut nichts gegen plätschernde Tischkanten hatte. Aber nicht, wenn der schweißige Bruder Pete dabei zuschaute. Sie alle waren verrückt geworden.

Wir sind alle verrückt geworden, dachte Frank.

Wenn er jemals hätte wissen können, daß er eines Tages seinen Lebensunterhalt damit verdiente, Handarbeitsnadeln zu verkaufen... Alten Damen zum achtfachen Selbstkostenpreis nützlich zu sein. Es war schon gut, daß er nicht an himmlische Gerechtigkeit glaubte. Solange er nicht daran glaubte, würde er auch Petrus nicht amüsieren müssen.

Petrus: «Mit was haben Sie sich dort unten beschäftigt, Sir?»

Frank: «Äh... mit Geldverdienen?»

Petrus: «Ach, ja, ist das so, Sir? Etwas genauer bitte?»

Frank: «Äh, ja. Nun, also, irgendwie hab ich den Markt für gebogene Handarbeitsnadeln monopolisiert, solche Nadeln, die alten Damen immer was zu tun geben. Die mit diesen kleinen verchromten Häkchen am Ende, wissen Sie? Und mit Mahagoni-Handgriffen?»

Petrus: «Was haben Sie sonst noch gemacht, Sir?»

Frank: «Äh, nichts.»

Petrus, der einen Flammenschwerter schwingenden Engelschor dirigierte: «Hahahahaha.»

Wahrscheinlich würden sie sich nicht mal die Mühe machen, ihn in die Hölle zu stoßen, sondern ihn statt dessen einfach nur auf grausame Art ignorieren, ihn ziellos herumirren lassen, so wie er auch jetzt umherwanderte.

Frank wanderte in die Bar. Der Barkeeper erinnerte ihn an Fats, doch dieser hier war jünger, wenn auch noch wabbeliger, hatte einen noch dickeren Bauch über seiner Hose hängen. Die Bar war auf alt getrimmt: Unter durchhängenden, verräucherten Balken, die eine nur teilweise getünchte Decke trugen, befanden sich Barhocker und Theke mit gelblich braunen Flecken und voller von Schrotflinten hineingeschossenen Wurmlöchern. Dazu eine Teakholztäfelung, die dem Ganzen etwas Eleganz verleihen sollte. Eine kupferne Stütze über die gesamte Länge der Theke, auf der unsichere Füße Halt finden konnten. Spucknäpfe in allen Ecken.

«Bier?» sagte Fats II, schob dabei einen Krug unter den Zapfhahn.

Frank hob abwehrend eine Hand. Bier ist für die Grachten, kommt raus, genau wie es reingeht, ist nicht mal höflich genug, seine Farbe zu wechseln. «Stopp, Fats. Whisky. Amerikanischer. Eis. Kein Wasser.»

«Sir», sagte Fats. «Der Name ist Edmond.» Er griff nicht mehr nach dem Zapfhahn, genaugenommen griff er nach gar nichts mehr.

«Edmond», sagte Frank, wobei er sich behutsam vorschob, um zwischen zwei Langhaarigen, die sich abknutschten, und einem Dekolleté in einer Spitzenbluse, in das ein Mann mit wackligen Zähnen glotzte, einen Barhocker zu erreichen, «es tut mir leid, Edmond.»

Edmonds Speckrollen waberten. «Sie wollten doch sicher noch etwas sagen, Sir?»

«Ist schon okay», sagten die Langhaarigen, Dekolleté und Wakkelzahn.

«Nein», sagte Frank.

«Es tut Ihnen nicht leid?» fragte Edmond.

«Doch, es tut mir leid.»

Edmond füllte ein Glas aus einer quadratischen, schwarzen Flasche, rührte Eis mit einem silbernen Rührlöffel. Frank lächelte. Er hatte eine ganze Weile nicht mehr getrunken. Oder geraucht. Jetzt würde er auch rauchen. Er musterte die Tabakauslage hinter der Theke und zeigte auf Black Belgians. Edmond öffnete ein Päckchen, klopfte eine Zigarette heraus, schob eine Kerze herüber.

Frank hustete, wedelte mit der locker gestopften Zigarette den dichten Rauch fort, hustete wieder.

«Bist du böse?» fragte Dekolleté, ignorierte Wackelzahns Proteste, die er durch sein verkehrt herum sitzendes Gebiß nuschelte.

«Sir?» fragte Edmond, starrte dabei Wackelzahn an und schloß angeekelt und ungläubig halb seine Augen. «Sir? Könnten Sie Ihr Gebiß vielleicht wieder in Ordnung bringen?»

«Was soll *das* denn?» fragte die weibliche Langhaarige, während sie beobachtete, wie Wackelzahns belegte Zunge fieberhaft versuchte, den Sitz des lockeren Gebisses zu korrigieren.

«Fellini», sagte der männliche Langhaarige.

Frank, der fortschaute, trank weiter. Dekolleté führte ihren mit dem Gebiß knirschenden Begleiter stolpernd zur Tür.

Der männliche Langhaarige fragte, ob er einen Deckel machen könnte, um weitere Biere zu bestellen.

«Morgen», sagte Edmond.

Der männliche Langhaarige packte seine Frau bei den Haaren, zwang sie, Frank anzusehen. Der männliche Langhaarige zwinkerte. «Hast du ein bißchen Cash? Hast du draußen ein Auto? Wie wär's mit einem Quickie?»

Die weibliche Langhaarige kämpfte sich los und verpaßte ihrem Ausbeuter eine wütende Ohrfeige. Edmond walzte das brüllende und spuckende Pärchen mit seinem massigen Leib hinaus.

«So», sagte Edmond, als er sich wieder hinter die Theke schob. «Noch einen auf Kosten des Hauses, Sir?»

Frank lächelte. Der starke Bourbon, geklärt durch das Nikotin, bewirkte ein plötzliches tiefes Verständnis. Frank begann zu wissen, daß er, nun schon eine ganze Weile, so ziemlich alles falsch gemacht hatte, und daß er jetzt beginnen konnte, so ziemlich alles richtig zu machen.

Bei dem dritten Bourbon und der fünften Black Belgian schwamm Frank in schierer Freude. Eine weitere blitzartige Eingebung versprach, daß er exakt zu jenem Augenblick zurückkehren konnte, der den Punkt kennzeichnete, von dem ab er in die falsche Richtung gegangen war. Diesen Schritt mußte er lediglich in der Zeit verfolgen, denn sein augenblicklicher Aufenthaltsort war richtig. Der exakte Augenblick fand genau hier statt, hier vor zwanzig Jahren. Bis dahin war alles in bester Ordnung. An welche herrlichen Zeiten Frank sich nun wieder erinnerte. Damals gab es nichts, um das man sich kümmern mußte: Der junge Tarzan treibt sich im fröhlichen Dschungel herum, fährt auf seiner glänzenden Harley Davidson über die magischen Straßen Amsterdams, wohnt in einer Mansarde und hört Dizzy Gillespie-LPs. Er trägt Cord-Hosen, eine Lederjacke und keine Krawatte. Er steht auf Jane.

«Ich Frank, du Ravena.»

«Hah!» brüllte Frank, schlug mit beiden Händen auf die Theke. «Hah!»

«Sir?» fragte Edmond.

«Edmond», flüsterte Frank. «Edmond, ich danke Ihnen. Dieser magische dritte Drink, der Drink auf Kosten des Hauses, er läßt mich das Wesen der Dinge erkennen. Vielen Dank, Edmond. Kommen Sie, ich gebe einen aus.» Er hob sein Glas. «Und eins.» Er hob es höher. «Und zwei.» Er legte es an seine Lippen. «Und drei.» Und sofort durchzuckte ihn ein weiterer tiefer Einblick. Finde Ravena. Nach Ravena war alles schiefgelaufen, also würde er sich wieder mit Ravena in Verbindung setzen müssen, um ganz von vorne anfangen zu können. Wie einfach. Ihre magische Präsenz in sein Leben bringen. Ganz neu anfangen. Eine Kehrtwendung um hundertachtzig Grad in zwei einfachen Schritten. «Edmond? Haben Sie ein Telefonbuch?»

Ravena stand nicht drin.

Frank legte seine Hand auf die Seite des Telefonbuches. Damals ging es ihm gut, damals, bevor er rechts statt links abgebogen war.

Erwartungsgemäß, tollkühn wie er war, trat der junge Frank Betty-Babys Dad in dessen düsterem Büro gegenüber. Der alte Mann hielt eine Predigt, über Einstellungen, über das knatternde, alles überragende amerikanische Harley Davidson-Motorrad mit seinem extra breiten Lenker des jungen Frank. Betty-Babys Dad erklärte, daß ein Angestellter, der für das Management des Geschäftes ausgebildet wurde, nicht Marlon Brando imitieren sollte. Betty-Babys Dad in seinem Nadelstreifenanzug ließ gewichtige Worte träge fließen. Paßte der junge Frank Nullish auch richtig auf? Nein, er paßte nicht. Sein Blick lag auf den langen, hellbraunen Beinen mit den straff geformten Waden der neuen Sekretärin von Betty-Babys Dad, auf ihrem geschmeidigen Körper in kurzem Rock und enger Bluse, auf den eleganten Händen, die über den Tasten der Remington schwebten, auf ihren dunklen Augen und dem rabenschwarzen Haar.

Frank war Ravena an diesem Tag auf dem Flur begegnet. Sie schüttelten sich kurz die Hand. Heimlich las er in der Buchhaltung ihr Bewerbungsschreiben. Geboren auf Borneo? Frank sah Palmwedel, hörte Papageien kreischen und das träge Schlagen von Fledermausflügeln, ein übertriebener Sonnenuntergang in blutroten und sanften Orangetönen, die allmählich silbernen Farbnuancen wichen, als der Vollmond langsam auf den Himmel glitt. Ravena tritt vor, nackt bis auf einen Batik-Lendenschurz. Fußringe aus Muscheln klappern leise. Betty-Babys Dad hatte gesprochen, und Frank wird fortgeschickt, um das Motorrad zu verkaufen, sich einen anständigen Anzug zu besorgen, sich zu benehmen, an seine Zukunft zu denken.

Aber nicht jetzt.

Frank trat für einen Augenblick aus der Vergangenheit, um weitere glasklare Bourbon-Erkenntnisse zu genießen. «Edmond?»

Aus der quadratischen, schwarzen amerikanischen Flasche ergoß sich mehr von dem klärenden Trank.

Frank inhalierte Erkenntnis schenkenden schwarzen Rauch, tauchte wieder ein in die Vergangenheit.

Betty-Babys Dad ging auf Geschäftsreise. Frank kaufte sechs gelbe Tulpen und ließ sie von einem Büro-Lehrling in die Räume des Chefs bringen. Gegen ein kleines Entgelt versprach der Bote, nicht zu sagen, daß Frank die Tulpen gekauft hatte. Zu wahrer Liebe gehört das Geheimnis.

Der nächste Schritt. Begegnung auf dem Korridor.

«Würden Sie mit mir in einem chinesischen Restaurant Ihrer Wahl zu Abend essen gehen?» fragte der zukünftige leitende Angestellte Tarzan die Sekretärin Jane.

«Nein.» Sie schob sich an ihm vorbei. Ihre rauchig belegte, volltönende Stimme ließ ihn Paradiesvögel sehen, die ihre brokatenen Flügel ausbreiteten, ein Känguruh über eine Lichtung hüpfen, riesige Orang-Utans Bananenschalen werfen, einen Tiger, halb verborgen in Bambusschatten.

Natürlich. Diese Dayak-Prinzessin (er erinnerte sich aus einer Erdkundestunde an die Kopfjäger Borneos) war zu exotisch, um schnell nachzugeben. Seine eigene schamlose Hast widerte ihn selbst an. Wie konnte er auch nur wagen, so viel so schnell zu erwarten?

Am nächsten Tag, sechs weitere Tulpen.

Wartete auf der Straße auf sie. Bot ihr an, sie auf dem Sattel seiner Harley nach Hause zu fahren, der maximalen körperlichen Kontakt garantierte.

Sie zog ein öffentliches Verkehrsmittel vor.

Ein Tag verging. Weitere anonyme Tulpen wurden angenommen, doch jeder direkte Annäherungsversuch wurde durch kurz angebundene Zurückweisungen abgeblockt. Vielleicht meinte sie, er wäre noch zu jung? Und wieder schaute Frank in Ravenas Bewerbung nach.

Ravena war dreiundzwanzig, im Vergleich zu seinen neunzehn Jahren. Aber zum Teufel auch. Die reife Prinzessin und der leidenschaftliche junge Prinz. Die Möglichkeiten waren immer noch endlos. Auf der Bewerbung stand auch eine Anschrift. Er fuhr mit seiner Harley hin. Sie hatte eine eigene kleine Wohnung, mit einer eigenen Haustür und einem eigenen Treppenhaus. Sie war nicht zu Hause.

Die Angestellten im Büro waren ordinäre Menschen, gefangen in stumpfsinniger Plackerei, kritzelten den ganzen Tag vor sich hin, bevor sie sich schließlich auf rostigen Fahrrädern nach Hause schleppten. Frank weigerte sich einfach, über ihre primitiven Witze zu lachen. Er ging auch nicht mit ihnen in den Kaffeepausen irgendwohin, las statt dessen Avantgarde-Literatur an seinem Schreibtisch. Daraus resultierende Feindseligkeit explodierte in einem widerlichen Scherz. Ein Angestellter schlich sich an ihn heran. «Sag mal, Frank, bist du schon mal auf dem Dach gewesen?»

«Nein.»

«Dann komm mit, die Aussicht solltest du wirklich mal sehen.»

«Okay.»

Eine schmale Stufenleiter führte zu einem Oberlicht, das der Angestellte liebenswürdigerweise für ihn öffnete. «Du gehst vor, Freund.» Kaum stand Frank auf dem Dach, da schlug auch schon die Falltür hinter ihm zu. Von unten hörte er Gemurmel und Lachen. «Netter Ausblick, häh?» fragten die Stimmen der Angestellten. Der Ausblick war nicht nett. Frank konnte andere Dächer und Bäume sehen, die traurig heraufreichten. Zerlumpte Wäsche trocknete auf schlaffen Leinen. In einem Hinterhofgarten lag Müll zwischen schmierigem braunen Laub und toten Ästen. Der Blick vom Dach auf die Straße zeigte grollenden Verkehr, dem von einer Ampel wieder freie Fahrt gegeben wurde.

Frank wartete fünf Minuten. Das Oberlicht blieb geschlossen. Kalter Nieselregen setzte ein. Er hockte sich hin, damit er besser hören konnte, und vernahm Ravenas leises Lachen. Sie also auch.

Wütend, er war wütend. Aber Wut allein würde ihn nicht aus dieser Falle befreien. Er trat von der Falltür fort, ging bis an den Rand des Daches, wo Höhenangst ihn schließlich stehenbleiben ließ. Die lachenden Stimmen unter dem Oberlicht stachelten ihn an. Frank sprang zum nächsten Dach hinüber, über eine schmale, aber gähnende Tiefe. Seine glatten Ledersohlen ließen ihn ausrutschen, und beinahe wäre er nach hinten gefallen, schaffte es dann aber doch noch, indem er mit seinen Armen hektisch in der Luft ruderte, aufrecht stehenzubleiben. Er zwang seine zitternden Beine Zentimeter um Zentimeter weiter zum nächsten Dach. Und wieder, sieben Stockwerke nach unten, ein Hinterhofgarten übersät mit Gerümpel, der gegen einen durchhängenden Zaun drückte. Wenn er jetzt... Aber nein, er konnte die Herausforderung nicht annehmen. Angenommen, er würde sich von der vorstehenden Dachrinne schwingen, vor, zurück, einmal, zweimal vielleicht, würde versuchen, Schwung zu bekommen, seinen unwilligen Körper in das Fenster zu werfen – was, wenn die Rinne brach, ihn in modrige Kisten und verrostete Fahrradgestelle dreißig Meter unter ihm fallen ließ?

Also, zurück zum Oberlicht – hinknien und klopfen, die Kleingeister um Gnade bitten?

Niemals.

Grelle, leuchtend orangefarbene Wut durchzuckte Franks Gehirn und verbrannte den größten Teil seiner Angst. Er hing an der Dachrinne, nachdem er sich vorsichtig hingehockt hatte, was ihn allerdings – weil er wieder zu rutschen begann – schneller an die Kante brachte, als ihm lieb war. So weit, so gut. Seine Finger glitten durch den matschigen Inhalt der Rinne, bevor sie richtig Halt fanden. Rußig schwarze Blätter, vermischt mit Vogeldreck. So weit, um so besser. Und jetzt zum besten Teil von allem, der Schwung à la Tarzan. Die Anspannung ließ ihn grinsen. Zu schade, daß er den Kriegsschrei des Affenmenschen vergessen hatte. Er konnte sich seinen eigenen ausdenken. *Juuu-aa-juucheeeh?* Los geht's. Und EINS! Und ZWEI!

Bei und *DREI* ließen seine Finger die Rinne los, sein Körper schoß durch das Fenster, und seine Füße zielten auf und trafen den Boden des Zimmers. Der Raum enthielt ein Bett, eine Kommode, ein Waschbecken. Keine Spur von einem Bewohner. Das Zimmer einer Pension, das auf den nächsten Gast wartete? Frank rutschte auf dem abgewetzten Linoleum, verlangsamte sein Tempo zu einem lässigen Gang, die linke Hand in der Hosentasche, öffnete eine Tür, folgte einem Korridor, stieg ein schmales Treppenhaus hinunter. Er wohnte hier und wollte einen kleinen Spaziergang machen. Wenn er jemandem begegnete, würde er einfach *Hallo, wie geht's?* sagen. Unverbindlich, aber freundlich. Und bis dahin, einfach weitergehen.

Er begegnete niemandem, ließ eine Etage nach der anderen hinter sich. Die Haustür des Gebäudes öffnete sich problemlos. Er erreichte die Straße. Zurück ins Büro. Die Vordertür war nicht abgeschlossen. Die Treppen hinauflaufen. Sie waren dort, alle Männer des Königs, und auch die Frauen, warteten schadenfroh auf Frankies Bitten von oben, doch endlich das Oberlicht zu öffnen, warteten auf Frankies Kapitulation.

Die letzten Stufen schlich Frank auf Zehenspitzen hinauf, gesellte sich zu der kichernden Menge, manövrierte sich neben Ravena, hielt ihre schmale Hand. Sie schaute zu ihm auf, wobei ihre tiefen, dunklen Augen funkelten. «Sie? Wo kommen *Sie* denn her?»

«Ich bin geflogen.» Das war alles, was er je über sein Kunststück erzählte, selbst der Dayak-Prinzessin Ravena vertraute er nicht mehr an, nicht einmal der Jane seines privaten Dschungels.

Oft fragte sie ihn nach dem Wunder, wenn er neben ihr in dem großen Bett ihrer Wohnung lag, die ihm nach der Niederlage der Angestellten offenstand. Er blieb bei ihr, bis Betty-Babys Dad ihn für eine Weile zu Geschäftsfreunden nach Paris schickte, wo er die letzten Tricks seines Jobs lernen sollte. Während Frank fort war, verkaufte Betty-Babys Dad das Haus und zog mit der Firma in ein modernes Gebäude um. Außerdem entledigte er sich Ravenas. Sie schrieb Frank nach Paris, erwähnte beiläufig einen neuen Geliebten, einen Mann mit einem Segelboot, der sie vielleicht weit fort mitnehmen würde, es sei denn, Frank kehrte sofort zurück, um mit ihr noch weiter fortzugehen. Er ging nicht sofort zurück, und als er schließlich zurückkehrte, machte Betty-Babys Dad Frank zum Kronprinzen und Schwiegersohn.

Das Gerücht kam ihm zu Ohren, daß Ravena irgendwo von dem Segelboot wieder an Land abgesetzt worden war und nach Amsterdam zurückkehrte, aber er sah sie nie wieder. Statt dessen sah Frank Betty-Baby mit ihren rosa Grübchen, die ihm eine Eigentumswohnung kaufte – die Jahre glitten vorbei, es gab keinen Grund, in den Gassen seiner Vergangenheit herumzukramen.

Bis heute.

Frank musterte konzentriert die Seite des Telefonbuches. Ravena Simons? Sam Simons? Ob das wohl Ravenas Bruder war? Er wählte.

«Frank hier», sagte Frank. «Erinnerst du dich noch an mich, Sam? Ich war früher mal mit deiner Schwester zusammen.»

«Klar», sagte Sam. «Heute bist du reich, Frank, was?»

Frank nickte.

«Was?» fragte Sam.

«Ja», sagte Frank.

«Ich bin arm», sagte Sam. Er gab ihm die Nummer.

Ravenas Stimme war tief und volltönend.

«Frank Nullish am Apparat, Ravena.»

Das Schweigen war tief und volltönend.

«Erinnerst du dich noch an mich, Ravena?»

«Ich erinnere mich an dich, Frank.»

«Und, wie geht's dir so?»

«Tja…» sagte sie. «Ganz okay.»

«Freut mich zu hören», sagte Frank. «Hast du Lust, dich mit mir zu treffen? Jetzt? Hier?» Er nannte ihr die Adresse der Bar. Sie sagte, sie würde eine halbe Stunde brauchen.

Frank tauchte die zehnte Black Belgian in den fünften Bourbon. Ravena kam herein. Sie trug ein orangerotes Seidenkostüm, und ihre herabhängenden Haare verbargen den größten Teil ihres Gesichts. Was er von ihrer Haut sah, war faltig geworden. Sie mußte jetzt dreiundvierzig sein. Die Hand, die seine umklammerte, war wie eine Klaue, die Klaue des Paradiesvogels.

Und? Na und? Die alte Ravena. Ich der alte Tarzan. Du die alte Jane.

Eine reizende Dame. Eine gereifte Exotin. Sie würden noch mal von vorne anfangen, ein Baumhäuschen in einem Feigenbaum errichten, das Licht herunterdrehen, Parfum zerstäuben. Einen Affen halten.

Edmonds Kinn bebte. «Was darf ich der reizenden Dame zu trinken bringen?»

Ravena bestellte sich einen Whisky. Edmonds Wurstfinger hantierten leicht und hingebungsvoll mit der schwarzen, eckigen Flasche.

«Schön, daß du angerufen hast», sagte Ravena.

Sie benötigte mehr Whisky, um mehr zu sagen. Sie erzählte Frank, daß sie eine Tochter hatte, die ausgezogen war und der es nicht besonders gut ging, und daß sie keinen Mann hatte, abgesehen von Onkel Joe. Sie wohnte hier ganz in der Nähe. Sie hoffte nur, daß Onkel Joe ihr nicht heimlich gefolgt war. «Ist da draußen ein alter Mann, der reinglotzt?» fragte Frank Edmond. Edmond sagte, ja, da wäre einer. «Sein Kopf wackelt.»

«Parkinsonsche Krankheit», sagte Ravena.

«Sehr alt», sagte Edmond.

«Achtzig», sagte Ravena. «Wenn ich nicht da bin, wird er immer ganz nervös.»

«In Hemdsärmeln», sagte Edmond.

«Er sollte aber eigentlich eine Jacke tragen.» Ravena entschuldigte sich. Frank drehte sich um, sah, wie sie den schäbigen alten Mann ermahnte, mit ihm fortging. Onkel Joes Glatze schimmerte wie ein zögernder Mond, seine Arme pendelten locker an seinen Seiten.

Eine Viertelstunde später war sie zurück. «Er ist ungezogen. Ich habe ihn ins Bett gebracht. Wenn er wieder aufsteht, wird er morgen kein Frühstück bekommen.» Sie blickte auf ihr leeres Glas. Es wurde wieder gefüllt. Die Paradiesvogelkralle berührte wieder Franks Arm. «Und was ist mit dir, hast du Kinder?»

«Ich habe Betty-Baby geheiratet», sagte Frank. «Keine Kinder. Es klappt einfach nicht. Sie ist immer nur krank. Ich mag nur die Katze.»

«Die Firma gehört ihr?»

«Sie läuft auf ihren Namen», sagte Frank.

Ravena nickte. «Dann gehört also alles Betty-Baby.»

Er nickte auch. «In gewisser Hinsicht, in gewisser Hinsicht, aber ich fange wieder ganz von vorne an.» Er berührte Ravenas Schulter bedeutungsvoll. «Habe *dich* angerufen, weißt du. Können wir irgendwo hingehen?»

«Onkel Joe wird unruhig sein», sagte Ravena. «Besser morgen früh. Er schläft lange. Wir haben eine große Wohnung.»

«Onkel Joes Wohnung?» fragte Frank.

Sie nickte. «In gewisser Hinsicht, in gewisser Hinsicht.» Sie schaute auf.

«Hier ganz in der Nähe gibt es ein Hotel. Aber morgen wäre besser.»

Frank bezahlte Edmond viel zuviel für seine Rechnung.

Draußen stießen sie sich beide auf dem Weg zu dem Volvo ihre Zehen am Kopfsteinpflaster.

Vorsichtig fuhr Frank an, war sich bewußt, daß möglicherweise Polizei oder Onkel Joe in seinem Rückspiegel auftauchen konnten. «Wo liegt das Hotel?»

«Die andere Richtung.» Sie schaute über ihre Schulter zurück. «Ach du meine Güte, er ist schon wieder unterwegs. Halt an!»

Onkel Joe preßte sein Gesicht gegen Ravenas Seitenscheibe, wobei sich sein Mund wie der eines Fisches bewegte, der auf dem Boden eines Bootes lag und bald sterben würde. «Ravena, wo willst du hin?»

«Ich muß mit Onkel Joe gehen», sagte Ravena zu Frank. «Ruf mich morgen an, dann werden wir uns was überlegen.»

«Nein?» fragte Edmond, als Frank sich wieder setzte. «Ein letztes Glas? Ich mache bald zu.»

Die schwarze Flasche tat ihre Arbeit. «Sind Sie sicher, daß Sie diese Dame mögen?» fragte Edmond. «Ich habe sie früher schon hier gesehen. Habe sie sozusagen schon kennengelernt.»

«Es mal mit ihr versucht?» fragte Frank. «Morgens? Als Onkel Joe noch friedlich schnarchte?»

Edmond zwinkerte. «Na, na, Sir, na, na.»

Frank stand neben dem Volvo. Ein Streifenwagen hielt an. «Sie wollen doch wohl nicht fahren?» flüsterte der Lautsprecher des Streifenwagens.

Frank überquerte wieder die Straße, drückte zögernd gegen die Tür des Hauses, die zu den Wohnungen führte. Natürlich würde die Tür verschlossen sein, aber sie war nicht. Er stieg alle sieben Treppenabsätze hinauf, erreichte das Oberlicht, zog die Klappleiter herunter, kletterte die wenigen Stufen hinauf, drückte, erreichte das Dach. Das Dach war immer noch alt, Teerpappe löste sich an mehreren Stellen, ließ zerfallendes Zinnblech und morsche Dachrinnen sichtbar werden.

Frank war glücklich. Er war zurück, er war wieder am Ausgangspunkt angelangt, er würde auf das benachbarte Dach springen, herumrutschen, sich hinhocken, wieder ein Held sein. Er würde seine Finger in den fauligen Inhalt der morschen alten Dachrinne vergraben, sich langsam herunterlassen, seinen verjüngten Körper in das frisch gemachte Bett des Pensionszimmers weiter unten schwingen, in Ravenas Bett, und dann würden sie auf Paradiesvogelschwingen davonfliegen, fort von dem Schlachtfeld, wo die Leichen von Büroangestellten erbärmlich stanken.

Und EINS... und ZWEI...

Die Dachrinne brach.

«Juuu-aajuucheeeh!»

«Können wir ihn jetzt abtransportieren, Adjutant?» fragte Sanitäter I den beleibten Kriminalbeamten, «wir haben nicht die ganze Nacht Zeit.»

«Warte», sagte der jüngere Beamte mit dem breiten Schnurrbart. «Warte, Grijpstra. Erklär mir das jetzt noch mal. Warum wir Leiche und Fundstelle nicht weiter untersuchen sollten. Ich weiß, daß du mir vorhin schon mal alles erklärt hast, aber du hast gleichzeitig diesen Hamburger gegessen. Bitte ganz langsam.» Der jüngere Beamte funkelte die Sanitäter wütend an. «Und ihr wartet. Alles klar?»

«Brigadier de Gier», sagte Adjutant Grijpstra. «Du bist doch selbst oben gewesen. Auf dem Dach befinden sich Spuren, und zwar ausschließlich die Spuren des Opfers. Der Tote ist ganz von allein da runtergesprungen. Ein Unfall? Unfälle sind schon okay. Selbstmord? Selbstmorde sind auch okay.»

«Die Spurensicherung sagt, der Tote hätte mit seinen Händen an der Dachrinne gehangen», sagte Brigadier de Gier. «Ich würde sagen, der Tote hat versucht, sich von dort in das weiter unten liegende Zimmer zu schwingen. Mit seinen Schuhspitzen hat er noch die Fensterscheibe eingeschlagen. Vielleicht war er ein Einbrecher oder Vergewaltiger, vielleicht haben wir ihn ja in unserer Kartei, und vielleicht können wir ihn jetzt von unserer Liste streichen.»

«Du hast doch die Brieftasche des Toten überprüft», sagte Adjutant Grijpstra. «Kreditkarten, Bargeld, gültiger Führerschein, Fahrzeugpapiere, die zu dem Volvo gehören, der draußen an der Gracht steht. Eine goldene *Boucheron*-Armbanduhr. Ein Anzug von *Leyden House*. Auf der Visitenkarte des Toten steht, daß er geschäftsführender Direktor einer Firma ist, die Handarbeitsnadeln herstellt. Der Name dieser Firma ist mir bekannt. Meine eigene Mutter und meine eigene Ex-Frau haben diese Nadeln benutzt. Es sind gute Nadeln. Und du sagst immer noch, der Tote könnte vielleicht ein Verdächtiger sein?»

«Eine Frau befand sich in der Wohnung, in die der Tote nicht hineingekommen ist, weil die Dachrinne, an der er baumelte, unter seinem Gewicht nachgegeben hat und abgerissen ist», sagte de Gier. «Der Tote versuchte in das Zimmer der Frau einzudringen, führte er dabei vielleicht etwas Böses im Schilde? Hat sie gesehen, wie er hereingeschwungen kam, hat sie ihn da vielleicht wieder zurückgestoßen?»

«Notwehr ist auch irgendwie in Ordnung», sagte Grijpstra. «Aber es war keine Notwehr. Wieso nicht? Weil die Frau das so sagt. Sie hat in einem anderen Zimmer geschlafen, hörte dann, wie die Scheibe zerbrach, hörte jemanden *‹aajuucheeeh›* brüllen, machte das Fenster auf, schaute nach unten, sah den reglosen Körper, rief dann uns an. Wir haben sie einen Blick auf die Leiche werfen lassen. Die Frau sagt aus, sie hätte den Toten noch nie zuvor gesehen.»

«Hat sie gelogen?» fragte de Gier.

«Häßliche Frauen haben keinen Grund zu lügen», sagte Sanitäter II.

«Wieso hat sich der Tote dann in einen tödlichen Unfall hineinmanövriert, ein gutaussehender, gutgekleideter, immer noch relativ junger, seriöser, eine Firma zur Herstellung von Handarbeitsnadeln besitzender Toter?» fragte de Gier.

«Wen interessiert's?» sagte Grijpstra. «Tödliche Unfälle sind schon okay.»

De Giers empfindsame braune Augen glänzten flehend. Sein Schnurrbart verzog sich in leisem Protest. «Mich», sagte Brigadier de Gier.

«Bitte», sagte Adjutant Grijpstra. «Der Tote ist irgendwas um die Vierzig. Es geht ihm gut. Er hat seit Jahren Handarbeitsnadeln hergestellt und verkauft. Seine Zukunft verspricht ihm, für noch mehr Jahre noch mehr Handarbeitsnadeln zu verkaufen. Aber wozu das alles? Er hat doch schon einen Volvo und eine *Boucheron*-Uhr. Er beginnt sich über seine Mühen, die Richtung, die er in seinem Leben eingeschlagen hat, ja vielleicht sogar über sein Schicksal Gedanken zu machen. Eines Tages geht er nach Hause, tut es aber dann doch nicht. Er kommt hierher. Er trinkt, um sich aufzumuntern. Doch genau das Gegenteil tritt ein. Die Ereignisse schwingen ihn an seinen Armen. Wir werden morgen den Barkeeper aus dieser Bar da fragen. Morgen. Nicht, daß was auch immer er uns zu sagen haben wird, eine besonders große Rolle spielt.»

«Barkeeper Edmond», sagte Sanitäter II. «Fats Edmond, aber nennen Sie ihn bloß nicht Fats, denn dann schlägt er zu. Wir haben hier schon Leute abgeholt, die übel zusammengeschlagen worden sind.»

«Was auch immer wird Barkeeper Nenn-ihn-nicht-Fats denn wohl sagen, das keine große Rolle mehr spielen wird?» fragte de Gier.

Grijpstra zuckte mit den Achseln. «Daß der Tote sich vielleicht betrunken hat, vielleicht eine Frau kennengelernt hat, daß es vielleicht nicht wie geplant gelaufen ist, daß der Tote dann vielleicht mehr getrunken hat, vielleicht war er früher mal ein sportlicher Typ, vielleicht wollte er sich selbst beweisen, daß er auch heute noch ein sportlicher Typ war?»

«Dieses ‹*aajuucheeeh*›, das die häßliche Frau gehört hat, könnte Tarzans Abschiedsschrei gewesen sein», sagte der Sanitäter. «Ich wollte früher auch immer Tarzan sein. Vielleicht sogar heute noch.»

«Laß das Trinken», sagte Grijpstra. «Andernfalls reißt noch die Liane, an der du baumelst.»

«Ich trinke nur Bier», sagte der Sanitäter.

«Welche Marke?» fragte de Gier.

Der Sanitäter lächelte. «Jedes Bier ist gutes Bier.»

«Und?» fragte de Gier Grijpstra.

«Und», sagte Grijpstra, «Mr. Frank Nullish, verheiratet mit der faden Blondine, deren Foto in seiner Brieftasche steckt, hat sich in eine Lage manövriert, die ihn daran erinnerte, daß er früher mal Tarzan war, der glücklich und vergnügt im Amsterdamer Dschungel von einer Liane zur anderen schwang. Und genau das macht er wieder, Brigadier. Paß auf.» Grijpstra griff nach oben in einen leeren und gleichgültigen Himmel, hob ein gewaltiges Bein. «Und *eins...*»

Sanitäter I nickte Sanitäter II zu. Jeder packte sein Ende der Bahre.

Grijpstra griff höher in den leeren und gleichgültigen Himmel, hob ein gewaltiges Bein noch höher. «Und *zwei...*»

Die Sanitäter hoben die Bahre. Es folgte ein Augenblick ehrfürchtiger Stille, dann glitt die Bahre in den Krankenwagen, während Adjutant, Brigadier, Sanitäter I und Sanitäter II traurig riefen:

«Und *DREI...!*»

Janwillem van de Wetering, 1931 in Rotterdam geboren, reiste fünfzehn Jahre durch die Welt. Er lebt mit seiner Familie in Maine, USA. Sein letztes Buch mit Stories «So etwas passiert doch nicht!» (Nr. 2915) erschien 1989 in der Reihe rororo thriller.

Klaus-Peter Kalwitzki

Achtung Straßenbahn

Beobachtungen und Gedanken
zu einer bisher wenig beachteten Figur
in den Kriminalromanen Janwillem van de Weterings

Ich muß zugeben: ich war gespannt. Neugierig, ob SIE wieder dabeisein würde in Janwillem van de Weterings neuem Krimi, den Rowohlt für den Frühsommer 1989 angekündigt hatte. Daß es auch wieder um Amsterdam und die bewährten, dem van-de-Wetering-Kenner schon vertrauten und ans Herz gewachsenen Beamten der Mordkommission gehen würde, war mir klar – aber würde auch SIE wieder den einen oder anderen Auftritt haben, unauffällig und doch wirkungsvoll, wie in fast allen 12 bisher erschienenen Rororo-Thrillern des Holländers?

Die Rede ist von der Straßenbahn, jener berechenbaren Institution der städtischen Gesellschaft, die dafür sorgt, daß täglich Zigtausende wohlbehalten und einigermaßen pünktlich von der Wohnung zum Arbeitsplatz, Einkaufszentrum oder zur Schule und zurück gelangen. Die unbeirrt ihre Runden durch das Verkehrsgewühl der niederländischen Hauptstadt dreht, gelenkt und vorwärts getrieben von einer geheimnisvollen Macht namens Fahrplan, mit dem gesetzlichen Auftrag, die elementare Mobilität der Bevölkerung sicherzustellen.

«Straßenbahnen glitten am Auto vorbei wie glänzende Wale, und Hunderte Radfahrer in ihren triefenden Plastikmänteln, die in alle Richtungen flitzten, waren Heringe, die das Meer als lebender Nebel füllten.» So hieß es im letzten Krimi van de Weterings, dem «Feind aus alten Tagen», auf Seite 110: die Straßenbahn als gelassene, stolze Herrscherin des öffentlichen Straßenverkehrs, umringt vom holländischen Verkehrsteilnehmer par excellence, dem Radfahrer. Welch würdevolle Majestät! Allzu häufig war sie vom Autor zwar nicht ins Spiel gebracht worden – in einigen Romanen fünf-, sechsmal, in anderen blieb es bei einem einzigen Auftritt, und in «Tod eines Straßenhändlers» hatte ich sie überhaupt nicht entdeckt. Dennoch schien sie mir mehr als eine nur marginale Rolle in der Dramaturgie des Autors zu spielen, denn die Situationen, in denen er sie den agierenden Personen über den Weg laufen läßt, sind entweder zentrale Höhepunkte, Wendemarken des Handlungsfortganges, oder sie gestatten tiefere Einsicht in das Wollen und Wirken der Helden.

Van de Weterings Hauptfiguren sind anfangs drei, später vier Beamte der Amsterdamer Mordkommission, die sich von Roman zu Roman weiterentwickeln – sowohl privat als auch in der Beziehung zu ihrem Beruf, Repräsentanten und Hüter der gesellschaftlichen Ordnung zu sein. Jeder interpretiert diesen Auftrag auf seine Weise, aber in Abstimmung mit den anderen, und alle wachsen an den dabei notwendigerweise immer wieder zu treffenden Handlungsentscheidungen, der eine mehr, der andere weniger (hier wurzelt zweifellos der gelegentlich gezogene Vergleich mit den Romanen des schwedischen Autorenpaares Sjöwall/Wahlöö, deren Figuren ein ähnliches Schicksal auferlegt ist).

Für Brigadier de Gier, den hübschen, auf sein lässig-gepflegtes Äußeres bedachten Judokämpfer mit den sanften Augen und dem lockigen Haar, steht die Suche nach der eigenen, persönlichen und beruflichen Identität im Vordergrund. Er hat mit seinem Auftrag zweifellos die größten Schwierigkeiten und gerät nicht selten selbst im Konflikt mit der geltenden Ordnung. Und mit der Straßenbahn: Ist de Gier wieder einmal mit seinem Freund und Kollegen Adjutant Grijpstra im klapprigen VW auf Einsatzfahrt, dann passiert's, «... eine Straßenbahn kam ihnen entgegen, de Gier riß wütend das Steuer herum. Die Klingel der Straßenbahn ertönte, als ihre lange gelbe Form vorbeiflitzte... Eine andere Straßenbahn schleuderte einen Schwall grauen flüssigen Drecks empor, der den Volkswagen von vorn traf. De Gier fluchte und bremste.» Nicht immer zieht er dabei den kürzeren wie in dieser Szene, denn er weiß auch, wie er sich ihre Privilegien zunutze machen kann, um an sein Ziel zu gelangen. Besonders gern benutzt er z. B. bei Einsatzfahrten den der Bahn vorbehaltenen Teil der Straße, der ihr ungehindertes Vorankommen sichern soll, eine Tabuzone für den übrigen Fahrzeugverkehr. Auch die auf Vorrang geschalteten eigenen Ampeln der Bahn weiß er geschickt zu deuten: Halten die Autos vor der roten Ampel am Concertgebouw, zieht de Gier durch – hinter der Straßenbahn her, deren Signal «freie Fahrt» anzeigte.

An solch einem Kollegen muß der korrekte Grijpstra schier verzweifeln. «Fahr doch nicht immer auf den Straßenbahnschienen», schreit er. Aber selbst Drohungen («Wenn du dich nicht von den Straßenbahnschienen fernhältst, ziehe ich den Zündschlüssel heraus») verpuffen wirkungslos, denn de Gier hat etwas dagegenzuhalten – und der Erfolg gibt ihm recht. Ruft Grijpstra während einer rasanten Fahrt angstvoll aus: «Achtung Straßenbahn!», so brummt de Gier unbeeindruckt: «Polizei hat Vorfahrt! ... Auf den Schienen komme ich auch schneller voran. So, da wären wir.» Die eine Autorität gegen die andere ausspielen – wenn's drauf ankommt, kann de Gier auch ganz «Polizei sein». Für ihn gibt es keine allgemeingültige moralische Legitimation, jeder muß die Frage danach, was moralisch ist und was nicht, für sich und von Fall zu Fall neu beantworten.

Grijpstra dagegen mit seinem Bürstenhaarschnitt und dem ausgebeulten Nadelstreifenanzug, Grijpstra, der sich daheim und im Urlaub auf den Nordseeinseln mit einer fetten, kreischenden Frau und drei plärrenden Kindern abplagt, scheint an eine solche moralische Legitimation, ja sogar Instanz zu glauben. «‹Nicht›, sagte de Gier, der versuchte, sich zwischen einer Straßenbahn und einem geparkten Touristenbus durchzuschlängeln. Grijpstra lachte. ‹Man kann die große Macht dort oben nicht beleidigen. Er ist da, und was man auch sagt, es ist ihm recht.› – ‹Wem?› fragte de Gier, der mit dem Wagen steckengeblieben war und darauf wartete, daß die Straßenbahn weiterfuhr. – ‹Gott›, sagte Grijpstra. – ‹Ah›, sagte de Gier. ‹Ich verstehe. Du hast mich mißverstanden... Mein ‚Nicht' galt der Straßenbahn. Sie hielt, und ich wollte, daß sie weiterfuhr.›»

Grijpstra vertraut weit mehr als sein jüngerer Kollege darauf, daß es einen Sinn in diesem komplexen Chaos gibt und daß die Einhaltung der vom Menschen gemachten Ordnung helfen kann, diesen Sinn offenzulegen. Zwar fällt er bisweilen aus der Rolle, wenn er selbst am Steuer sitzt («‹Langsam, langsam›, rief de Gier, als der Kotflügel des Volkswagens die Stoßstange einer Straßenbahn streifte, aber Grijpstra reagierte nicht»), und weiß zur Verblüffung de Giers sogar einen Trick, einen «alten Scherz» zu berichten, wie man Straßenbahnen mit kleinen selbstgemachten «Bömbchen» aus den Gleisen heben kann («wenn all die Menschen bleich und schlotternd aus der Straßenbahn gewankt kommen, und so ein stotternder Wagenführer – du kannst dich kaputtlachen») – aber das sind Ausnahmen oder alte Geschichten, da sind dem Adjutanten mal die Pferde durchgegangen, nichts von Bedeutung. Grijpstras Spezialität ist die Ruhe, die Bedachtsamkeit und Kontemplation; er weiß «zu schauen», und da kommt ihm die Straßenbahn sehr gelegen: «Das geht mich nichts an, dachte Adjutant Grijpstra. Er fühlte sich friedlich. Die Straßenbahn, die ihn an diesem Morgen um elf Uhr zum Rotterdamer Vorort Kralingen brachte, war alt, und er hätte sich unbehaglich fühlen können auf seiner geraden, hölzernen Sitzbank, aber statt dessen hatte sich in seinem großen Körper ein zufriedenes Wohlbehagen ausgebreitet. Der kleinen alten Dame, die ihm gegenüber saß, gefiel dieser solide Herr, der ein so warmes und freundliches Interesse an dem zeigte, was außerhalb der Straßenbahnfenster war.» Bisweilen gerät ihm diese Fähigkeit, sich hinzugeben, zu einem nützlichen Instrument der intuitiven Erkenntnis, und wieder hilft ihm die Bahn dabei: «Grijpstra seufzte und schaute zum Fenster hinaus. Eine Straßenbahn fuhr spritzend durch eine Pfütze auf der anderen Straßenseite. Zwei Radfahrer, eingehüllt in gelbe Plastikmäntel, bekamen den trüben Wasserschwall ab und wären fast umgefallen...» – kurz darauf hat er eine blendende Idee.

Gelassenheit und Gleichmut teilt der Adjutant mit seinem Chef, der dritten Hauptfigur van de Weterings. Der Commissaris, von dem wir nur den Vornamen erfahren, ist ein kleines, rheumageplagtes Männchen, das ständig Zuflucht in heißen Wannenbädern sucht; aber auch ein weiser alter Mann, dem der Autor sowohl die Züge seines Vaters als auch die eines japanischen Zen-Meisters verliehen hat (van de Wetering war selbst eine Weile Zen-Schüler und hat über seine Erfahrungen aus dieser Zeit in zwei Büchern berichtet). Mehr als de Gier, der sich dafür selten Zeit nimmt, weiß der Commissaris genau wie Grijpstra Gelassenheit und Hingabe zu schätzen als Weg, der zur Erleuchtung führen kann. Und einmal, als die Beamten im Präsidium gemeinsam die Lage sondieren, hilft auch ihm die Bahn dabei: «Eine Straßenbahn fuhr draußen die Marnixstraat hinunter, und der Commissaris mußte warten, bis der Lärm sich legte» – Zeit zum Nachdenken. Er redet weiter, der Fall scheint kurz vor der Aufklärung. «Weitere Straßenbahnen fuhren die Marnixstraat entlang. Der Commissaris verbrachte wieder eine Minute bei seiner Geranie»... eine Minute, die ihn seine Gedanken abschließend ordnen läßt – dann steht das gemeinsam erarbeitete Bild der Situation. Man muß die kleinen Widrigkeiten des geregelten Alltags nur zu nutzen wissen.

«‹Noch ein Verkehrsstau›, sagte Grijpstra und hielt sich fest, als der Commissaris auf eine für Straßenbahnen reservierte Spur in der Fahrbahnmitte fuhr. ‹Es ist ungesetzlich›, sagte der Commissaris, ‹aber meine Frau macht heute abend Chicorée, und ich möchte mich nicht verspäten. Magst du Chicorée?›» Hier erfahren wir auch, woher de Gier seine Tricks hat: auch der Commissaris kennt sich aus mit den Straßenbahnen in seiner Stadt. «Du solltest mehr über die städtischen Verkehrsampeln wissen. Die Ampeln für Straßenbahnen haben unten kleine weiße Punkte, und wenn einige von denen da sind, kann man passieren.» (Grijpstra natürlich eigensinnig: «Dies ist keine Straßenbahn.») Einer jungen Kripobeamtin empfiehlt er die Bahn als Vehikel, eventuelle Verfolger abzuschütteln: «Machen Sie einen Umweg mit der Straßenbahn, steigen Sie gelegentlich um!» Und einmal, sicher einer der Höhepunkte in «Feind aus alten Tagen», landet er mit Hilfe der Bahn einen geradezu grandiosen Sieg: In den höchsten Etagen der Polizeiführung intrigiert man mit einem Korruptionsvorwurf gegen ihn, um ihn vorzeitig aus dem Amt zu drängen; zwei Reichskripobeamte beschatten ihn permanent und so offensichtlich, daß der Commissaris kurzerhand beschließt, ihnen eine Lektion zu erteilen. «‹Aufgepaßt! Jetzt kommt's.› Er fuhr hinter dem Tor nach rechts neben eine Straßenbahn, die sich majestätisch vorwärts bewegte. Die Straßenbahn blieb an einer Haltestelle stehen. Fahrgäste stiegen ein und aus. Die Türen konnten sich jeden Augenblick schließen. ‹Hurra›, rief der Commissaris, legte den Schalthebel in Leerlauf und zog die Handbremse an. Er sprang aus dem Citroën und in die Straßenbahn. Sie schloß die Türen und klingelte. Die nächste Ampel hatte grünes Licht. Der Commissaris schaute grinsend durch das hintere Fenster der Straßenbahn.»

Wunderbar – der Kämpfer de Gier hätte seine Freude gehabt. Daß ausgerechnet der Commissaris, offensichtlich einer der letzten Aufrechten im Polizeiapparat, von den z. T. selbst korrupten hohen Funktionären zur mißliebigen Person erklärt wird, kommt nicht von ungefähr. Wie de Gier ist auch dem Commissaris die geltende Ordnung durchaus fragwürdig und bisweilen Ärgernis – obwohl er doch als Polizeioffizier selbst ein Stückchen (freilich gebrechliche) Obrigkeit verkörpert. Zwangsläufig muß er da schon mal gegen die geltenden Regeln verstoßen – auch in Sachen «Straßenbahn». Daß er gesetzeswidrig den Schienenraum benutzt, haben wir gesehen; in «Rattenfang» fährt er sogar schwarz («Ich hatte keinen Straßenbahnfahrschein, weder gestern abend noch heute morgen. Ich kenne mich mit diesen Dingern nicht aus, und deshalb mußte ich zweimal eine Geldbuße bezahlen») und erklärt «säuerlich»: «Mir ist das Straßenbahnfahren einfach zuwider.» Und selbst im fernen Tokio – eine wichtige dienstliche Mission hatte ihn dorthin geführt – geht ihm das Ärgernis nicht aus dem Kopf: «Die neue Umgebung hatte ihn die meisten Dinge vergessen lassen, die ihn in Amsterdam ärgerten, wie etwa das Klingeln der Straßenbahn, die unmittelbar vor seinem Haus ihre Fahrtrichtung änderte.»

Sich ärgern oder arrangieren, kämpfen oder die Möglichkeiten nutzen, die ihnen die geltende Ordnung eröffnet – van de Weterings unerschrockene Helden praktizieren eine Strategie der flexiblen Antwort auf die Frage nach den Wertmaßstäben für menschliches Handeln. Und der Straßenbahn wird dabei offenbar die Aufgabe zuteil, ihre verschiedenen Interpretationen der Gesetzeshüterrolle und damit ihre Beziehung zur gesellschaftlichen Ordnung zu verdeutlichen und widerzuspiegeln. Das kann nur gelingen, weil sie selbst, wie die Polizei, im gesellschaftlichen Auftrag unterwegs ist und ein Stück dieser Ordnung verkörpert. Auch Cardozo, der vierte Protagonist und Benjamin des Beamtenquartetts, der – wenn er sich nicht gerade das Fahrrad des Bruders unter den Nagel gerissen hat – als Unwissender, als bloßer Fahrgast die Dienste der Straßenbahn in Anspruch nimmt, auch er wird es schon noch lernen...

Einige zentrale Höhepunkte des Handlungsfortgangs – sieht man einmal vom großartigen Ausbüchsen des Commissaris ab – hat vor allem de Gier, der Fighter und Frauenliebling, unter Beteiligung der Straßenbahn zu erleiden. In der Geschichtensammlung «Die Katze von Brigadier de Gier» sitzt er mit Grijpstra nach erfolgreich getaner Arbeit wieder einmal im Wagen, und der Adjutant belästigt ihn mit dem bürokratischen Kleinkram, den er seinem Untergebenen zum Abschluß des Falles zu übertragen gedenkt. «De Gier hörte nicht zu. Er starrte ein rothaariges Mädchen an, das an der Straßenbahnhaltestelle neben dem Auto stand. De Gier lächelte. Das Mädchen lächelte zurück.» Er steigt aus und geht, einen erst wütenden, dann resignierenden Grijpstra zurücklassend, mit dem Mädchen weg – Schluß der Geschichte, Ende des Buches. – Weniger erfreulich für den Brigadier verläuft der Kampf gegen eine japanische Verbrecherorganisation in «Ticket nach Tokio», es erwischt ihn in einer Schwächephase, sozusagen eiskalt: «Die Straßenbahn kam, er wankte zum nächstbesten Platz. Er war müde, aber das war er den ganzen Tag über gewesen. Die Fahrt in der Straßenbahn war betäubend; er schlief eine ganze Weile...»; kurz darauf wird er mit der schockierenden Tatsache konfrontiert, daß seine Freundin und sein geliebter Siamkater durch einen – schnöden, muß man schon sagen – Verkehrsunfall ums Leben gekommen sind. Die Katze läßt sich ersetzen, eine dauerhafte Beziehung zu einer Frau soll es jedoch nicht wieder geben...

Der Roman «Massaker in Maine» führt de Gier an der Seite des Commissaris ins Ausland – an die öde, felsige und kalte Ostküste der USA (wo übrigens van de Wetering selbst inzwischen mit seiner Familie ein Zuhause gesucht und gefunden hat). Während der Aufklärung einer geheimnisvollen Serie von Todesfällen gerät de Gier in Bedrängnis, eine Gruppe junger, des Mordes verdächtiger Intellektueller hat ihn festgesetzt und will ihn auf die Probe stellen. Was tut der wackere Brigadier? «Er steckte seine Hand in die Seitentasche seiner Jacke und kam mit einem Amsterdamer Busfahrschein wieder heraus. Er hielt den Fahrschein auf Armeslänge vor sich und las: Dieser Fahrschein gilt am Tag der Ausgabe für jede Strecke in einer Amsterdamer Straßenbahn oder einem Bus, einschließlich der Berechtigung zum Umsteigen, vorausgesetzt...» Als wenn ihm der Griff in die Tasche, dieser Moment der Besinnung, eine Eingebung beschert hätte, gelingt es ihm kurz darauf, sich mit einer überraschenden und gewaltfreien Aktion aus der brenzligen Lage zu befreien und sogar noch das Herz der hübschen und klugen Gangsterbraut zu gewinnen. Am Ende des Romans ist er mit ihr allein, und auf ihre Frage, ob sie nach Amsterdam kommen und bei ihm bleiben solle, antwortet er: «‹Madelin. Ich bin Sergeant bei der Amsterdamer städtischen Polizei. Ich arbeite für einen Hungerlohn, und davon behält die Polizei noch was ein für einen Fonds. Ich habe keinen Wagen, sondern nur ein Fahrrad, das so klapprig ist, daß es einen Mitfahrer nicht trägt. Ich benutze öffentliche Verkehrsmittel und verbringe jeden Tag eine Stunde mit Warten auf den Bus und die Straßenbahn. Sogar der Streifenwagen, den ich fahre, ist alt und zerbeult. Ich bin Kriminalpolizist, und wenn ich durch die Stadt gehe, bin ich nur ein weiterer Schatten.› – ‹Macht dir das etwas aus?› – ‹Nein, es macht mir nichts aus.›»

Eine Lebensphilosophie: Abenteuer und Bescheidenheit. Sich auf dem Wege der Besinnung, der Kontemplation von der Last der eigenen Identität immer wieder befreien, um in die große Leere menschlicher Existenz vorzudringen. Aus der man Einsicht und ein wenig Erleuchtung beziehen kann – wenn man Vertrauen und etwas Glück hat. Die Straßenbahn leistet einen kleinen Beitrag zu diesem Lebensentwurf, den van de Weterings Helden – und der Autor selbst? – zu realisieren versuchen, jeder auf seine Art, mit seinem besonderen Hintergrund. In der Hast des modernen Alltags, seiner Flut von Geräuschen, Bildern und Ereignissen hält sie bisweilen eine Nische parat, die uns ein paar Minuten Untätigkeit bescheren kann, Zeit zur Hingabe und Besinnung, zum Resümee.

Sollten wir sie uns nicht alle etwas mehr gönnen, diese Zeit?

P. S. Falls mit der Straßenbahn, sind allerdings einige Grundkenntnisse vonnöten. De Gier hat sie, in van de Weterings Geschichtensammlung «So etwas passiert doch nicht», die dann tatsächlich in der rororo-Thrillerreihe vorgelegt wurd. Grijpstra: «‹Wie soll ich dahin kommen ohne Auto?› – ‹Nimm die Straßenbahn›, antwortete de Gier. ‹Die Nummer 24. Sie fährt alle paar Minuten. Steig Beethovenstraat aus, und ich bin auf jeden Fall da›» (S. 56). Alles klar, Adjutant? Und in der Titelgeschichte macht er noch einmal deutlich, worum es geht (S. 196): «In der Straßenbahn auf dem Nachhauseweg dachte er nach. Und während er nachdachte, schüttelte er seinen Kopf. Er murmelte leise vor sich hin. ‹Wir haben diese Spielregeln›, brummte er leise. ‹Ausgefeilte Regeln. Zum Wohle aller. Ich persönlich, ich würde es vorziehen, ihn einfach zu erschießen.› Er stieg aus und ging durch den Park zu seiner Wohnung.»

Na also, SIE war wieder dabei...

Klaus-Peter Kalwitzki, geboren 1952 in Wattenscheid (jetzt Bochum), Diplom-Psychologe, Fachjournalist und Berater Verkehr – Öffentlicher Verkehr im eigenen «Verkehrsbüro» in Mülheim/Ruhr.

Detlef Blettenberg

Schwarz auf Weiß

«Südafrikas Aktionen gegen Terroristen als Staats-Terrorismus zu bezeichnen, heißt, einen Feuerwehrmann einen Brandstifter zu nennen!»
P. W. Botha

Es war Montag, der 21. Juli, kurz vor halb elf am Abend. Die sechs Polizisten hatten vor einer halben Stunde ihre achtstündige Nachtschicht im Old Naledi-Revier angetreten. Sie befanden sich auf einer Patrouillenfahrt nahe der Eisenbahnlinie bei der Kgale-Missionsstation, etwa zehn Kilometer südlich von Gaborone, der Hauptstadt Botswanas, als sie die beiden nur mit Standlicht beleuchteten Wagen auf der anderen Seite der Schienen bemerkten. Die Gegend galt als unsicher, und der leitende Sergeant gab die Kennzeichen über Sprechfunk zur Zentrale durch. Der Polizeijeep passierte die beiden Autos. Dann verloren sich der Jeep und die beiden zivilen Fahrzeuge in entgegengesetzten Richtungen in der Dunkelheit.

Man hat mir befohlen, den Touristen zu spielen, und ich halte mich daran.

Seit zwei Tagen lebe ich im Chilwero Camp unter den wilden Tieren des Chobe-Parks. Ich bin in Harare gelandet und im Mietwagen bis Victoria Falls gereist. Dort haben mich die Leute vom Camp abgeholt, um mich über die Grenze nach Botswana mitzunehmen.

Chilwero liegt hoch über dem Chobe River. Eine einsame Ansammlung grasgedeckter Hütten mitten im Busch. Ein Safari-Stützpunkt für maximal sechzehn Gäste. Einfach gehalten, aber mit dem wichtigsten Komfort versehen, den der weiße Mann braucht, um sich auf die Natur einzulassen.

Es ist gegen vier Uhr. Zeit, um hinunter zum Chobe zu fahren und die späten Nachmittagsstunden für eine Flußsafari zu nutzen. Chet

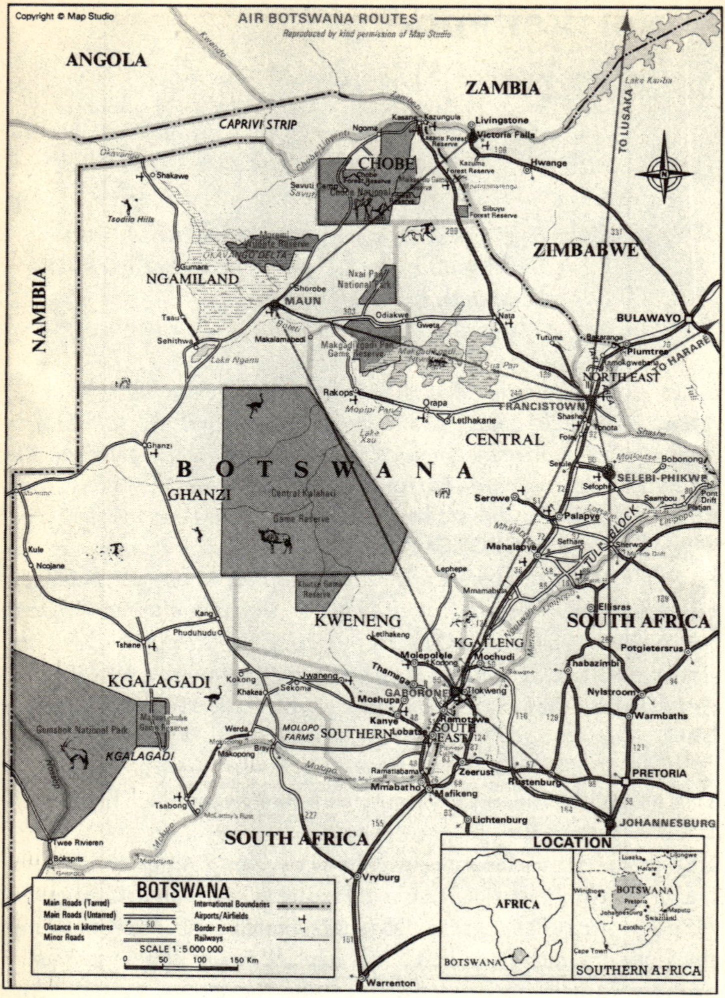

Masters steht neben mir, an den vorderen linken Kotflügel des Landrovers gelehnt. Auch in dieser lässigen Haltung wirken seine Einsneunzig imposant. Er hat eine sehnig-muskulöse Figur. Die Haut von der afrikanischen Sonne zu bronzenem Pergament verbrannt. Die Haare über dem Piratengesicht mit der scharfen Nase zu einem hellen Blond gebleicht. Nur an den graublauen Augen haben Wind und Wetter keine Spuren hinterlassen.

Ich rücke mit der linken Hand die Ray-Ban auf meiner Nasenwurzel zurecht und greife sichernd mit der rechten zu dem japanischen Minifeldstecher, der an einer Schnur vor meiner Brust baumelt. Verglichen mit Chet Masters Khakishorts und Kniestrümpfen komme ich mir im gebügelten Safarianzug und den leichten Wildlederstiefeln wie Errol Flynn bei den Dreharbeiten zu einem Abenteuerepos vor. Auch der Stoffhut, der meinen Schädel wie eine Duschhaube ziert, kann nicht mit Chets Großwildjägerhut mithalten.

«Da kommen sie», sagt Chet zu mir, nickt den beiden Männern und ihren Frauen zu und steigt mit einer entschlossenen Bewegung auf den Fahrersitz.

Ich klettere mit den vier übrigen Touristen in den Rover.

Chet startet den Motor. Das allradgetriebene Vehikel holpert schwerfällig aus dem Camp und nimmt den Buschpfad mit den tiefen Spurrillen hinunter zum Fluß. Der Weg ist fast zugewachsen. Büsche und Bäume recken Zweige und Äste in den offenen Safariwagen, und die beiden Damen versuchen ihre modischen Jägerkostüme vor den Dornen zu retten. Die rothaarige Schwedin mit den festen Brüsten kreischt dabei jedesmal auf, als greife ein Pavianmännchen nach ihr. Linkerhand stehen sieben Kudus auf einer Lichtung. Die Tiere scheinen nur aus einer Sammlung großer Ohren zu bestehen. Die hübschen Gesichter mit den dunklen Knopfaugen beobachten uns gelassen. Das hellbraune Fell mit den senkrechten weißen Streifen schimmert durch das Grün der Büsche.

Zwanzig Minuten später erreichen wir das Ufer des Chobe. Die Mittagshitze glüht nur noch schwach nach, und ein leichter Wind von der anderen Flußseite, aus dem Caprivi Strip, mildert die Temperatur auf ein erträgliches Maß.

«Deutscher Wind!» sagt Chet Masters zu mir, stellt den Motor ab und steigt aus dem Geländewagen.

Ich werfe ihm einen fragenden Blick zu.

«Deutsch-Südwest!» Chet grinst nachsichtig.

Ich sehe über das Wasser des Chobe zum anderen Ufer. Breite Bahnen gelben Rieds und grüne Papyrusfelder machen es schwierig, das gegenüberliegende Festland von Namibia auszumachen. Mit einem unsicheren Sprung verlasse ich den Rover.

——— *Es war Punkt halb elf, als das südafrikanische Kommando zuschlug.*

Vier der botswanischen Polizisten waren im Begriff, den Jeep zu verlassen, um zu Fuß ihren nächtlichen Streifendienst aufzunehmen. Der Diebstahl von Ziegen hatte in letzter Zeit in der Gegend zugenommen. Die Kontrollgänge, die über zehn Kilometer durch den Busch zurück zur Hauptstadt führten, sollten die Räuber abschrecken. Einer der Männer urinierte gerade gegen einen Baum, als die Angreifer, drei Weiße und zwei Schwarze, aus dem Dunkeln heraus das Feuer auf die sechs unbewaffneten Uniformierten eröffneten. Die Salven der Schnellfeuergewehre bestrichen das Fahrzeug und verletzten drei Insassen, einen davon lebensgefährlich. Am Tatort wurden später vierundzwanzig Patronenhülsen sichergestellt.

Nach dem Anschlag ließ der Kommandotrupp seine beiden Zivilfahrzeuge zurück und floh mit dem Polizeijeep, nachdem die uniformierten Insassen mit vorgehaltenen Waffen zum Aussteigen gezwungen worden waren. Der Toyota Land Cruiser mit dem amtlichen Kennzeichen BX 84-0217 wurde später verlassen an der Grenze zwischen Botswana und der Republik Südafrika, in der Nähe des Woodpecker *Restaurants am Ufer des Notwane River, gefunden.*

Ein unverletzter Polizeibeamter lief zum «St Joseph's College» und telefonierte Verstärkung herbei. Als diese eintraf, setzten sich zwei weitere weiße Südafrikaner in einem weißen Toyota Cressida und einem weißen VW Golf aus der Gegend ab. Die beiden Männer wurden später an einer Straßensperre der «Botswana Defence Force» verhaftet.

Chet macht sich an der Leine des Bootes zu schaffen, dessen hellgrüner Rumpf, flach und rechteckig, an eine Fähre erinnert. Die Schraube des Außenbordmotors ragt in die Luft.

Unser Führer schiebt den Bootsrumpf ins Wasser und hilft den beiden Frauen beim Einsteigen. Wir Männer folgen. Chet stößt das Boot mit einer energischen Beinbewegung vom lehmigen Boden ab, läßt die Schraube ins Wasser, setzt sich auf den Stuhl des winzigen Kommandostandes auf der Steuerbordseite, greift nach dem Ruder und startet den Motor.

Mit kleiner Fahrt fahren wir auf den Fluß hinaus. Außer den beiden Sitzbänken sind zwei drehbare Stühle im Boot installiert, um Fotografen und Filmern optimale Bedingungen zu garantieren. Ich habe in einem der Stühle Posten bezogen, meinen kleinen Fotoapparat in den Händen, wild entschlossen, zwei Farbfilme zu verschießen, um meinem Touristenstatus Glaubwürdigkeit zu verleihen.

Ein dichtes Papyrusfeld ist das erste Ziel, das Chet Masters ansteuert. Mit einem schwungvollen Bogen bringt er das Boot in eine gute Beobachtungsposition. Die beiden Ehemänner lassen die Verschlüsse ihrer Spiegelreflexkameras schnappen, und ich beteilige mich mit dem leisen Klicken der Rollei an der ersten Spurensicherung. Diverse Libellen und einige kleinere Vogelarten, deren Namen Chet keine Erwähnung wert zu sein scheinen, sind die ersten Vertreter der Fauna, die zur Beweisaufnahme abgelichtet werden. Während des Kameraangriffes greift Chet mit der rechten Hand ins Wasser, reißt ein Büschel Wasserkastanien aus und zeigt den beiden Frauen die Früchte. Dann gibt er Gas, und das Boot schießt mit einer scharfen Bugwelle zur Mitte des Chobe Rivers und dann flußaufwärts.

Wir steuern Riedfelder, kleinere Inseln und hohe Bäume am Ufer an, um Vögel zu beobachten. Stolze Fischadler, deren schneeweißes Brustgefieder sich scharf von den rostbraunen Bauchfedern abhebt. Mit Schnäbeln, so mächtig und scharf wie Enterhaken, die sie in die schuppige Beute schlagen. Sie kontrollieren den Luftraum über dem Chobe, stoßen wie Jagdbomber im Sturzflug auf das Wasser nieder, schwenken mit einer bizarren Bremsbewegung in die Horizontale ein und greifen mit ihren mächtigen Klauen Fische, die sich Zentimeter unter der Oberfläche des Flusses in Sicherheit wähnen. Perfekte Kommandoaktionen voller Kraft und Präzision. Exekutiert im Stil absoluter Herrscher. Flamingos schieben mit trägen Flügelschlägen ihre Bleistiftkörper durch höhere Gefilde. Die schwarzen Kanten ihrer Tragflächen nehmen sich wie auflackierte Hoheitszeichen auf einer zartrosafarbenen Concorde aus. Störche sitzen mit der gelassenen Würde von Bibelgelehrten in den vertrockneten Ästen abgestorbener Bäume und sehen dem Treiben der Welt zu. Eisvögel tauchen, schillernden Edelsteinen gleich, ins Wasser und entführen kleine Fische im Schnabel, um sie dann an Zweigen leblos zu schlagen, bevor sie die Beute verschlingen. Eine große Sammlung eleganter Federtiere. Nur die Aasgeier mit ihrem dreckiggrauen Gefieder haben am Chobe nichts zu suchen. Ihnen bleibt die Einsamkeit und Weite der Savanne, in der greise Elefanten verenden und waidwunde Antilopen auf der Flucht vor den Raubkatzen zusammenbrechen. Die Geier dürfen an den endlosen Asphaltbändern der Überlandstraßen patroullieren, auf der Suche nach einem angefahrenen Esel, der mit aufgeblähtem Bauch in der Sonne verwest. Hier, in der klaren Freiheit am Wasser, herrschen die adeligen Vertreter der Art, die jeden Freizeitornithologen an die Stiche und Fotografien in seinen Fachbüchern erinnern.

Chet steuert das Boot mit leise tuckerndem Motor nahe an ein steiles Stück Lehmböschung. Eine Wolke karminroter Bienenfresser surrt mit schnellen Flügelschlägen vor den Nisthöhlen durch die Luft. Die kleinen Vögel zwingen ihre winzigen Körper in die engen Tunnel, die sie in das Ufer gegraben haben. Ihre langen Schnäbel stechen wie Injektionsnadeln in die Erde, und die Wurzelenden, die aus dem Lehm ins Wasser ragen, dienen ihnen als Katapulte, von denen sie sich immer wieder abstoßen, um Insekten nachzujagen.

________ *In den Morgenstunden nach dem bewaffneten Überfall auf die Polizisten explodierte gegen sechs Uhr ein Sprengsatz unter dem Wagen eines Verkaufsmanagers. Der Ford Courier war vor der Privatwohnung in West-Gaborone geparkt. Die Explosion zerstörte das Fahrzeug und beschädigte das Asbestdach des Billighauses der «Botswana Housing Corporation». Menschen wurden nicht verletzt oder getötet.*

Wir pirschen uns leise über das ruhige Wasser am Ufer entlang, bis wir eine Gruppe Paviane unter dem dichten Laub eines mächtigen Baumes sehen. Die Affen spielen schnatternd in der Kühle des ausklingenden Tages. Das rote Hinterteil eines läufigen Weibchens leuchtet durch das dunkle Grün. Zwei Männchen scheinen das Signal ernst zu nehmen und hetzen mit bellenden Lauten hinter der Artgenossin her. Die rothaarige Schwedin quittiert das Schauspiel mit einem entzückten Aufschrei. Die Vögel haben sie gelangweilt, aber jetzt ist sie wieder bei der Sache. Chet Masters grinst mir zu, gibt Gas und treibt den Rumpf des Bootes mit hoher Drehzahl weiter den Fluß hinauf.

Eine Viertelstunde später erreichen wir einen Uferabschnitt, der den Tieren der Savanne als Tränke dient. Chet passiert die Stelle um einige hundert Meter und stellt den Motor ab. Geräuschlos gleiten wir mit der Strömung flußabwärts. Eine Gruppe Giraffen kommt aus den Büschen und zieht zum Wasser. Mit einer breiten Spreizbewegung der Vorderbeine bringen zwei der Tiere die langen Hälse nach unten und trinken. In dieser Position, in der sie ihre tödlichen Fußtritte nicht austeilen können, sind die Tiere ein leichtes Opfer für jeden Angreifer. Drei Giraffen sichern im Hintergrund und geben Flankenschutz. Auch weiter flußabwärts kommen Tiere in der Abenddämmerung zur Tränke. Kudus, Impalas, Büffel. Ein Familienverband von Perlhühnern tummelt sich zwischen den großen Tieren.

Die Sonne geht unter. Das Licht bricht sich pastellfarben im Silberspiegel des Wassers. Die Oberfläche des Chobe wechselt in wenigen Minuten von stählernem Blaugrau zu einem weichen Bronzeton. Chet Masters wirft den Motor wieder an und steuert das Boot zur Flußmitte und dann flußabwärts. Mit hoher Geschwindigkeit zerteilt der Rumpf die ölglatten Wogen. Die Papyrusfelder heben sich wie Scherenschnitte gegen das Feuerrot des Caprivi Strips ab. Namibia scheint in Flammen zu stehen. Mit einer letzten Anstrengung überzieht die Sonne, die bereits hinter dem Horizont verschwunden ist, die Szenerie mit einer goldenen Glasur. Sie fixiert die verglimmende Glut der Wildnis für einige Minuten, bevor die Tropennacht sie auslöscht.

In schwungvollem Bogen schiebt sich das Boot an einer Flußpferdfamilie vorbei, die laut schnaubend und grunzend in der Dämmerung planscht. Die schwarzen Körper glänzen wie schwere Steine im Wasser und verraten nichts von der Behendigkeit, mit der die Bullen und Kühe zum Angriff übergehen können. Ein rosafarbener Rachen mit groben Zahnstummeln klappt auf und zu. Kleine Ohren bewegen sich über der Wasseroberfläche. Chet setzt das Boot sanft auf den Uferlehm, und wir gehen unsicher, wie angetrunken von der Natur, an Land. Chet Masters hat seinen Touristen eine Überdosis Chobe verpaßt. Der Profi hat sein Geschäft erledigt. Wir steigen in den Land Rover. Unser Scout startet den Motor und fährt mit Abblendlicht durch den dichten Busch hinauf zum Lager.

Priest gave first aid

Father Arthur, the mission superior at St Joseph's College at Khale, where the shooting occurred, yesterday described how he had given first aid to a Botswana policeman with several bullet wounds in his chest.

Father Arthur said the policeman had not been armed.

He said the shooting occurred about 200 m from St Joseph's boys' hostel.

"A policeman ran up to my house. I went to the scene where I found an injured policeman who had been shot seven or eight times in his chest, arms and pelvis."

Father Arthur said he called a nurse from the mission, a Sister Mary, to help.

"We bandaged the policeman, controlled the bleeding, gave him an injection and took him to hospital in Gaborone."

Father Arthur said he believed the raiders had arrived by car and unarmed men in civilian clothes were planning to drop the armed soldiers before driving through a nearby roadblock. They probably planned to pick up the soldiers beyond the roadblock, Father Arthur said.

TV viewers left in

TV viewers watching
night's main
hopes

The Star 22.6.88

Father Arthur, der Missionsvorsteher vom «St Joseph's College» in Khale, berichtete der Presse: «Ich ging kurz vor halb elf zu Bett. Nur wenige Minuten später klopfte es an meine Tür.» Als er aus dem Zimmer kam, wartete ein zitternder junger Polizist auf ihn, der ihm über den Anschlag berichtete.

Father Arthur, ein weiterer Geistlicher und eine Missionsschwester leisteten einem der Beamten, der auf dem Vordersitz zehnmal in die Brust getroffen worden war, erste Hilfe.

Der lebensgefährlich verletzte Polizist wurde anschließend sieben Stunden lang im Princess Marina Hospital operiert.

Father Arthur wies noch darauf hin, daß die Missionsstation nur fünf Kilometer von der Grenze zu Südafrika entfernt liegt, direkt an der vermutlichen Standardroute für Kommandogruppen, die Überfälle in Gaborone und Umgebung durchführen und die Straßensperren der Armee umgehen wollen.

Einer der Vögel, die mich an diesem Nachmittag besonders fasziniert haben, ist der Waffenkiebitz. Beim Zischen der Kerosinlampe denke ich über die beiden letzten Tage in der Natur nach.

Als Chet Masters den Fliegendraht der Eingangstür berührt, stehe ich von dem einfachen Schreibtisch auf und lasse den Scout in die Hütte.

Er kommt herein und setzt sich auf eines der beiden Betten. «Sie reisen morgen ab?»

Ich nicke und biete ihm eine von meinen Zigaretten an, aber er lehnt ab.

«Hat es Ihnen bei uns gefallen?»

«Es hat mir sehr gut gefallen. Schade, daß ich nicht länger bleiben kann.» Es ist mir ernst.

Er glaubt mir. Dann sagt er langsam: «Haben Sie am ersten Sinai-Feldzug teilgenommen?»

Ich sehe ihn überrascht an. Man hatte mir gesagt, es werde einen Kontaktmann für die letzten Instruktionen geben, aber Chet Masters hatte ich nicht auf der Rechnung. «Nein!» ergänze ich die Kennung. «Aber ich habe den Friedensvertrag unterschrieben!»

Er nickt bedächtig. «Es gibt nicht viel zu sagen. Alles bleibt wie geplant. Ich fahre Sie morgen gegen zehn Uhr nach Kasane. Dort übernehmen Sie einen Mietwagen. Sie müßten die rund fünfhundert Kilometer bis nach Francistown in etwa sechs Stunden schaffen. Hervorragende Straße. Nicht viel Verkehr. Im *Marang Hotel* ist ein Zimmer für Sie reserviert. Man wird dort Punkt sechs Verbindung mit Ihnen aufnehmen.»

Ich höre ihm geduldig zu. Er erzählt mir nichts Neues, aber auch die Bestätigung bekannter Sachverhalte ist in meinem Geschäft wichtig.

«Wenn die Aktion gelingt...»

«Sie wird gelingen!» unterbreche ich ihn.

Er bleibt unbeeindruckt. «Wenn die Aktion gelingt, bringen

einige unserer Leute die Männer über die Grenze nach Südafrika. Der Rest setzt sich von Francistown aus direkt über die Grenze nach Bulawayo in Simbabwe ab. Sie fahren in aller Ruhe dahin zurück, wo Sie hergekommen sind. Je tiefer in den Tierparks, je näher zur Natur, um so sicherer ist es für einen Touristen wie Sie.» Er gestattete sich ein kleines Lächeln. «Sollte es Probleme mit dem Rückweg über Kazungula nach Victoria Falls geben, werde ich Sie bei der Rückgabe des Mietwagens in Kasane abfangen. Ich bringe Sie dann hierher und später mit dem Boot über den Fluß nach Namibia.»

«Dann ist ja alles klar! Wo kommen Sie her, Chet?» wechsle ich das Thema.

«Ich bin in Rhodesien geboren.»

Ich nicke. Draußen im Busch grunzt ein wildes Tier.

«Und wo ist Ihre Heimat?»

«Heimat?» Ich höre, wie das Wort im halbdunklen Raum verklingt. «Irgendwo zwischen London, Berlin, Kapstadt und Tel Aviv, wie es bei Handlungsreisenden so üblich ist.»

«Warum ein Outsider wie Sie?»

«Vielleicht weil ich so britisch wirke ...» Ich lache leise, schüttele den Kopf. «Die üblichen Gesichter sind um Gaborone und Francistown herum leicht verschlissen.»

Er sieht mich weiter fragend an.

«Von allen Kommandos, die ich geleitet habe, waren die am erfolgreichsten, bei denen ich Leute aus dem Gefängnis geholt habe. Scheint mir besonders zu liegen.»

Er nickt. «Wir sehen uns beim Abendessen. Danach wie immer Drinks an der Bar bei der Feuerstelle.» Er geht zur Tür, dreht sich noch einmal um. «Die Rothaarige ist zu haben», sagt er. «Ihr Mann hat sich eine eigene Hütte geben lassen. Scheidung auf schwedisch!» Er verabreicht den Tip, als gehöre Kuppelei zu seinen Aufgaben als Touristenführer.

Ich grinse. Dann schüttele ich den Kopf. «Ich gehe nicht davon aus, daß ich morgen nacht ins Gras beiße, mein Freund!»

«Gut so!» Er öffnet die Tür und geht nach draußen. Das Geräusch seiner Schritte wird vom Rasen verschluckt.

——— *Die Regierung von Botswana verurteilte die Vorfälle als Staatsterrorismus der Regierung der Republik Südafrika.*

Die staatlichen Stellen in Pretoria machten darauf aufmerksam, daß dreiundzwanzig ANC-«Terroristen» in Verbindung mit sechzehn Sabotageakten in Südafrika festgehalten würden, die in den vergangenen drei Monaten die Burenrepublik erschüttert hätten. Es sei bekannt, daß der «African National Congress» mit Guerillas aus Botswana heraus operiere.

Der Außenminister der Republik Südafrika machte die Weltöffentlichkeit darauf aufmerksam, daß die Sicherheit von Touristen in Botswana und Simbabwe nicht garantiert werden könne. Der Verkaufsleiter des botswanischen Unternehmens «Afro Ventures» konterte mit dem Hinweis, daß Botswana sicher und stabil sei und die Gegend zwischen Maun im Okavango-Delta und den Victoriafällen zum Großteil aus Tierschutzreservaten besteht, die völlig gefahrlos seien.

Auffallen mußte, daß die Aktion am «Flüchtlingstag» stattgefunden hatte. Es gehörte zu den Gepflogenheiten der Buren, an jedem wichtigen Feiertag ein Zeichen zu setzen. Die Streitkräfte der Republik Südafrika gaben immerhin zu, daß sich die beiden verhafteten Weißen mit einem nachrichtendienstlichen Auftrag auf dem Hoheitsgebiet Botswanas aufgehalten hatten. Allerdings seien sie von botswanischen Polizeikräften unter Feuer genommen worden. Eine fragwürdige Behauptung angesichts der Tatsache, daß die Polizei Botswanas ihrem Dienst grundsätzlich ohne Waffen nachgeht und davon nur in extremen Ausnahmefällen, zum Beispiel bei der gezielten Verfolgung eines bewaffneten Täters, abweicht.

Ein heißer Tag. Blauer Himmel. Nur wenige weiße Wolken. Das Asphaltband liegt vor mir wie flüssiger Anthrazit. Das Land in dichtem Grün. Üppig belaubte Büsche und Bäume. Häufig ragen abgestorbene Stämme aus der wuchernden Wildnis in den Himmel. Die Opfer der Elefanten. Zehntausende der Dickhäuter sollen in der Gegend marodieren. Die Kothaufen, die von Zeit zu Zeit die Straße zieren, beweisen es.

Den Kontrollposten der Armee habe ich problemlos hinter mich gebracht. Der Uniformierte, der mich nach dem Ziel meiner Reise fragte, hat mir zum Abschied ein «*Beware of the elephants!*» mit auf den Weg gegeben. Das hohe und dichte Gras, das oft kilometerlang unmittelbar am Straßenrand steht, macht es schwierig, das Gelände einzusehen. Man lebt in der steten Angst, daß plötzlich ein Tier auf die Fahrbahn springen könnte. Großflächige Hirsefelder unterbrechen die Buschlandschaft. Die hellgrünen Pflanzen stehen nach siebenjähriger Trockenheit stolz und kräftig im Gelände. Der Regen hat die Hoffnung ins Land zurückgebracht. Die poröse Erde Botswanas hat sich wie ein Schwamm vollgesogen und gibt satt und zufrieden ihre Nährstoffe an die Pflanzen ab, die die Dürre überlebt haben, und an den Samen, den die Menschen ihr mit neuem Mut anvertrauen. Zweimal erweitert sich die Fahrspur zu einer breiten Piste, auf der Flugzeuge starten und landen können.

Der Mietwagen, eine rote Toyota-Limousine, bringt mit beruhigendem Brummen Kilometer für Kilometer hinter sich. Die Strahlen der Mittagssonne knallen brutal auf Blech und Glas. Ich habe die Seitenscheiben heruntergekurbelt, und der Fahrtwind mildert die Temperatur. Jedenfalls bilde ich es mir ein. Eigentlich hält er nur den Sauerstoff im Wageninneren in Bewegung. Was da durchs Fenster hereinsuppt, erinnert an einen Schwall verbrauchter Luft aus einer Klimaanlage, der einem auf dem Gehsteig vor einem Restaurant ins Gesicht bläst. Nur der Geruch nach Essen und Nikotin fehlt. Ich habe genug Zeit zum Nachdenken, aber die dumpfe Hitze lähmt das Gehirn.

Meine bevorstehende Aufgabe liegt mir nicht. Solange es ging, habe ich mich um eine direkte Arbeit für Pretoria herumgedrückt. Ich mag die Buren nicht. Das letzte Mal, als ich in Maputo die Folgen einer ihrer großartigen Kommandounternehmen bei der Jagd auf den ANC besichtigen konnte, handelte es sich um eine zerbombte Marmeladenfabrik, eine zerfetzte Kindertagesstätte und zerstörte Einfamilienhäuser. Die Opfer waren tote Zivilisten, darunter viele Frauen und Kinder. Aber meine Vorgesetzten haben eine gewisse Verpflichtung gegenüber ihren südafrikanischen Partnern. Und ich habe meine Pflichten gegenüber meinen Vorgesetzten. Ich sehe noch Aaron Feinsteins müdes Gesicht vor mir. «Du sollst ja nur zwei ihrer Leute rausholen. Sie wollen den besten Koordinator für ein solches Unternehmen. Ihre eigenen Leute sind, gelinde gesagt, etwas zu kantig für eine derartig sensible Aktion. Die Leute in Pretoria stehen zur Zeit zu sehr in der Öffentlichkeit. Der Rückzug aus Namibia macht es nicht einfach für sie.»

Es war nicht gerade so, daß Aarons Verständnis für die Buren mir

das Herz gebrochen hätte, aber ich war ihm noch etwas schuldig. Man ist Leuten wie Aaron meistens etwas schuldig. Das macht es so schwer, immer auf der Seite der Guten zu sein.

Die Natur holt mich aus meinen Gedanken zurück. Da vorne stehen sechs schwarze Ungetüme auf der linken Straßenseite. Ich nehme das Gas zurück. Der Toyota zockelt mit siebzig auf die Tiere zu. Es sind Elefanten. Ich gehe runter auf dreißig. Ein Dickhäuter steht jetzt halb auf der Straße und rupft mit seinem Rüssel Gras vom Schotterband neben dem Asphalt. Ich trete die Kupplung, nehme den Gang heraus und bringe den Wagen zum Stehen. Der Motor summt leise im Leerlauf. Weniger als hundert Meter trennen mich von den Elefanten.

Gebannt mustere ich die fünf riesigen Tiere und ein Baby. Ich kann einen Bullen nicht von einer Kuh unterscheiden. Aber Chet Masters hat mich auf die Gefährlichkeit von Muttertieren hingewiesen, wenn sie Nachwuchs haben. Der Einzelgänger mit den langen gelblich-weißen Stoßzähnen, der die Straße blockiert, muß ein Bulle sein, denn das Baby steht bei den anderen Tieren halb im Busch. Ich bin überrascht, wie tiefschwarz die Haut und wie großflächig ihre Ohren sind. Jetzt trotten zwei weitere Elefanten auf die Straße. Das Baby folgt. Es sieht aus wie ein Spielzeug, ist aber so groß wie ein Pony. Was ist, wenn sie auf mich zukommen? Oder wenn sie angreifen? Sie können den Wagen zu Klump trampeln. Für einen Moment überlege ich, ob ich wenden soll. Aber damit würde ich nur ihre Aufmerksamkeit auf mich lenken. Auch im Rückwärtsgang kann ich mit dem Toyota nicht schnell genug fliehen, wenn sie angreifen sollten. Ich bleibe stehen und warte ab. Was hat Chet gesagt? «Fahren Sie nicht zu schnell, aber zügig an den Elefanten vorbei. Die Tiere nehmen das Auto erst sehr spät wahr, aber sie trotten dann von der Straße. Nur keine Angst!» Leicht gesagt.

Ich habe Angst. Deshalb stehe ich hier und warte. Ich fühle mich der Natur ausgeliefert. Respekt und Angst. Ich bin dankbar, daß keines der Tiere trompetet oder auffällig mit den Ohren wedelt. Ein Trupp Guerillakämpfer wäre mir lieber gewesen. Mit deren Verhalten kenne ich mich aus. Damit kann ich umgehen. Bomben, Schußwechsel, Nahkampf mit Stichwaffen oder völlig unbewaffnet – kein Problem. Im Schlaf, wenn es sein muß. Aber diese Urviecher, diese massigen Geschöpfe machen mich klein und hilflos. Der Schweiß auf der Stirn und unter den Achseln ist nicht nur eine Reaktion auf die Hitze. Ich sehe auf die Armbanduhr. Mein Zeitplan wackelt. Die Elefanten geben die Straße nicht frei. Aber sie kümmern sich auch nicht um mich. Wenn eines der Tiere zurück auf den Grasstreifen zwischen Busch und Piste zieht, kommt ein anderes aus den Büschen und interessiert sich für die Teerdecke.

Nach zehn Minuten gebe ich die Hoffnung auf ein Fahrzeug mit einem mutigeren Fahrer auf. In den letzten zwei Stunden sind mir nur drei Autos begegnet. Zwei haben mich überholt. Eins kam mir entgegen. Die erste Angst verfliegt, und der Adrenalinpegel fällt. Aber es reicht nur zum geduldigen Warten, nicht zur Tat.

Gestern abend, am Lagerfeuer, hat mir Chet noch einen ausführlichen Vortrag gehalten. Bis zu sieben Tonnen Gewicht. Vier Meter Schulterhöhe. Gigantische Freßmaschinen, die pro Tag mindestens hundert Kilogramm Grünzeug zu sich nehmen. Ununterbrochen mit der Nahrungsaufnahme beschäftigt, ziehen sie auf der Suche nach Laub und Gras jeden Tag viele Kilometer durch Busch und Savanne. Sie sind extrem abhängig von Futter und Wasser. Ihr Leben ist Fressen. Dazu sind sie mit vierundzwanzig Backenzähnen zum Kauen ausgestattet. Wenn die ersten vier Zähne verschlissen sind, fallen sie aus, und die nächsten vier rücken nach. Wenn der sechste und letzte Satz verbraucht ist, kann das Tier keine Nahrung mehr kauen und verhungert langsam. In der Regel können Elefanten sechzig Jahre alt werden. Aber die meisten Vertreter der Art sterben vorzeitig. Krankheiten und vor allem die Jagd auf ihre

Stoßzähne dezimieren die Jumbos vor Erreichen der Altersgrenze. Die Wilderer der Neuzeit sind vollautomatisch bewaffnete Söldner des internationalen Elfenbeinschmuggels, die Kleinkriege gegen Wildhüter führen und die kostbaren Zähne mit Motorsägen aus den abgeschlachteten Fleischmassen schneiden.

Nach einer endlosen halben Stunde ist mein Zeitplan dahin. Mein Mut hat nicht ausgereicht, die Präzision meiner Mission abzusichern. Als die Elefanten in einer plötzlichen Laune die Straße räumen und im Busch verschwinden, ist es ein Gnadenakt, der mir die Bewegungsfreiheit schenkt. Ruhig, wie in Zeitlupe, ziehen die Tiere davon. Ich starte den Motor, lege den ersten Gang ein und fahre weiter. Zügig schalte ich hoch und pendele mich knapp über der höchstzulässigen Geschwindigkeit ein. Ich kann mir nicht den kleinsten Verstoß gegen die Verkehrsbestimmungen leisten. Wenn es der Teufel will, hat die Polizei irgendwo eine Radarkontrolle in den Büschen aufgebaut. Nach zehn Minuten kommt mir ein Bus entgegen. Ich verfluche den Fahrer und schimpfe ihn einen Feigling, weil er nicht schneller gefahren ist und mich aus der Falle gerettet hat.

———— *Anfang Juli wurden die beiden angeklagten Südafrikaner in Handschellen und mit Fußketten dem Richter in Francistown vorgeführt. Es handelte sich um einen fünfundzwanzigjährigen Korporal der Südafrikanischen Streitkräfte und einen dreißig Jahre alten Mann, der sich selbst als «Staatsbediensteter» bezeichnete und wohl Angehöriger des Südafrikanischen Geheimdienstes war.*

Beide Männer waren einen Tag vor Bombenanschlag und Feuerüberfall mit gefälschten Pässen über den Grenzposten Ramatlabama nach Botswana eingereist. Sie hatten sich als Geschäftsleute ausgegeben und die Nacht im Hotel Cumberland in Lobatse verbracht. Nach eigener Aussage war es ihre Aufgabe gewesen, die fünf Männer des Kommandos, das ANC-Mitglieder in Gaborone liquidieren sollte, nach vollbrachter Tat aufzusammeln und außer Landes zu bringen.

Das höchstmögliche Strafmaß im Sinne der Anklagepunkte belief sich auf dreißig Jahre Gefängnis. Der Gerichtssaal war bis auf den letzten Zuschauerplatz gefüllt, davor forderten rund zweitausend Botswana lautstark die Todesstrafe für die Buren.

«Ich habe die Aktion abgeblasen», sagt mein Gegenüber, ein Mann um die Dreißig, der schwarzes und weißes Blut in den Adern hat. «Alle Mitglieder der Gruppe sind bereits wieder über die Grenzen. Gut verteilt, wie im Ernstfall. Als ob nichts gewesen wäre.»

Ich habe Schuldgefühle und überlege, ob ich mich mit dem Argument, von Elefanten aufgehalten worden zu sein, lächerlich mache.

Er nimmt mir die Entscheidung ab. «Der Befehl kam gegen drei Uhr nachmittags durch, als Sie unterwegs waren. SWAPO-Einheiten sind von Angola nach Namibia einmarschiert. Sie haben die Abmachungen gebrochen. Die Vereinten Nationen sind hilflos. Die UNTAC hat alles verschlafen. Und Südafrika steht glänzend da. Eine diplomatische Ausgangssituation, die Pretoria wie ein Geschenk des Himmels erscheinen muß.» Er trinkt einen Schluck Weißwein.

Ich nicke. Natürlich. Warum jetzt Cowboy und Indianer spielen und in Francistown zuschlagen? Schon bei der Aktion der Männer, die wir aus dem Gefängnis holen sollten, war es zu unerfreulichen diplomatischen Verwicklungen gekommen, weil der Anschlag mit der Aufnahme neuer Gespräche über die Angola-Frage in Kairo zusammengefallen war. Jetzt stehen Botha und seine Leute mit schneeweißer Weste in der Wüste von Südwest-Afrika und geben die Friedensengel ab. Sam Nujoma und seine Leute von der Südwestafrikanischen Volksorganisation mußten vom Teufel geritten worden sein.

«Die UN-Verantwortlichen haben die Südafrikaner um Hilfe gebeten. Es ist ein Gemetzel.»

Ich schweige. Ich kenne die Spezialeinheiten der Burenpolizei und ihre Methoden. Niemand muß mir ausmalen, was im Ovamboland vor sich geht.

«Die Befreiungsaktion wird auf unbestimmte Zeit verschoben.» Er schob sein Glas in einer kleine Pfütze auf der Theke hin und her. «Pech für Sie. Die ganze Anreise. Und dann keine Action!»

«Irgendwie bin ich froh», gebe ich zu und betrachte die aus einem Baumstamm geschnittenen Holzscheiben, die in handgeschmiedete Eisenringe gefaßt sind. Eine Theke wie eine Befestigungsanlage. Stabil und massiv. Ich spüre, daß mein Kontaktmann seine Auftraggeber ebensowenig mag wie ich. Vielleicht bin ich auch nur leichtsinnig. Ich greife nach der Flasche *Theuniskraal*-Riesling und schenke uns nach. «Wie kann ein Volk, das solche phantastischen Weine produziert, eine so dumme Politik machen?» Ich trinke.

«Was treibt Sie und mich dazu, eine so dumme Politik zu unterstützen?» Er sieht mich ernst an. Sein Gesicht scheint eine Spur dunkler zu werden. Der Ausdruck in seinen Augen ist hart und zornig.

Zulu-Blut, denke ich.

«Wir sind alle Gefangene», gibt er sich selbst die Antwort. «Wir sitzen alle auf der Zeitbombe und werden mit ihr hochgehen.»

«Jeder hat seine Gründe», sage ich und trinke noch mehr Wein. «Alle haben irgendeine Entschuldigung. Die Politiker, die Widerstandskämpfer, die Kaufleute und Sie und ich. Vor allem wir Söldner haben immer einen Grund!»

«Ich hoffe, die Gründe sind überzeugend, wenn man uns an die Wand stellt.»

Ich schweige. Mein Blick wandert in die Empfangshalle des *Marang* und über die Rattanmöbel mit den lindgrünen Sitzpolstern. Über dem Kamin hängen präparierte Antilopen- und Büffelköpfe an den weißen Wänden. Der Raum ist hoch und weit, und die Deckenbalken unter dem Rieddach sind so schwarz wie die Steinplatten des Fußbodens. Neben dem offenen Kamin steht auf einem kleinen Tischchen ein Telefon, von dem aus ununterbrochen Ferngespräche in Englisch, Deutsch und Afrikaans geführt werden. Alles ist öffentlich. Ich bin sicher, daß mein Kontaktmann den Befehl auf Abbruch der Aktion nicht hier entgegengenommen hat.

——— *Der Anschlag auf die botswanischen Polizisten war nicht der erste Vorfall, bei dem die Blutspur der Apartheidspolitik bis zu den Stufen vom «St Joseph's College» geführt hatte.*

Schon vierzehn Jahre zuvor war ein Flüchtling, der in der Missionsstation lebte und arbeitete, mit einer Paketbombe ermordet worden. Bei dem Opfer handelte es sich um einen der Führer der Südafrikanischen Studentenorganisation.

Am nächsten Morgen sitze ich auf der Veranda über dem weiten Rasen und esse ein Sandwich zum Frühstück. Die Qualität des Kaffees ist mäßig.

Bis zum ausgetrockneten Flußbett hinunter stehen alte und dichtbelaubte Bäume, zwischen denen elegante Holz-Chalets auf Stelzen postiert sind. Das Wasser im nierenförmigen Pool schimmert hellblau in der Morgenkühle. Das rhythmische Zischen der Rasensprenganlage und das entfernte Geklapper von Geschirr mischt sich mit dem Gezwitscher der Vögel und dem leichten Rauschen des Windes in den Baumwipfeln. Ab und zu ein lautes Prasseln, wenn das Wasser auf die Steinplatten des Gehweges niedergeht.

Guter englischer Country-Stil. Ein zivilisierter Park inmitten der Wildnis. Sie haben mir befohlen, den Touristen zu spielen, und ich fange an, daran Gefallen zu finden.

———— *Drei Menschen wurden in Gaborone getötet und zwei verletzt, als eine Bombe in einem Minibus mit südafrikanischem Kennzeichen auf einem Parkplatz explodierte. Das Außenministerium in Pretoria bestritt jede Verantwortung.*

Es gab keinen Zweifel, daß Botswana, Mosambik, Swaziland und Simbabwe die Infiltrationsrouten für die Widerstandskämpfer des ANC waren.

Mysteriöse Sprengstoffanschläge in Städten wie Harare, Gaborone und Lusaka wurden von Pretoria als interne Machtkämpfe innerhalb der Widerstandsbewegungen interpretiert.

Zurück nach Kasane. Tiefer in die Tierparks. Der Toyota arbeitet zuverlässig die Kilometer ab. Ich bringe die Straßensperren hinter mich, ohne aufgehalten zu werden.

Eine Stunde vor dem Ziel sehe ich das schwarze Ungetüm auf der Straße. Der Elefant ist riesig. Es muß ein Bulle sein. Mit schwingenden Rüsselbewegungen zupft er Gras und frißt. Seine Bewegungen sind träge. Die Ohren bewegen sich wie Fächer in der flirrenden Hitze.

Ich nehme das Gas etwas zurück und ziehe mit sechzig Stundenkilometern und klopfendem Herzen an dem Tier vorbei, das sich schwerfällig vom Asphalt in den Busch zurückzieht.

Detlef Blettenberg, geboren 1949 im Westerwald, arbeitete als Entwicklungshelfer in Lateinamerika und Thailand. Für seinen letzten Roman «Farang» (Ullstein) wurde er mit dem Deutschen Krimi-Preis 1989 ausgezeichnet.

Christine Grän

Gott in Wollo

Manchmal komme ich mir vor wie der liebe Gott. Ich kann doch nicht sagen: Du hier kriegst 'ne Chance. Dich bringe ich ins Krankenhaus. Aber dich muß ich aufgeben. Wer bin ich denn? Und wo sind wir hier?»

«In Wollo», erwiderte Otto automatisch, während er mit den Fingern den klebrigen Maisbrei aus der Schüssel in eine Gemüsetunke und anschließend in seinen Mund befördert. Es störte ihn nicht, daß brauner Saft aus seinen Mundwinkeln auf das T-Shirt tropfte. Vielmehr irritierte ihn Elviras Märtyrermiene, ihre fettigen Haare, die teigige Figur in dem Sack, den sie als Kleid trug.

Gott sei Dank ist sie nicht mit mir verheiratet, dachte Otto. Ich jedenfalls würde ihr sagen, daß sie nicht wie ein ungepflegtes Warzenschwein herumlaufen muß, bloß weil wir hier im afrikanischen Busch sitzen. Im tiefsten Busch. Aber den armen Jörg schien ihre Erscheinung ja nicht zu stören: Jörg Hansen, Elviras Angetrauter, Diplom-Landwirt, Projektleiter in Wollo.

«Es muß furchtbar sein, solche Entscheidungen treffen zu müssen», meinte der Projektleiter jetzt. Er sah dabei Otto an, dessen Tischmanieren er nicht mehr lange ertragen konnte. Nicht nur die Manieren, den ganzen Mann. Seit zwei Jahren waren sie nun in Wollo, zu unterschiedliche Charaktere auf zu kleinem Raum. Manchmal war es Psychoterror.

«Ist noch Bier da?» Es war so heiß im Haus, daß eine Bewegung hin zum Paraffin-Kühlschrank eine Qual gewesen wäre. Elvira schüttelte langsam den Kopf. Das trübe Licht über dem Eßtisch flackerte. Es wird nicht mehr lange dauern, dachte Otto, bis der Generator seinen Geist aufgibt. Und dann brauchen sie mich wieder, der Herr Landwirt und seine Krankenschwester. Mutter Theresa, wie er Elvira insgeheim nannte. Mutter Theresa, die von der letzten Versorgungsfahrt nach Djuba wieder jede Menge Scheiße, aber nicht genügend Bier mitgebracht hatte. Elvira und ihr entwicklungsgefälliges Walten in der Krankenstation von Wollo. Die Guten ins Töpfchen…

«Ich kann nicht jeden Tag an die 50 Leute behandeln. Und Ernährungskurse abhalten. Mich um die Schwangeren kümmern. Die Schwerkranken nach Djuba ins Krankenhaus fahren. Ich habe nur zwei Hände. Ich bin auch nur ein Mensch.»

Jeden Abend das gleiche Lied, dachte Otto. Elvira jammert uns von ihren Kranken vor, Jörg mosert über die tumben Bauern, die seine biologisch-dynamischen Anbauweisen nicht kapieren wollen, und ich, nur der Mechaniker in der gelehrten Runde, referiere über die Schwierigkeiten des Brunnenbaus. Und das Ganze nennt man dann ein integriertes ländliches Entwicklungsprojekt.

Wenn es nicht so verdammt heiß wäre. Jetzt, in der regenlosen Zeit, trocknete der Schweiß auf der Haut, die so rissig wurde wie die Erde rings um das Dorf Wollo. Nichts als gottverdammte ausgelaugte Erde, ausgelaugte Viecher, ausgelaugte Menschen. Zwei Jahre Wollo, das war wie ein Vorgeschmack der Hölle.

Nichts bewegte sich in dem kleinen Raum außer Elvira, die mit hektischen Bewegungen eine Zigarette rauchte. Auch der Zigarettenvorrat ging zur Neige. Die Zivilisation, die nächsten Läden, das Krankenhaus, der kleine Flughafen – Djuba –, das waren 300 Kilometer mörderischer Fahrt über Sand- und Schotterpisten. In der Regenzeit war die Straße nicht selten unpassierbar.

In Djuba war auch das Verteilungszentrum für Hilfsgüter, die regelmäßig aus Europa eingeflogen wurden. Denn Wollo war Dürreregion. Nach zwei regenlosen Jahren, in denen Menschen und Rinder wie Fliegen gestorben waren, zunächst unbemerkt und dann auch via Medien, hatte man Wollo für die Entwicklungshilfe entdeckt. Ein nettes kleines Projekt: Weil man die 150 Familien ja nicht ewig durchfüttern konnte, wurden sie jetzt mit Mais, Öl und Trockenbohnen entlohnt, gegen Arbeit. Arbeiten mußte schließlich jeder, auch in Deutschland. Im Gegenzug einer von Ernährungswissenschaftlern ausgetüftelten Ration bauten sie Lagerhäuser, nicht zu vergessen die Hütten der Entwicklungshelfer, das Büro, zur Zeit einen Brunnen.

Nicht ohne Häme beobachtete Otto, wie der Diplomlandwirt versuchte, die Bauern auf seinen Öko-Trip zu bringen. Die Bauern, dachte Otto, sind auf gar keinem Trip. Die brauchen was zu fressen, das Fressen kommt aus Germany, und deshalb tun sie, was Jörg ihnen sagt. Jörg nannte das dann Überzeugungs- und Motivationsarbeit. Jörg war im ständigen Clinch mit dem Landwirtschaftsberater, den die Regierung nach Wollo geschickt hatte, denn der fuhr voll auf Agrochemie ab.

Otto hingegen war auf dem Trip der schleichenden Resignation. Wenn wir weg sind, sagte er oft, werden sie in Wollo ihre Felder so anbauen wie vorher, die Bäume abholzen und die Krankenstation verkommen lassen. Auch der Brunnen wird irgendwann seinen Geist aufgeben. Alles wird wieder so sein wie zuvor. Bis auf das Transistorradio, das sich der Dorfvorsteher angeschafft hat. Irgendwann waren ein paar Säcke Zement verschwunden.

Die tausend Geräusche einer afrikanischen Nacht, eingefangen in einem stickigen Zimmer. Otto rieb sich seinen Bauch, der seit einigen Tagen schmerzte. Nichts Ernstes, es konnten Verdauungsstörungen sein, ausgelöst durch Elviras Fraß. Aber für jemand, der sich auf seine Robustheit und Widerstandsfähigkeit etwas einbildete, waren die Schmerzen zumindest irritierend. Er hatte absolut keine Lust, Elvira um Rat zu fragen.

Zwei Männer und eine Frau, die der Zufall an einem Ort mit Namen Wollo zusammengeführt, zusammengeschweißt hatte. Es gab kein Ausweichen, außer man legte sich ins Bett und versuchte zu schlafen. Null Abwechslung, dachte Otto, außer man legte sich auf Miriam, die im Dunkel der Nacht nicht mehr so schwarz und in jedem Fall willig und sein Hausmädchen war.

«Fehlt dir was?» fragte Jörg in das aggressive Schweigen hinein. Er bekam keine Antwort. Tippte auf das lokale Bier, das sie in Wollo brauten, ein hochprozentiges, abscheuliches Gesöff, das die Männer des Dorfes in sich hineinzogen wie die Medizin, die Elvira verabreichte, solange Vorrat da war.

«Ich mußte heute wieder jede Menge Kinder gegen Durchfall behandeln. Und das alles kommt von dem verschmutzten Wasserloch. Kannst du mir mal sagen, wann der Brunnen endlich fertig ist?» Elviras Stimme war anklagend, und sie meinte es auch so. Seit Monaten sollte der Brunnen schon fertig sein, aber ständig gab es irgendwelche Pannen, für die Otto immer irgendwelche Erklärungen hatte.

«Die Metallschalungen, die Jörg angefordert hatte, paßten nicht. Ich mußte dran rumfummeln.» Otto säuberte sich mit dem Zahnstocher die Fingernägel, ignorierte den anklagenden Ton.

Typisch, dachte Jörg. Schuld sind bei ihm immer die anderen. Wahrscheinlich hat er mir die falschen Maße gegeben.

Otto mit dem Zahnstocher im Mundwinkel: «Außerdem sind die seit Jahrzehnten an ihrem Dreckwasser krepiert, meine liebe Elvira. Das Sterben gehört zu diesem gottverdammten Ort. Das dröge Leben und das dröge Sterben. Und du wirst das kaum ändern können.»

«O doch. Wir können etwas verändern, und das weißt du ganz genau. Aber ich leiste hier Sysiphusarbeit, solange die das unhygienische Wasser trinken. 75 Prozent aller Krankheiten gehen darauf zurück.»

«Ei, ei, unsere Krankenschwester erstellt nette kleine Statistiken für die Zentrale.» Otto grinste, und der Zahnstocher fiel auf den Tisch. «Dann mußt du deinen Weibern eben noch öfter erzählen, daß sie das Wasser abkochen, so wie wir.»

Er ist ein Prolet, dachte Jörg. Und er weiß genau, daß die bei der Brennholzknappheit nicht auch noch Wasser abkochen. Es gab Abende, so wie diesen hier, da haßte er Otto mit einer Intensität, gegen die Vernunft und humanistisches Rüstzeug nicht ankamen. Dann wieder tat er ihm leid, dieser zähe, kleine Kerl, der nur deshalb in Wollo hockte, weil er nicht zum Bund wollte. Negativ, zynisch, aggressiv: Wenn es stimmte, daß Afrika das Beste oder Schlechteste in einem Menschen hervorbrachte, dann traf auf Otto gewiß das letztere zu. Er sah, daß Elvira sich nur mühsam beherrschte.

«Wenn ich die zwei Männer, die bei deinen Schachtarbeiten verletzt wurden, nicht ins Krankenhaus gebracht hätte, wären sie unter Garantie gestorben.»

Otto tastete mit den Fingern seine harte Bauchdecke ab. Bloß nicht wehleidig sein. «Na und», erwiderte er: «Vierzehn Stunden Fahrt mit unserem einzigen fahrtüchtigen Lkw, nur weil du mal wieder den lieben Gott spielen mußtest. In der Zeit, in der du weg warst, ist deine Lieblingsschwangere zur traditionellen Hebamme gegangen und dort krepiert. So war es doch, oder? Die Rechnung geht nie auf, bloß du kapierst es nicht.»

Es war schwer, die schief eingesetzte Holztür zuzuwerfen, aber

Otto schaffte es. Er knipste seine Taschenlampe an, um nicht im Dunkeln auf Schlangen zu treten, und stapfte zum Generator-Haus, um die Maschine abzustellen. Mußte Elvira eben im Kerzenlicht Geschirr spülen, war ja nicht sein Problem. Denn der Herr Projektleiter gestattete seiner Frau aus entwicklungspolitischen Gründen nicht, ein Hausmädchen einzustellen. Mußte die Gute eben, nach acht Stunden in der Krankenstation, noch putzen und kochen und waschen. Bloß nicht die Schwarzen ausbeuten, dachte Otto zynisch: bei der eigenen Frau sieht es farblich besser aus.

Er nickte kurz Abraham zu, der in der Dunkelheit an ihm vorbeischlich. Der Landwirtschaftsberater. Ein faules Schwein, in Ottos Augen. Aber so was durfte man ja nicht laut sagen. Nicht in Wollo.

Otto, der über die niedrige Mauer vor seiner Hütte gestolpert war und fluchend die Haustür aufsperrte, sah natürlich nicht, daß Abraham stehengeblieben war und ihn beobachtete. Auch dessen Gedanken konnte er nicht lesen. Der Landwirtschaftsberater der Regierung hatte zwei Augen auf das Mädchen Miriam geworfen. Eine Ehre für einen Bauerntrampel, von einem Mann aus der Stadt begehrt zu werden. Aber dieses Mädchen schlich sich nachts in die Hütte des weißen Zwerges. Also mußte er, Abraham, Rat beim Juju-Mann suchen. Medizinisch-mystischen Rat.

«Er hat was mit seinem Hausmädchen, dieser Miriam. Das wissen doch längst alle im Dorf. Sie wissen immer alles über uns.

Und eine der Frauen erzählte mir heute, daß Miriam sich Hoffnungen macht. Du weißt schon, daß er sie heiratet und mitnimmt.»

Elvira hatte die Kerze angezündet und die beiden letzten Bierflaschen, die sie Otto verheimlicht hatte, aus dem Kühlschrank geholt. Es war zu heiß, schon ins Bett zu gehen, und sie war zu wütend, um müde zu sein.

Jörg streichelte ihre Hand. «Reg dich nicht auf, Liebste. Wir müssen seinen Aggressionen mit kühlem Kopf begegnen.»

Und ihm noch die andere Wange hinhalten, du Schlappschwanz. «Warum schreibst du der Zentrale nicht, daß sie ihn von hier abziehen? Otto ist für Wollo völlig ungeeignet. Mit seinem sozialen Verhalten schadet er dem Projekt und gefährdet unsere Arbeit.»

Elvira und ihre impulsiven Handlungsweisen. Jörg schüttelte

den Kopf. «Die in der Zentrale haben andere Pobleme; die sind an Projektfortschritten interessiert. Außerdem brauchen wir hier einen Mechaniker.»

Wir brauchen mehr, dachte sie. Wir brauchen zuviel Kraft, all das durchzuhalten, ohne den Glauben zu verlieren, daß es das wert war. Jörg glaubte. Otto nicht. Elvira tat, was sie konnte, aber es war nie genug. Und es war die eigene Ohnmacht, die einen kaputtmachte, mehr noch als die äußeren Umstände. Ottos gemeine Bemerkungen waren wie Salzsäure auf ihrer Haut.

«Ich sage dir, es wird Zoff geben wegen dieses Mädchens. Nicht auszudenken, wenn sie schwanger würde. Und wer müßte es ausbaden? Du und ich, nicht Otto.»

Man müßte zum Juju-Mann gehen können und Otto wegzaubern können, dachte Jörg, als sie schon im Bett lagen, unter dem Moskitonetz, das sich in seinen Alpträumen in weiße Spinnweben verwandelte. Otto, der bei den Saufabenden im Dorf mittrank und damit jeden Respekt verspielte. Otto, der die Leute anbrüllte, wenn ihm danach war, so wie ein verdammter Kolonialist.

«Was soll das heißen, die Leute kommen heute nicht zur Arbeit?» Otto merkte, daß er zu laut sprach. Dies war schließlich der Dorfvorsteher, in Wollo ein Mann mit Macht und Einfluß.

Der Dorfvorsteher drehte sich einfach um und ging von der Baustelle weg in Richtung seines Hauses. Hatte der boshaft gelächelt, oder war es nur eine Täuschung der Sonne? Otto war stinksauer, und außerdem hatte er Bauchschmerzen. An diesem Morgen hatte er sich zum erstenmal übergeben. Daß es ihm schlecht ging, merkte sogar Abraham, der neben ihm stand und normalerweise weißen Gesichtern nichts entnehmen konnte.

«Sie kommen nicht zur Arbeit, weil sie gehört haben, daß die Lebensmittelrationen ausgegangen sind, Mister Otto. Keine Lebensmittel, keine Arbeit. Sie sind draußen, um die Tiere auf die Weide zu treiben.» Abraham lächelte entschuldigend.

Woher zum Teufel wußten die, daß das Lager fast leer war? Otto starrte Abraham an, spürte das Messer in seinem Bauch. Ein Schmerz wie ein Messer. «Die letzte Lieferung hat sich verzögert, und die nächste Ladung kommt erst in 14 Tagen nach Djuba», sagte er. Er sagte nicht, daß es nicht sein gottverfluchter Brunnen war, an dem sie da bauten, sondern IHRER.

«Aber sie wissen doch, daß sie dann die Rationen hinterher kriegen. Und er ist fast fertig, EUER Brunnen. Wenn wir nicht weitermachen, wird die Zementmischung zu trocken und... ach leckt mich doch alle...»

Mann, war ihm übel. Was war bloß mit ihm los? War er doch nicht immun gegen all die Krankheiten, die in Wollo trotz Mutter Theresa grassierten? Otto ließ Abraham einfach stehen, ging zu dem Lehmbau, der als Projektbüro fungierte.

Jörg Hansen, der gerade einen Projektfortschrittsbericht mit zwei Fingern in die altersschwache Maschine tippte, hörte sich die Brunnengeschichte schweigend an.

«Du hast es eben versäumt, die Leute zu motivieren, sie für ihren Brunnen zu begeistern», meinte er schließlich mit mildem Tadel in der Stimme.

«Und du hast die Lieferung der Nahrungsmittel nicht rechtzeitig angefordert.» Otto wußte, daß es nicht stimmte. Sollte er diesem Entwicklungsapostel erklären, daß die Männer von Wollo gar keinen Brunnen wollten, weil sie glaubten, daß die Frauen dann zuviel Freizeit hätten und auf dumme Gedanken kämen... O-Ton Miriam. Miriam sagte, daß es den Männern lieber war, wenn die Frauen täglich drei Stunden zur Wasserstelle unterwegs waren.

Während Jörg ihn ratlos anstarrte, dachte Otto an die Heilkräuter, die Miriam ihm am Vortag gebracht hatte. Sie hatten nicht geholfen, auch auf Juju-Männer war heutzutage kein Verlaß mehr. Miriam? Er hatte plötzlich die Vision, wie Miriam ihn langsam vergiftete, wie sie Glassplitter zerstampfte und das Pulver in sein Frühstück streute...

Ach Quatsch. Otto rief sich zur Ordnung. Es war eine Unpäßlichkeit, mehr nicht. Nun fiel er auch schon der afrikanischen Dramatik anheim, die alle Gesetze der Logik und Vernunft außer Kraft setzte.

«Wir werden eine Dorfversammlung einberufen und die Brunnenfrage aufwerfen.» Jörg wandte sich wieder der Schreibmaschine zu.

«Und da werden sie über alles mögliche palavern und natürlich zu keiner Entscheidung kommen. Die Scheiße kennen wir schon.»

Otto merkte, daß Jörg ihm gar nicht mehr zuhörte. Er ging schweigend. Er ging zu seinem Haus. Keine Lebensmittel, keine

Arbeiter: Das beste war, sich ins Bett zu legen und die letzte Whiskyflasche zu leeren. Immerhin nahm er sich vor, Elvira beim Abendessen um krankenschwesterlichen Rat zu fragen.

Aber Elvira war nicht ansprechbar an diesem Abend, an dem sie Maisbrei und Wild auf den Tisch brachte. Das Fleisch sieht aus wie Rattenfleisch, dachte Otto, dem wieder schlecht war. Elvira aß lustlos. Sie sah abgekämpft aus, blaß selbst unter der gerbenden Bräune.

Elvira sagte: «Ich brauche den Lkw.»

«Nein.» Jörg und Otto hatten mit einer Stimme gesprochen und sahen sich überrascht an: der kleine Dunkelhaarige und der große Rothaarige, dessen Sommersprossen sich nie zu gleichmäßiger Bräune verbanden. Sie waren selten einer Meinung, die beiden Männer.

«Es ist zu gefährlich», sagte Jörg in dem Tonfall, den er bei Dorfversammlungen einsetzte, um zu überzeugen. «Es sollen Rebellen in der Gegend sein. Warum willst du jetzt nach Djuba?»

Elvira hatte jenen bedrohlich eigensinnigen Zug um den Mund, den Jörg aus vielen Diskussionen kannte. «Ich muß nach Djuba», sagte sie. «Reginah braucht einen Kaiserschnitt. Es ist ihre erste Geburt, und es wird unter Garantie Komplikationen geben. Wenn ich sie nicht ins Krankenhaus fahre, wird das Baby sterben. Und vielleicht auch die Mutter. Ich kann hier keinen Kaiserschnitt machen. Ich bin kein Arzt.»

«Dann kannst du auch nicht wissen, ob deine Diagnose stimmt.» Otto schob seinen Teller angewidert weg. Dieser verdammte Brechreiz. Sie waren wieder da, diese Schmerzen, die ihn zu den unsinnigsten Verdächtigungen veranlaßten. «Außerdem müssen wir in 14 Tagen nach Djuba, um die Ladung abzuholen. Dein guter Mann hat dir sicher erzählt, daß die Jungs sich weigern, am Brunnen weiterzuarbeiten, wenn sie keine Lebensmittel mehr kriegen. Unsere schwarzen Brüder sind wieder unheimlich motiviert.»

Rassistenschwein! Elvira räumte Ottos Teller mit so heftigen Bewegungen ab, daß ein Teil der Sauce auf seine nackten Beine tropfte. «Dann fahren wir eben zweimal nach Djuba. Basta.»

Konflikte, die ausgetragen werden mußten. Jörg war sich darüber im klaren, aber es waren zu viele Konflikte auf zu vielen Ebenen. «Vielleicht», meinte er schlichtend, «kann ich das Mädchen fahren. Ich versuche dann, in Djuba Benzin zu bekommen.»

«Eben.» Ottos Stimme war nicht so sanft. «Und wenn es kein Benzin gibt, sitzt du in Djuba fest. Für zwei Fahrten reichen unsere Benzinvorräte nicht. Außerdem ist die Karre am Zusammenbrechen. Nee, kommt überhaupt nicht in Frage.»

«Willst du, daß das Mädchen stirbt?» Elviras Stimme war gepreßt vor Zorn. Auf Otto, aber auch auf Jörg, der immer nur quasselte, statt auf den Tisch zu hauen.

«Natürlich nicht. Aber DU spielst mal wieder den lieben Gott. EIN MÄDCHEN, verdammt. Wir haben 150 Familien in Wollo. Wir müssen einen Brunnen bauen. Wir müssen in 14 Tagen die Getreidesäcke abholen. Wenn wir nicht pünktlich in Djuba sind, wenn irgendwas mit der Karre ist, dann gute Nacht. Dann verschwindet die Ladung irgendwo in Djuba, und hier läuft gar nichts mehr. Geht das nicht in dein Krankenschwester-Hirn, daß wir in diesem Scheißprojekt Prioritäten setzen müssen. Zum Beispiel die, daß der Brunnen endlich fertig wird. In fünf Wochen kommen Projektprüfer nach Wollo. Dann muß der dastehen, verstehst du.»

Otto hielt erschöpft inne. Er war schweißgebadet, von der Hitze und den Schmerzen. Und diese Kuh saß ihm gegenüber, und ihr Gesicht war leer. Sie hatte mal wieder nichts kapiert.

«So ganz unrecht hat er nicht, weißt du.» Jörg stand an der Spüle, die Otto konstruiert hatte. «Für meine Baumschule wäre es auch eine Katastrophe, wenn die Leute die Zäune nicht hochziehen. Und wir müssen auch an die Prüfer denken.»

Elvira dachte an das Mädchen, das noch zu jung war, um eine perfekte Gebärmaschine zu sein. Sie sah ihr Gesicht vor sich, diese Hingabe an das, was die hier als ihr Schicksal empfanden.

«Ihr könnt sagen, was ihr wollt. Ich fahre trotzdem.»

«Nein», sagte Otto zum zweitenmal. «Du wirst nicht fahren. Du kannst gar nicht, weil die Kiste nicht startet. Ich werde ein paar Tage brauchen, sie zu reparieren.»

Er wußte, daß es eine Lüge war. Die anderen auch? Otto stand auf und verließ diesen Raum der ungelösten Konflikte. Er ging schnurstracks zum Lkw und baute im Schein der Taschenlampe die Zündkerzen heraus. Nun war aus der Lüge Wahrheit geworden.

Miriam wartete in seinem Bett, doch er warf sie hinaus. «Deine

Kräuter helfen nicht», sagte er zu ihr, «und außerdem wirst du mir langsam zu fett.» Warum lächelte die so? Verdammtes schwarzes Gesicht mit den gelben Augen einer räudigen Katze. Was gab es in dieser Situation zu lächeln? Seine Bauchdecke fühlte sich an wie ein Grabstein. Die Whiskyflasche war fast leer. Miriam hatte sich davongeschlichen, und er war allein mit seiner Schlaflosigkeit, den Schmerzen und der Angst. Geräusche kamen von draußen, das Heulen von Hunden. Das Gefühl, recht zu haben, schmeckte so bitter wie der letzte Schluck Whisky.

Die nächsten Tage erlebte Otto in einem Nebel aus Schmerztabletten und Antibiotika. Er war nicht mehr aus seinem Bett gekommen, an dessen Füßen Miriam saß, wenn sie nicht Tee machte oder draußen mit den anderen Frauen in schrillen Tönen ihrer Sprache sprach, die er nicht verstand. Miriam hatte die Krankenschwester geholt. Elvira, die mit ausdruckslosem Gesicht seine Bauchdecke abtastete. Die ihm sagte, es sei vermutlich eine Blinddarmentzündung, aber genau könne sie es auch nicht sagen. Elvira, die ihm wenigstens die Schmerzen nahm mit ihren Pillen. Mutter Theresa, einmal ohne Ironie gedacht.

Es war Jörg, der ihm bei seinem Krankenbesuch erzählte, daß jenes Mädchen und ihr Baby bei der Geburt gestorben seien. «Aber sie ist nicht zu Elvira gegangen, sondern zur traditionellen Hebamme. Es war nichts zu machen.»

«Und nun glaubt Elvira, daß ich schuld bin?»

«Aber nein.» Jörg lächelte beruhigend. «Sie hat schon verstanden, daß das mit dem Nachschub wichtig ist. Außerdem sind auch Medikamente dabei, die sie dringend braucht.»

Es war irgendwie beruhigend, daß sie ihm nichts nachtrug. Otto lächelte fast dankbar. «Wenn's mir besser geht, mache ich den Lkw startklar. Und wenn wir den Jungs in Djuba unser Zeug entrissen haben, werde ich wohl ins Krankenhaus müssen. Im schlimmsten Fall müßt ihr ohne mich zurückfahren.»

«Unbedingt.» Jörg blickte Miriam an, während er das sagte, und er wunderte sich über ihren glücklichen Gesichtsausdruck. Dazu bestand nun wirklich kein Anlaß. Otto schien wirklich krank zu sein. «Du, ich muß jetzt weg. Ich habe übrigens eine Wache an den Brunnen gestellt, damit nichts geklaut wird.»

«Gut.» Otto schloß die Augen wieder, denn die vielen Tabletten machten ihn furchtbar müde. Nun wußte er auch, wozu Miriam gut war: an seinem Bett zu sitzen und ihm kühle Luft zuzufächeln.

«Wenn es wirklich eine Blinddarmentzündung ist, müßte er unbedingt ins Krankenhaus, bevor es zu einem Durchbruch kommt.» Elvira saß erschöpft in dem einzig bequemen Stuhl ihres Hauses und trank abgekochtes Wasser aus dem Kühlschrank.

«Ja wenn...» Jörg blickte von seinen Abrechnungen hoch. «In acht Tagen fahren wir ohnehin nach Djuba.»

Sollte sie Jörg erzählen, daß es in acht Tagen zu spät sein konnte? Elvira starrte auf ihre geröteten Hände, die brüchigen Fingernägel. Zuviel Arbeit, es war einfach zuviel. Und immer dieselben Geschichten: Infektionen, Guinea-Wurm, Lungenentzündung, Malaria, Durchfall, Blutarmut, Mangelernährung. Vielleicht hat Otto doch recht, dachte sie: Was konnte ein einzelner schon tun in diesem Meer von Armut und Schmutz und Unwissenheit? Wer in Wollo überleben wollte, mußte stark sein, aber auch demütig. «Kannst du den Lkw denn reparieren, Jörg?»

«Ich kann es zumindest versuchen. Meinst du, wir sollten doch früher fahren, wegen Otto?»

Elviras Gesichtsausdruck war seltsam. Bin ich denn der liebe Gott? dachte sie. Woher soll ich wissen, was falsch ist und was richtig? Vielleicht hat er bloß eine Magenverstimmung, der arme Otto. Und hatte er nicht selbst gesagt, daß man Prioritäten setzen muß? Ich werde in der Krankenstation gebraucht, da kann ich nicht über eine Woche in Djuba bleiben. Zwei Geburten stehen an, und ich muß dieser Hebamme beweisen, daß ich es besser kann. Außerdem würden Jörgs Setzlinge eingehen, wenn er weg ist, weil keiner da ist, sie zu begießen und vor Ziegen zu schützen. Wo er doch so stolz ist auf seine Baumschule. Nein, auch Jörg kann nicht weg von hier. Man mußte Prioritäten setzen.

Wenn es diesen Gedanken gab, den undenkbaren, so unterdrückte sie ihn sofort: Es gab auch noch andere Techniker, die man nach Wollo schicken konnte, wenn Otto...

«Nein», antwortete Elvira nach langer Pause. «Ich bin zwar kein Arzt, aber ich glaube nicht, daß es nötig ist, früher zu fahren.»

Auch Ärzte hätten irren können. Drei Tage später starb Otto nach einem Blinddarmdurchbruch. Die qualvollen Schmerzen hatte Elvira zumindest lindern können, mit Morphium. So dankbar war Otto ihr dafür gewesen. Das letzte, was sie ihm sagte, als er noch klar war: «Jörg hat den Lkw repariert. Wir werden also pünktlich in Djuba sein.»

Diese deutsche, so unafrikanische Zeitbestimmung hatte nun für Otto keine Bedeutung mehr, da er Wollo in einem Holzsarg verließ. Sein Brunnen wurde nie fertiggestellt, weil eine Weile später sein Nachfolger an einer neuen Stelle bohrte und baute. Die Regenzeit begann in Wollo mit unerwartet heftigen Schauern und überflutete die Felder und die kleine Baumschule. Jörgs kleine Bäume hatten keine Chance. Leben und Sterben in Wollo. Nichts hatte sich geändert, außer Elvira, die seit Ottos Tod stiller, abgeklärter geworden war.

Jörg dachte manchmal, daß es Depressionen waren. Von seinem Bürofenster aus sah er Miriam, die aus der Richtung kam, in der der Juju-Mann lebte.

Miriam preßte ihre kleine Hand um ein Bündel Kräuter, die sie soeben gegen eine Ziege eingetauscht hatte. Ein teures Honorar für den Juju-Mann, denn ihre Eltern mußten auch noch den Brautpreis für ihre Heirat mit Abraham aufbringen. Teuer auch, weil man nicht sicher sein konnte, ob die Kräuter wirkten. Aber versuchen mußte sie es. Nicht wegen Otto, der war schon weit weg. Vielmehr glaubte sie nicht mehr daran, daß diese Krankenschwester gut für Wollo war. All diese Pillen und Spritzen, und sie hatte es nicht einmal geschafft, einen Weißen am Leben zu erhalten. Wo man doch wußte, daß die so stark waren. Mal sehen, ob die Krankenschwester stark oder schwach ist, dachte Miriam. Wenn sie schwach ist, ist es besser, wenn sie für immer aus Wollo verschwindet.

Christine Grän, geboren 1952 in Graz, war nach dem Studium Redakteurin, ehe sie für fünf Jahre nach Botswana ging. Seit 1985 lebt sie wieder in Bonn als freie Journalistin und Autorin. Ihre letzten Romane: «Dead is beautiful» (Nr. 2944, rororo thriller), «Die kleine Schwester der Wahrheit» (Econ) und ein Band mit Stories «Ein mörderischer Urlaub» (Nr. 2950).

Jochen Schürmann

Kulinarische Rundreise

(Telefax der Polizeipräfektur in Antananarivo in Madagaskar an Interpol Paris)

20. November 1989

Verehrter Herr Oberkommissar,
Ihrer Bitte um Amtshilfe bei der Observation einer Personengruppe, die sich «Des amis de la cuisine extraordinaire», kurz A. C. E., nennt, sind wir im Rahmen unserer begrenzten Möglichkeiten nachgekommen. Die einzelnen Abschnitte unseres Berichtes entsprechen in Folge und Inhalt der Numerierung Ihrer Fragen.

1 Ihre Ankündigung war richtig, alle 18 von Ihnen genannten Personen sind am 12. dieses Monats mit Flug Nummer AF-1625, aus Paris kommend, auf dem Zentralflughafen Ivato eingetroffen. Von den übrigen 31 Passagieren dieses Fluges waren lediglich 9 schweizerischer, deutscher oder französischer Nationalität, und zwar eine männliche Person aus der Schweiz, eine weibliche und 2 männliche Personen aus Deutschland sowie 2 weibliche und 2 männliche Personen aus Frankreich.

2 Auf dem Einreiseformular gaben die A. C. E.-Mitglieder an: «1 Woche A. C. E.-Zusammenkunft, anschließend touristische Rundreise.»

Überraschenderweise nannte eine weitere Person, ein gewisser Jean-Paul Masret aus Genf, genau den gleichen Grund für seine Einreise. Dies und unsere weiteren Beobachtungen lassen den Schluß zu, daß es inzwischen 19 A. C. E.-Mitglieder gibt.

3 Das Gepäck dieser 19 Personen ist kontrolliert worden. Mit Ausnahme von zwei Koffern enthielten die Gepäckstücke den üblichen Reisebedarf an Kleidung und Gegenstände des persönlichen Bedarfs.

Der Inhalt der beiden anderen Koffer ließe sich kurzgefaßt mit «Kochgeräte und Küchenbedarf» bezeichnen. Im einzelnen handelte es sich jeweils um ein größeres Sortiment Schneidmesser, ein Küchenbeil und eine Knochensäge, ferner um unterschiedliche Mengen getrockneter Kräuter und flüssiger Substanzen verschiedener Art, deren Behältnisse teils beschriftet, teils unbeschriftet waren. Alle diese Gegenstände waren gebraucht bzw. benutzt, eine genauere Untersuchung wurde jedoch nicht vorgenommen.

Einige der genannten Gegenstände hätte man auf Grund ihrer Größe oder Beschaffenheit als Waffen bezeichnen können, deren Einfuhr verboten ist. Die Besitzer dieser beiden Koffer waren jedoch nicht nur «Des amis de la cuisine extraordinaire», sondern nachweislich auch Berufsköche, deren «Arbeitsgeräte» wir zur Einfuhr freigeben mußten.

4 Vom Flughafen begab sich die zu observierende Gruppe in Taxis direkt zu einem Hotel mit dem Namen «Les tulipes rouges». Dies ist ein älteres Hotel aus der Kolonialzeit mit etwa 50 Betten und einem Restaurant. Das Restaurant ist seit mehr als zwei Jahren geschlossen und das Hotel, freundlich ausgedrückt, ein wenig heruntergekommen, wurde es kaum von ausländischen Touristen besucht.

Etwa zwei Stunden nach Eintreffen der Reisegruppe verließ das Hotel als erster der Besitzer, ein Inder namens Swami Butram. Er wurde von einem unserer Leute beschattet, was sich jedoch bald als überflüssig erwies, denn er begab sich geradewegs hierher, also zur Polizeipräfektur, um die 19 Meldezettel seiner Hotelgäste zu überbringen, welche korrekt und vollständig ausgefüllt waren, wie ein späterer Vergleich mit den Einreiseformularen der Flughafenpolizei ergab.

5 Ich konnte es so einrichten, daß ich wie durch Zufall Herrn Butram begegnete, als dieser gerade die Präfektur verließ. Da sich Herr Butram und ich, wenn auch nur flüchtig, persönlich kennen, ergab sich ein Gespräch ganz von selbst, und ich konnte auf ein offizielles Verhör verzichten. Die Geschichte mit seinen Hotelgästen schien Herrn B. dermaßen zu verwundern und zu belustigen, daß er froh zu sein schien, sie endlich jemandem erzählen zu können. Hier die Fakten: Ihre Vermutung trifft zu, das Hotel «Les tulipes rouges»

ist tatsächlich zum Verkauf angeboten worden, und zwar vor etwa vier Monaten durch eine entsprechende Annonce in der Fachzeitschrift «Hotellerie international». Es meldeten sich – neben anderen Interessenten – auch die A. C. E.

Sie teilten Herrn B. mit, daß sie sein Hotel zwar nicht kaufen wollten, jedoch eventuell daran interessiert seien, das Hotel vor dem endgültigen Verkauf für eine Woche und «zum Zwecke der Durchführung einer geschlossenen Veranstaltung», wie sie sich ausdrückten, zu mieten. Personal benötigten sie nicht, ganz im Gegenteil sei ihre wichtigste Bedingung, daß das Hotel während dieser Woche von keiner fremden Person, also auch nicht vom Besitzer, betreten werden dürfe. Über alles andere, auch eine angemessene Kaution, ließe sich reden. Herr B. ließ ebenfalls mit sich reden, und die Mitglieder der A. C. E. sind recht generös, ich habe den Vertrag gesehen, der im übrigen völlig korrekt ist. Das Ende der Mietzeit war auf den 19. dieses Monats, neun Uhr morgens, festgesetzt.

Vor der Beantwortung Ihrer weiteren Fragen gestatten Sie mir bitte einige Zwischenbemerkungen.

Ein Hotel Tag und Nacht zu überwachen und dazu noch 19 Personen, die einzeln und in Gruppen, zu Fuß, mit einem Mietwagen und Taxis Einkäufe tätigen und Ausflüge unternehmen, würde einen Polizeiapparat erfordern, über den wir hier einfach nicht verfügen. Dennoch ist die Überwachung beinahe lückenlos gewesen, und das hat zwei Gründe. Erstens halten sich jetzt, nach Beginn der Regenzeit, so wenige weiße Touristen im Lande auf, daß diese wenigen zwangsläufig auffallen und deshalb allein schon aus Neugier von der Bevölkerung ständig beobachtet werden. Zweitens fragte am Morgen des 13. November ein A. C. E.-Mitglied hier auf der Präfektur an, ob wir nicht einen zuverlässigen Dolmetscher empfehlen könnten, da es sich herausgestellt habe, daß Markthändler und Ladenbesitzer häufig kaum Französisch sprechen. Wir haben nicht nur dem Manne, sondern auch uns geholfen, indem wir einen kürzlich pensionierten Polizeibeamten als Dolmetscher empfahlen. Bei dem A. C. E.-Mitglied handelte es sich übrigens um jenen unter Punkt 2 genannten Herrn aus Genf, der dort eine Konditorei besitzt und ein äußerst leutseliger und sympathischer Mensch ist. Ähnlich positiv wurden auch alle anderen Observanten beschrieben.

Wenn ich noch meine ganz persönliche Meinung sagen darf: Ich habe den Eindruck, als habe sich da irgendein Schreibtischhengst in Europa in eine fixe Idee verrannt. Durch meine Ausbildung in Europa weiß ich, daß dort Vermißtenmeldungen zur alltäglichen Routine gehören, und auffällig wäre eher, wenn ausgerechnet während einer A. C. E.-Zusammenkunft *keine* Vermißtenmeldung einginge.

Hier bei uns, da haben Sie völlig recht, sind Vermißtenanzeigen seltener, das liegt jedoch daran, daß wir solchen Anzeigen, ich muß es gestehen, kaum nachgehen, und das wissen die Leute eben. Nun aber zurück zu Ihren Fragen.

6 Außer den zu observierenden Personen hat während dieser 7 Tage niemand das Hotel betreten.

7 Noch am Tag der Ankunft hat eines der Clubmitglieder einen Wagen gemietet. Es handelte sich um einen Peugeot 504 Kombi. Die Ladefläche dieses Wagentyps ist zwar sehr groß, besonders dann, wenn die dritte Sitzbank umgeklappt wird, jedoch ist die Ladefläche durch die Wagenfenster voll einsehbar, wodurch das «Einschmuggeln einer Person» praktisch unmöglich ist. Zum Hotel gehört ein abschließbarer Innenhof, dort wurde der Wagen stets abgestellt, sofern er nicht für Fahrten benutzt wurde.

8 Etwa zwischen abends 18 Uhr und morgens 10 Uhr hielten sich stets alle Clubmitglieder im Hotel auf. Unsere Beobachtungen lassen darauf schließen, daß bezüglich der verschiedenen Aktivitäten täglich eine Art turnusmäßiger Wechsel stattfand. Auch tagsüber haben zwischen fünf und sieben Personen das Hotel niemals verlassen, vermutlich waren es jeweils diejenigen, die für Haus und Küche eingeteilt waren. Eine etwa gleichgroße Gruppe machte die täglichen Einkäufe, und der Rest hatte frei, wenn man das so ausdrükken will. Jedenfalls machten eine größere oder zwei kleinere Gruppen täglich Spaziergänge oder auch längere Ausflüge, teils zu Fuß, teils mit Taxis, und an einem Tage auch mit dem Mietwagen, der sonst von der Einkaufsgruppe benutzt wurde.

9 Die «Einkaufsgruppe», deren Zusammensetzung nie gleich war, holte stets zuerst unseren «Dolmetscher» ab, der nur wenige Minuten vom Hotel entfernt wohnt. Trotz recht guter Französischkenntnisse hatte er häufig Übersetzungsschwierigkeiten, da die jeweiligen Einkäufer oft ein spezielles Vokabular der gehobenen Kochkunst benutzten, das ihm nicht geläufig ist und für das es in Malgache häufig keine entsprechenden Worte gibt. Besonders dann, wenn die Einkäufer ihnen unbekannte Arten von Obst oder Gemüse, von Kräutern oder Gewürzen entdeckten, baten sie um Auskünfte über alle möglichen Arten der Verwendung und Zubereitung.

Ihre spezielle Frage nach dem Fleischeinkauf ist schwierig zu beantworten. Ja, es wurde fast täglich Fleisch eingekauft, Enten, Hühner, ein Kalbskopf, verschiedene Stücke vom Rind und vom Schwein, aber ob dies nun für 19 Personen viel oder wenig war, ist schwer zu sagen, das käme wohl auf die Eßgewohnheiten an.

10 Seit Ankunft der A. C. E.-Gruppe ist weder hier noch in der näheren Umgebung eine Vermißtenmeldung eingegangen.

11 Da die Antwort auf Frage 10 negativ, wurde keine Hausdurchsuchung für das Hotel angeordnet. Auch ein anderer Grund lag nicht vor.

12 Am 19. November begab sich Herr B. zwecks Rückgabe der Mietsache in sein Hotel. Er habe, wie er mir kurz darauf berichtete, das Haus in tadellosem Zustand vorgefunden und daraufhin die Kaution in voller Höhe zurückgezahlt. Während dieser Zeit seien drei vermutlich vorbestellte Taxis gekommen, mit denen die A. C. E.-Mitglieder weggefahren seien, bis auf die letzten vier, welche dann den Mietwagen benutzt hätten.

13 Kurze Zeit später und mit Zustimmung des Besitzers wurde das Hotel von zwei meiner Beamten gründlich untersucht. Sie konnten nichts Verdächtiges feststellen. Ganz im Gegenteil sei es ihnen alles sauberer und ordentlicher vorgekommen, als sie es von gelegentlichen früheren Besuchen her kannten. Küchenabfälle konnten nicht untersucht werden, da außer Eierschalen und einer verbrannten Toastscheibe keine vorhanden waren.

Da Sie nicht darum gebeten haben, die fragliche Personengruppe auch nach Ende der geschlossenen Veranstaltung weiter zu überwachen, betrachten wir unsere Aufgabe nach Übermittlung dieses Berichtes als erfüllt und abgeschlossen.

Zusammenfassend stelle ich fest, daß sich Ihr Verdacht nicht bestätigt hat, zumindest kann als sicher gelten, daß während der A. C. E.-Zusammenkunft im näheren Umkreis niemand auf ungeklärte Weise spurlos verschwunden ist. Dies lag meiner Ansicht nach nicht etwa daran, daß die Herren Feinschmecker aus Europa meine Landsleute nicht besonders appetitanregend fanden, sondern vielmehr daran, daß Ihr Verdacht nur eine fixe Idee gewesen ist.

Trotzdem hoffen wir, Ihnen mit diesem Bericht bei der Wahrheitsfindung helfen zu können.

Mit freundlichem Gruß

gez. Rakoto Amipalao
Oberkommissar

P. S.
Werfe soeben einen Blick auf die gestrige Passagierliste der Flughafenpolizei und entdecke bekannte Namen. Überraschenderweise haben fast alle A. C. E.-Mitglieder ihre Pläne geändert und sind bereits gestern abend nach Paris zurückgeflogen.

Es fehlt der Name des neuen Mitgliedes aus Genf. Der Herr hat offenbar Gefallen an unserem Land gefunden und macht jetzt, wie angekündigt, seine Rundreise.

Jochen Schürmann, geboren 1937, arbeitete in 19 verschiedenen Berufen in 22 Städten, war u. a. Nähmaschinenmechaniker, Hotelportier und Kassierer. Lebt in Hamburg. Dies ist seine erste Kriminalgeschichte.

Peter Zeindler

Abgesang

Eine Erzählung

Der Bus stand weiß und blau und glänzend im Schatten der Platanen. Die Fahrgäste umlagerten ihn in kleinen Grüppchen, zwischen denen meine Mutter geschäftig hin und her eilte, als laste auf ihr die Verantwortung für die einzelnen Passagiere. Die kleinen, kreisrunden roten Flecken auf ihren Wangen bemerkte ich zum erstenmal. Sie belebten auf irritierende Weise ihr faltiges Gesicht mit den großen wässerigen und so traurigen Augen. Ihre hastigen Bewegungen ließen für Augenblicke die Lethargie vergessen, die sonst ihren Alltag bestimmte. Als ob ausgerechnet die lastende Hitze dieses Julitages ungeahnte Energieschübe in ihr freigemacht hätte.

«Du möchtest also auch Busfahrer werden?» fragte der Mann mit dem fettglänzenden Gesicht neben mir, dessen dicker Zeigefinger die Schalter der Armaturen geduldig abgehakt hatte und jetzt schwer auf dem roten Knopf ruhte, der den Türmechanismus in Bewegung setzen konnte.

«Ja, Busfahrer», schwindelte ich und machte dabei eine weit ausholende Armbewegung, wie ich sie oft im Fernsehen bei Dirigenten großer Orchester gesehen hatte. Gleichzeitig suchte ich die markante Gestalt meines Großvaters, konnte ihn aber unter den lärmenden Fahrgästen nicht entdecken, die sich im Augenblick, als ich mit schnellem Knopfdruck den bedrohlich schnaubenden Türmechanismus betätigte, als brodelnde Masse auf den Eingang zudrängte. Doch dann, als alle auf ihren Plätzen saßen, hatte der Großvater seinen Auftritt und brachte Ordnung ins Chaos. Er löste sich aus dem Schatten der Bäume, schritt langsam und hochaufgerichtet genau auf die arenaförmige Stelle zu, die die mittägliche Sonne aus der Schwärze herausgebrannt hatte. Dort blieb er eine Weile unbeweglich stehen, bis sich seine Augen an das scheinwerfergrelle Licht gewöhnt hatten, vollführte anschließend eine beinahe unmerkliche Verbeugung, die aber ihre Wirkung verfehlte, weil sie dem Rücken der Passagiere, die ins Wageninnere drängten, galt. Nur eine Person außer mir – war mir schmerzlich bewußt – hatte diesen einstudierten Auftritt meines Großvaters mit Sicherheit verfolgt, diesmal mit einem kleinen siegesgewissen Lächeln auf den Lippen – so hoffte ich – und nicht wie üblich mit gequälten Gesichtszügen – meine Mutter!

Die Auftritte des Großvaters! –

Sie waren Teil meines Alltags geworden. All seine Versuche, mich bei den Hausaufgaben immer wieder mit Fragen zu konfrontieren, die mit dem Stoff, den ich zu lernen hatte, gar nichts zu tun hatten, auch wenn man ihnen einen gewissen Sinn im Hinblick auf eine sogenannte wünschenswerte Allgemeinbildung nicht absprechen konnte:

«Von wem stammt die Oper ‹Rienzi›?»

Mit einer solchen Frage gelang es ihm augenblicklich, das Knochenpuzzle des menschlichen Beines, das ich zur Vervollständigung meiner anatomischen Kenntnisse studierte, zu zertrümmern. Oder wenn er plötzlich meine Bemühungen, die Unbekannte in verqueren Rechnungen auszumachen, in einen klagenden musikalischen Nebel hüllte und alle logischen Gedankengänge vernichtete, die mathematisches Denken nun einmal erfordert, indem er wissen wollte, wer denn die Arie komponiert habe, deren Schluß er mir hiermit zitiere: «Wer rein ist von Herzen und schuldlos von Leben, darf kindlich der Milde des Vaters vertraun.» Doch meine geplagte Mutter war schließlich nicht mehr gewillt, die schulische Karriere ihres Sohnes durch einen musikbesessenen Schwiegervater blockieren zu lassen, und mit zurückhaltender Hilfe meines Vaters verbannte sie den herrischen Mann aus dem Kinderzimmer, mit dem für mich bedauernswerten Resultat, daß er von nun an meine langweiligen Aufgabenstunden nicht mehr gewaltsam unterbrach und musikalisch verschönerte, sondern mir fortan auf dem Schulweg auflauerte.

Ich mußte mich daran gewöhnen, daß mich der gewaltige Schatten meines Großvaters ganz plötzlich aus der Düsternis eines Hauseinganges anfiel oder sich brüsk wie eine Sperre vor mich und meine Schulkameraden quer über die Straße legte. Dieser Wegelagerer und moderne Freischütz ließ mich erst dann weiterziehen, wenn ich ihm meinen Wegzoll in Form beantworteter Fragen aus dem Bereich der Opernliteratur entrichtet hatte. Wie so vieles, was mein Vater und ich von meiner wenig krisenfesten Mutter fernhielten, verschwiegen wir ihr auch diese Kulturattacken des Großvaters, die sich außerhalb des verbotenen häuslichen Territoriums abspielten.

Allerdings war mein Beitrag zu einem behüteten Dasein meiner Mutter bis zu diesem Zeitpunkt ohnehin nur von untergeordneter Bedeutung, denn die Aktivitäten meines Großvaters klammerten zwar meine Arbeitsstunden aus, bestimmten aber je länger desto einschneidender die Tagesabläufe und unser Familienleben. Durch den Verlust seiner Gattin zu unserem Dauergast geworden, war mein Großvater nicht bereit, bei uns still das Gnadenbrot zu essen, sondern störte bei jeder passenden und unpassenden Gelegenheit den häuslichen Frieden, indem er mit einem gewaltigen archaischen Stück Biographie – oder was er dafür hielt – immer wieder unsere träge scheinbare Familienidylle zu zertrümmern versuchte.

«Hat dir der Chauffeur alle Instrumente und Knöpfe erklärt?» fragte mich meine Mutter leise, als sie als zweitletzte über die schmalen Stufen in den Bus kletterte, erwartungsvoll hinter sich jene Leere zurücklassend, in die der Großvater als letzter ein- und auftreten würde.

Ich rutschte vom Sessel neben dem Fahrer herunter und setzte mich unmittelbar hinter den Chauffeur. Meine Mutter und ich waren uns stillschweigend einig: der Sitz neben dem Fahrer mit der freien Sicht auf die Straße war für den Großvater freizuhalten. Und er nahm ihn denn auch mit der Selbstverständlichkeit des Businhabers ein. Es kümmerte ihn überhaupt nicht, wer sonst noch in diesem Bus saß, der uns an die Ufer des Baldeggersees zu einem ländlichen Imbiß transportieren würde. Er war es gewöhnt, daß Frauen für ihn sorgten. Und er hatte es deshalb auch kommentarlos geschehen lassen, daß meine Mutter, für die sonst solche Ausflüge in Begleitung ihres unberechenbaren Schwiegervaters ein Horror waren, die Karten besorgte. Hätte er sich die Frage gestellt, was wohl meine Mutter dazu bewogen hatte, ihm ein Vergnügen zu bereiten, hätte er noch ein paar gute Jährchen verbringen können, und ich wäre um ein paar Schuldgefühle ärmer.

Aber nein! Meinen Großvater interessierte es überhaupt nicht, was denn seine Schwiegertochter dazu gebracht haben könnte, sich all den möglichen Peinlichkeiten auszusetzen, die eine solche gemeinsame Busfahrt bereithielt. Zum Beispiel, daß der Großvater unaufgefordert aus seinem bewegten Liebesleben erzählen würde, von seinem Ausbruch aus ehelicher Enge in die Weltstadt Paris, den er in Begleitung ihres savoyardischen Dienstmädchens unternommen hatte. Fünf Monate lang hatte er eine ausschweifende Freiheit genossen und war erst mit einbrechendem Winter wieder in den Schoß seiner Familie zurückgekehrt. Als ob nichts geschehen wäre, hatte er seinen Sitz am Kopfende des Tisches wieder eingenommen, um gewissermaßen dort den Frühling und die Einstellung einer neuen Haushaltshilfe abzuwarten, um mit ihr dann erneut auszubrechen, nach Rom, wenn es eine Italienerin war, nach Budapest mit einer feurigen Ungarin und zuletzt dann mit einer stämmigen Deutschen, die Wagners Personal hätte angehören können, nach Berlin, wo er anscheinend jeden Abend in der Oper saß. Als er dann in diesem Jahr kurz vor Weihnachten allein nach Hause zurückkehrte, lag seine Frau im Sterben. Er war bekümmert und zeigte Reue. Aber das war auch schon alles und vor allem zu spät.

«Sie sind alle gekommen», flüsterte meine Mutter mit unterdrücktem Stolz, als sie sich gleich hinter dem Fahrer neben mich gesetzt und einen verstohlenen Blick über ihre Schulter gewagt hatte. Der Großvater thronte wie Gottvater auf seinem Sessel, hob jetzt die Hand, um dem Fahrer das Zeichen zur Abfahrt zu geben. Er war der Chef und kümmerte sich nicht um die andern Passagiere, und so fiel es ihm auch nicht auf, daß der Bus mit Leuten besetzt war, die ihm bekannt hätten vorkommen müssen. Es war ihm in seinem ganzen barocken Leben immer gleichgültig gewesen, was andere dachten oder fühlten. Hätte er sonst mit einer resoluten Beharrlichkeit von seiner Schwiegertochter verlangt – allerdings immer nur dann, wenn sich sein Sohn auf Geschäftsreise befand –, die Kunstdrucke mit Berglandschaften Hodlers im Wohnzimmer durch Fotografien europäischer Opernhäuser zu ersetzen, die er von seinen Raubzügen in die europäischen Metropolen mitgebracht hatte? Oder hätte er sonst nicht mit boshafter Absicht in regelmäßigen Abständen ein Exemplar des Familiengeschirrs, das meine Mutter aus dem Nachlaß ihrer verstorbenen Schwiegermutter in den eigenen Haushalt hinübergerettet hatte, fallen gelassen, um es dann durch ein Stück zu ersetzen, das mit Motiven aus weltbekannten Opern bemalt war: Teller, auf denen sich der Freischütz sein Ziel suchte, wo Radames sein Schwert steil in einen strahlenden Himmel streckte oder ein kleiner Mohr vor der Marschallin auf den Knien lag. Auch das silberne Besteck verschwand auf unerklärliche Weise stückweise aus der samtausgeschlagenen Schublade. Die Lücken wurden aber umgehend wieder aufgefüllt, allerdings mit Exemplaren aus einer andern Serie, in deren Griffen verschnörkelte Musikinstrumente und Notenfolgen einziseliert waren. So hatte der Großvater dem Haushalt, in dem er zu leben gezwungen war, immer mehr seinen persönlichen Stempel aufgedrückt und ihm eben ein Stück seiner fragwürdigen Biographie aufgezwungen. Seine Erinnerungen in Form vergoldeten, stimmgewaltigen Künstlertums veredelten nachträglich ein freudloses Buchhalterdasein.

Nur meine Mutter sperrte sich mit ihrer unmusikalischen Seele gegen diese akkordgewaltige Invasion. Sie bescherte uns Weinkrämpfe, versank in tiefe Depressionen, saß tagelang nur bewegungslos am Fenster und wartete, bis mein Vater von seinen ausgedehnten Geschäftsreisen zurückkehrte, erkrankte an Hautausschlägen und litt an Hustenanfällen, die mich in den Schlaf verfolgten und meine Träume durchlöcherten.

«Der Briefträger, der Milchmann, die Frauen vom Kegelklub und ein paar Mitglieder von der Laienbühne!» flüsterte ich. «Sie sind alle gekommen!» – «Die Flaschen!» wisperte sie aufgeregt und drückte schnell meine Hand. Ich langte nach unten, holte die beiden Flaschen mit süßem Himbeergeist aus der Papiertüte und reichte sie meiner Mutter. «Weitergeben!» zischte sie der Frau des Briefträgers zu und schob die erste Flasche in deren griffbereite Hände.

Jetzt startete der Chauffeur auf ein zweites herrisches Handzeichen des Großvaters den Motor. Die Schnapsflaschen wanderten von Hand zu Hand, von Mund zu Mund. Die Stimmung stieg. Ein zufriedenes Lächeln huschte über die Lippen meiner Mutter. Es roch nach Leder und Schweiß, und meine nackten Oberschenkel klebten am Sitz. In den Reihen hinter mir wurde gelacht und geschwatzt. Meine Mutter warf einen letzten prüfenden Blick nach hinten und nickte mir dann aufmunternd zu. Ich beugte mich nach vorn und berührte die rechte Schulter des Großvaters.

«Großvater! Singen, bitte!»

Ich spürte, wie sich seine Muskeln zusammenzogen, wie sie dann wieder zu wachsen begannen, als der Großvater, ohne sich umzudrehen, tief einatmete. Und jetzt kam der Augenblick, vor dem wir uns sonst immer gefürchtet hatten, wenn wir mit ihm in der Öffentlichkeit erscheinen mußten, in Restaurants, auf Ausflugsschiffen oder wie jetzt im Bus: Großvater begann zu singen.

«Auch ich war ein Jüngling mit lockigem Haar!» sang er zuerst.

«Jacques Offenbach!» rief entzückt eine Frau im Hintergrund.

«Das war Frau Reiter», registrierte ich befriedigt. Sie hatte sich ihre Einladung zu dieser Ausfahrt verdient.

«Der Freischütz!» schrie begeistert der Briefträger und schwenkte die Schnapsflasche. Dabei sah er meine Mutter erwartungsvoll von der Seite an. Diese nickte beinahe unmerklich. Auch der Briefträger hatte seinen Mann gestellt. In Gedanken hakte ich ihn auf der Liste ab, die mir Mutter am vergangenen Abend diktiert hatte. Gleichzeitig beobachtete ich meinen Großvater, sah, wie sich seine Rückenmuskulatur straffte, und mir war, als ob sich seine Nackenhaare leise sträubten.

Der Großvater hatte soeben hinter dem girlandierenden Tonbogen der ersten Strophe «Das war eine köstliche Ze-e-eit, das war eine köstliche Zeit!» eine Kunstpause eingelegt, als der fatale Operntitel des Briefträgers diesen kunstknisternden Augenblick erstickte.

Langsam drehte sich Großvater um und fixierte nicht etwa den schuldigen Briefträger, sondern meine Mutter und mich abwechslungsweise. «Verräter!» zischte er zwischen den Zähnen. «Feiglinge!»

Aber meine Mutter war nicht bereit, den Fehltritt des Briefträgers zu korrigieren. Zwar war sie durchaus raffiniert im Einsatz ihrer Schwäche, wenn es darum ging, im Familienverbund einen Wunsch durchzusetzen, aber von Strategie, von Taktik mit Langzeitwirkung verstand sie nichts. Sie drängte schon jetzt auf ein schnelles Ende. Doch vorerst galt es, den Großvater bei Laune zu halten.

«Lortzing: Der Waffenschmied», korrigierte ich deshalb schnell, und mir wurde bewußt, daß man zwar einen Menschen, niemals aber die Kunst verraten durfte. Doch meine Korrektur kam zu spät! «Karl Maria von Mozart: Der Zauberschütz!» brüllte mein Großvater, griff dem Fahrer ins Lenkrad und drückte das Signalhorn, das in wunderschönem Dreiklang den Wutausbruch harmonisierte. Aber nur für kurze Zeit: «Ludwig van Suppé: Der fidelio Bauer!» schrie der Großvater und betätigte die neutralisierende Hupe ein zweites Mal. Immer mehr steigerte er sich jetzt in eine Art wortschöpferischen Rausch hinein, paarte Johann Strauß mit Jacques Offenbach und Giuseppe Verdi mit Richard Wagner, ließ Don Giovanni bierschwer im tiefen Keller singen und hieß die feurige Carmen den Holzschuhtanz klappern. Und als ihm dann endlich Atem und Phantasie ausgingen, schlug er mit der flachen Hand ein drittes Mal auf die Hupe, entlockte ihr einen letzten Dreiklang, hangelte sich gleichsam den Akkorden entlang in die Höhe, stand leicht schwankend da, drehte sich um und musterte sein Publikum. Nur meine Mutter und ich waren für ihn Luft.

«Banausen!» rief er und machte eine abschätzige Handbewegung. «Keine Ahnung von Tuten und Blasen, von Weber und Lortzing!» – «Setzen Sie sich!» sagte der Fahrer, ohne den Blick von der schmalen staubigen Landstraße zu heben.

«Schweigen Sie!» herrschte ihn der Großvater an. Und dann holte er tief Luft und lieferte die zweite Strophe seiner bevorzugten Lortzing-Arie nach, aber lauter diesmal und begleitet von der ausdrucksstarken Gestik, die er damals an europäischen Opernhäusern so gründlich studiert hatte.

«Bravo!» rief Frau Reiter, die Lortzing und Strauß nicht auseinanderzuhalten vermocht hatte. Und sie klatschte begeistert in die Hände. Meine Mutter nickte ihr anerkennend zu, und ich registrierte mit Verwunderung, daß sie jetzt das Heft resolut in die Hand genommen und mich unmerklich in die Rolle des Statisten gedrängt hatte.

Großvater verbeugte sich, strich eine imaginäre Haarlocke aus der Stirn und warf Frau Reiter eine versöhnliche Kußhand zu. «Bravo!» rief jetzt auch eine Männerstimme ganz hinten. Es war der Bäcker von nebenan. Und «Bravissimo» riefen noch ein paar andere. Mein Großvater verbeugte sich ein zweites Mal. Endlich hatte er sein Publikum gefunden!

Und während der Chauffeur kopfschüttelnd die Geschwindigkeit wieder erhöhte, schmetterte der Großvater Mozarts Champagnerarie und ließ die Herzen der Frauen endgültig schmelzen, als er, bereits sichtlich erschöpft, noch Papagenos Flötenarie trillerte. Jetzt nickte meine Mutter der Kassiererin der Laienbühne kurz zu.

«Wir wollen mitsingen!» rief diese und warf begeistert beide Arme in die Luft.

«Nein!» sagte meine Mutter laut und deutlich und nahm mich bei der Hand, als wolle sie sich zusammen mit ihrem heranwachsenden Sohn aus Protest augenblicklich aus dem fahrenden Bus stürzen.

«Nein?» fragte mein Großvater drohend. Und wenn er auch sonst nur Verachtung für das Liedgut hatte, bei dem jeder mitzusingen imstande war, so gab er sich heute deshalb so milde, weil er sich so an mir und meiner Mutter rächen wollte, die doch immer wieder seine öffentlichen Auftritte zu boykottieren versuchten.

«Was darf's denn sein?» fragte er versöhnlich und zeigte seine makellosen falschen Zähne.

«Hoch auf dem gelben Wagen!» gab die Frau des Kolonialwarenhändlers das Stichwort.

Der Großvater zuckte leicht zusammen. Aber er verlor sein Lächeln nicht.

«Hoch auf dem gelben Wagen!» riefen jetzt andere Passagiere.

«Bitte!»

Der Großvater legte los, setzte so vehement ein, daß den Singwilligen vor Überraschung zu Beginn die Stimme wegblieb.

«Mitsingen! Lauter!» rief der Großvater nach der ersten Strophe und setzte auch gleich wieder ein. Diesmal klang es schon annehmbar. Aber dem Großvater war es längst nicht annehmbar genug. Dieser Chor war keine Herausforderung für ihn. Er setzte sich mit seinem Bariton mühelos gegen diesen Pulk von kurzatmigen Amateuren durch. «Mitsingen! Auch Sie!» rief er nun dem Fahrer zu, der sein Hemd aufgeknöpft hatte. Die feuchten Bahnen auf seinem Rücken wurden immer breiter und länger.

Jetzt hob meine Mutter schnell und scheinbar zufällig ihren rechten Arm, und schon reagierte der Chor mit bewundernswerter künstlerischer Disziplin. Jetzt endlich bot er meinem Großvater einigen Widerstand. Doch erst, als meine Mutter ihren Arm ein zweites Mal hob, als sie im Rücken des Großvaters ungeahnte Dirigenten- und Managerqualitäten entwickelte, als hinten ein paar beherzte Frauen und Männer aufstanden, sich unterhakten und im Takt des Liedes zu schunkeln begannen, als dann der Fahrer, der diese Entwicklung im Rückspiegel beobachtet hatte, plötzlich von der allgemeinen Euphorie angesteckt, mitzusingen begann und erst unmerklich, dann immer ausgeprägter die Schunkelbewegung mit seinem Lenkrad aufnahm und das schwere Gefährt in leise schlingernde Bewegungen versetzte, deren Amplitude stetig zunahm, bis der Bus mit weitausholenden Schüben auf der Landstraße hin- und herwogte, war mein Großvater eindeutig gefordert – und überfordert. Noch einmal bäumte er sich mit aller Kraft gegen die schunkelnde und lauthals brüllende Menge auf, doch als dann in der letzten Strophe der heimtückische Freund Hein besungen wurde, war es sowohl um die Kunst des Chauffeurs als auch um jene meines Großvaters geschehen. Der schlingernde Bus streifte eine ländliche Friedhofsmauer, schrappte an ihr entlang, ein Reifen platzte, und Angstschreie ertönten. Als der Bus sich plötzlich querlegte, dann überraschend doch nicht kippte, war ich geistesgegenwärtig gegen meinen schwankenden Großvater gefallen, hatte gleichzeitig präzis den Knopf des Türmechanismus getroffen – und damit endete der große Auftritt meines Großvaters.

Großvater hatte das schwankende Gefährt, das der Chauffeur mit letzter Kraft und erstaunlicher Fahrkunst doch noch zum Stehen gebracht hatte, durch die weit aufklaffende Türe verlassen, genauer, war hinausgeschleudert worden in die üppig blühende Wiese. Da lag er nun mitten im Grünen, auf der Seite mit kunstvoll übereinandergeschlagenen Beinen und weit ausgestreckten Armen, als wolle er den letzten Applaus seines Publikums entgegennehmen. Aber niemand klatschte, keiner wollte sich dem verstummten Bariton nähern. Auch meine Mutter benötigte eine Weile, bis sie realisierte, was geschehen war. Sie stand da, die gespreizten Finger vor dem erschrocken geöffneten Mund. Dann endlich ließ sie ihre Hand sinken, tastete nach meiner Hand, während ein schneller Hauch von Verwunderung über ihr Gesicht huschte, der dann aber auch gleich von einem langanhaltenden Ausdruck von Triumph abgelöst wurde. Sie drückte meine Finger, dankbar, so schien mir, und dann zog sie mich Schritt für Schritt in die Wiese hinein, auf die schwarze Gestalt des Sängers zu, den der Fluch eines unwürdigen Publikums ereilt hatte. Und dazu summte sie leise und traurig eine Melodie, deren zugehörige Worte mir Großvater immer wieder eingepaukt hatte: «Wer rein ist von Herzen und schuldlos von Leben, darf kindlich der Milde des Vaters vertraun.»

Peter Zeindler, 1934 in Zürich geboren, wurde für seine Romane «Der Zirkel», «Widerspiel» und «Der Schattenagent» jeweils mit dem Deutschen Krimi-Preis 1986, 1988 und 1990 ausgezeichnet.

Rudi Kost

Steckbriefe

Die Auswahl ist subjektiv. Aber die Kost-Proben haben es in sich! Ob Klassiker oder Newcomer, nationaler oder internationaler Autor, – Rudi Kost unterzieht sie alle einem kritischen Test, aber ohne dogmatischen Anspruch. Nach fünf Ausgaben entstand so ein umfassender Überblick über die Akteure der Krimiszene. Die 120 Steckbriefe, von Jürgen Alberts bis Peter Zeindler, werden jetzt erstmals mit einem Register ihrem Sinn als Kompendium gerecht.

Eric Ambler

geboren 1909
in London
war Ingenieurstudent, Werbetexter
lebt in London
schrieb u. a. Der dunkle Grenzbezirk (1936), Die Stunde des Spions (1938), Die Maske des Dimitrios (1939), Der Fall Deltschev (1951), Topkapi (1962), Schmutzige Geschichte (1967), Das Interom-Komplott (1969), Der Levantiner (1972), Doktor Frigo (1976), Bitte keine Rosen mehr (1978)

Die Elemente der neuen Theologie waren: gutes Geschäft und schlechtes Geschäft.
(Die Maske des Dimitrios)

Auf Bildern erweckt er immer einen ziemlich grimmigen Eindruck, und aus seinem Blick spricht gewaltiges Mißtrauen. Das ist seine – zumindest literarische – Grundeinstellung: das Mißtrauen gegen glatte Erklärungen, gegen vorschnelle Urteile, gegen allzu einfache Denkschemata. Wer ist böse, wer ist gut? So einfach, sagt Eric Ambler, darf man sich die Sache nicht machen: «Beide hoben einander auf und schufen von neuem Böses und Gutes.» Eric Ambler ist der Altmeister des Polit-Thrillers, längst ein Klassiker – auch der modernen englischen Literatur überhaupt. Zu Recht. Denn Amblers Mißtrauen dehnt sich auch auf die Klischees und die Mechanismen des Genres aus. Mit Helden im üblichen Sinne kann er nichts anfangen. Seine Figuren, sofern sie nicht ohnehin von der anderen Seite, also «kompetente Kriminelle» sind («Bitte keine Rosen mehr») oder berufsmäßige Überlebenskünstler («Topkapi», «Schmutzige Geschichte»): Durchschnittsmenschen, Opfer der Umstände, zufällig hineingeraten in Situationen, denen sie nicht gewachsen sind. Von Anfang an (und das heißt: auch schon zu einer Zeit, als im Genre noch die romantische Überhöhung herrschte) hat sich Eric Ambler um einen genau recherchierten Realismus bemüht, den er freilich literarisch zurücknimmt, in die Geschichte integriert, aus ihr erwachsen läßt. Er hat es nicht nötig, mit seinem Wissen und seiner (Reise-)Erfahrung zu protzen, und darum sind seine Romane auch heute noch lesbar, auch wenn sie unübersehbar den Stempel der Zeitgeschichte tragen.

Thomas Andresen

geboren 1934
in Flensburg
war Oberarzt
gestorben 1989
schrieb u. a. Hörst du den Uhu? (1969), Der Nebel wird dichter (1970), Wachs in den Händen (1972), Nur über Meiners Leiche (1976), Eine Tote früh um fünf (1977), Träume von Liebe und Mord (1987), Die Klinge im Haus... (1988), Das Lächeln der Revolvermündung (1988), Der Tod hat eine dunke Stimme (1989), Tod im Dreieck (1990)

Wenn es irgendwo mal richtig Stunk gibt, was steckt im Grunde immer dahinter? Ein Mißverständnis
(Der Tod hat eine dunkle Stimme)

Es gab einmal eine Zeit, da gehörte er zum kleinen avantgardistischen Häuflein des deutschen Kriminalromans, der damals noch der «neue» war und sich tastend, suchend, oft auch irrend vorwärts bewegte und den Grundstock legte für alles, was heute ist. Thomas Andresen hatte sich von Anbeginn an dem Psycho-Thriller verschrieben, als der, aus deutscher Feder, noch ein absolutes Novum war. Und früh schon, als dies ebenfalls eher die Ausnahme war, suchte er die Auseinandersetzung mit dem Nazi-Fehlverhalten der Vorgeneration. Sein Werk kreiste um Beziehungskonflikte, besonders um das Verhältnis zwischen Vätern und Söhnen. Stets standen die Söhne unter einem Erwartungsdruck, dem sie nicht standhalten konnten, waren auf der anderen Seite die Väter in Haltungen und Konventionen gefangen, aus denen sie sich, wenn überhaupt, nur gewaltsam befreien konnten. Thomas Andresen geißelte, darauf lief es hinaus, den Schein des Bürgertums, hinter dessen scheinbar solider Fassade sich Abgründe an Verfehlungen, an lüsternen Wünschen, an pubertären Reaktionen auftun, eines Bürgertums, das die Maske der Rechtschaffenheit nur um den Preis der trüben Machenschaften aufrechterhalten konnte. Das Werk war wie sein Autor: schwierig, aber ungemein sympathisch, mit sprödem nordischem Charme – Thomas Andresen war eingestandenermaßen einer, der aus Leidensdruck schrieb. Die Zeit ist über ihn hinweggegangen, und irgendwann fand er sich im Abseits. Und hatte nicht die Kraft, sich daraus zu lösen.

Robert Brack

geboren 1959
in Fulda
lebt in Hamburg
ist Journalist
schrieb Blauer Mohn (1988), Die Spur des Raben (1988), Rechnung mit einer Unbekannten (1989)

In der Jugend ist man Linksabweichler, im Alter Rechtsabweichler, und dazwischen macht man Karriere. *(Die Spur des Raben)*

Geschichten wie aus vergangenen Zeiten: entwurzelte polnische Emigranten in Hamburg, kaltgestellte Dissidenten in Polen, korrupte Bürokraten, dekadente Kommunisten – die rasante politische Entwicklung des Jahres 1989 hat manches, das bis dahin von brennender Aktualität gewesen ist, sehr schnell sehr alt aussehen lassen. Gleichwohl sind Robert Bracks Romane auch Geschichten von immerwährender Gegenwart, die überholt werden können allenfalls von einer Zukunft, auf die bisher nur visionäre Anleihen genommen worden sind. Noch gibt es, hier wie dort, die träge Macht des Beamtenapparates mit seinen Wendehälsen, die mit feiner Witterung für steile Karrieren und große Geschäfte ausgestattet sind («Die Spur des Raben») und die mit den kleinen Geschäftemachern in unfriedlicher Konkurrenz leben («Blauer Mohn»). Und es wird sie immer geben, jene Bürger, die ihren Reibach machen wollen und dazu ein mehr oder weniger raffiniertes Komplott schmieden. Und auch jene sterben nicht aus, die in der Randzone davon berührt werden – zufällig wie der Journalist Tolonen («Rechnung mit einer Unbekannten») oder aufgrund schwarzer Flecken in der Vergangenheit, wie sie bei Emigranten oder Dissidenten mühelos auszumachen sind – und die dann unaufhaltsam in das Zentrum gedrängt werden. Mitgegangen, mitgefangen: die Dramaturgie der Spannung verlangt es, daß so einer allerhand zu überstehen hat, ehe sich herausstellt, ob er auch mitgehangen wird (als unschuldiges Opfer) oder sich herauswinden kann. Das ist nicht eine Frage der Kondition, sondern eher des Zufalls. Die Zeit der Superhelden ist vorbei.

Agatha Christie

geboren 1890
in Torquay (England)
war Krankenschwester
gestorben 1976
schrieb u. a. Das fehlende Glied in der Kette (1920), Alibi (1926), Zeugin der Anklage (1933), Letztes Weekend (1939), Blausäure (1945), Die Mausefalle (1950), Lauter reizende alte Damen (1968), Vorhang (1975)

Hercule Poirot überlegte.

Die Dame hat gewißlich so viele Verehrer wie Verachter. Es gehört zu den Pflichtübungen des modernen Lesers (und Kritikers), sich vor Abscheu zu schütteln, wenn die «Queen of Crime» erwähnt wird. Aber man darf nicht vergessen: Dame Agatha hatte ihre Bedeutung und hat sie noch (zumindest für ihre Verlage, ergo auch für viele Leser). Sie hat – Grundwissen jedes Krimi-Fans – die Form des Rätselkrimis perfektioniert, Formgesetze zementiert, zu denen auch heute noch gern und oft gegriffen wird: der technisch kunstvoll gedrechselte Mord; die Verdächtigen, von denen jeder Gelegenheit und Motiv hatte; die endlosen Verhöre; der Abgleich der Aussagen durch den Detektiv (heute macht das ein Computer); das klassische *dénouement*, zu dem sich am Ende alle Beteiligten versammeln, und der Detektiv pickt sich aus der Runde jenen, der's war. Altmodisch? Altmodisch. Unrealistisch? Unrealistisch. Spannend? Eine Geschmacksfrage. Jedenfalls: stilbildend für lange Zeit. Darum auch Anlaß für literarische Gegenrichtungen, die heute noch gültig sind – das allein wäre schon ein historisches Verdienst. Die meisten Krimi-Fans haben in ihrer Lese-Entwicklung die Entwicklung des Genres nachvollzogen: sich von Agatha Christie «hinaufgelesen» zu den Amerikanern. Manche sind steckengeblieben, fühlen sich wohl bei Miss Marples Stricknadelgeklapper und in der viktorianischen Atmosphäre der Landsitze mit dem Morgentee und dem Kaminfeuer. Unterschwellig war Agatha Christie, ohne es zu wollen, genauso gesellschaftsentlarvend wie der spätere Sozio-Krimi: indem sie eine Welt, eine Gesellschaft, eine Haltung beschwor, die schon zu ihrer Zeit nicht wirklich mehr vorhanden war, an der sich ein ganzes Land aber noch Jahrzehnte danach verzweifelt festgeklammert hat.

Tony Fennely

war Bardame, Stripperin, Sozialamtsangestellte
lebt in New Orleans
schrieb u. a. Mord auf der Klappe (1985, dt. 1987), Bärendienst (1987, dt. 1988)

Wenn ich Robin und unsere Parodie einer Familie nicht hätte, in die man heimkehren kann, wäre ich dann nicht ebenso selbstzerstörerisch?
(Bärendienst)

Vormals war Matt Sinclair eines der hoffnungsvollen Talente der Staatsanwaltschaft. Jetzt macht er Kohle mit reproduzierten Antiquitäten, geht rapide auf die Vierzig zu, zählt die Falten um die Augen und kämpft mit dem postjuvenilen Katzenjammer: Soll er doch noch heiraten? Kinder in die Welt setzen? Gelegentlich hat er solche Rückfälle in das abnormale Leben, und die Szene steht kopf; Robin zumal, der junge Gespiele – «irgendwann zwischen Herpes und Aids» ist Matt, der kultivierte, unverschämt gutaussehende Mann aus altem Südstaaten-Adel, halbwegs monogam geworden, und allenfalls die Mordfälle, die man ihm als Ex-Star zuschustert, sind noch (willkommener) Anlaß, sich durch die Bars von New Orleans treiben zu lassen: Lustgewinn im Dienst der Allgemeinheit, als staatsbürgerliche Pflicht. Schockierend offen und mit einer seltenen Begabung für hintergründigen Witz lädt Tony Fennelly ein zu einem Seminar über New Orleans: dessen Snobiety mit ihrem historisch begründeten, sorgsam gepflegten Dünkel (der pure Zynismus, wenn sich irgendwo in der Vergangenheit schwarzes Blut findet als Begründer und Rechtfertigung heutiger Ansprüche); die Schwulenszene natürlich mit ihren Freuden und Ängsten, mit ihren Auswüchsen und der fast schon verzweifelten Sehnsucht nach dauerhaften Bindungen, bevor man zu alt, also: unattraktiv wird. Die Matt-Sinclair-Serie ist einer jener glückhaften Fälle, wo sich alles Geschehen und Denken zwangsläufig aus dem Handlungsort ergibt, wo nichts wäre ohne die Stadt und ihre Vergangenheit. Zudem verfügt Tony Fennely über eine traumwandlerische Sicherheit, Geschichten und Figuren aufzubauen und mit allergrößtem Unterhaltungswert ein Bündel an Einsichten und Irritationen zu transportieren.

Frederick Forsyth

geboren 1938
in Ashford (Kent)
war Pilot, Journalist
lebt in London
schrieb u. a. Der Schakal (1971), Die Akte Odessa (1972), Des Teufels Alternative (1979), Das vierte Protokoll (1984), Der Unterhändler (1989)

Sie haben gefragt, wer der Beste auf der Welt ist, Mr. Vice-President. *(Der Unterhändler)*

Und wenn man sonst nichts von ihm erwarten könnte: nervenzerfetzende Spannung (das Klischee sei erlaubt) allemal. Frederick Forsyth hat dazu einen durchaus eigenwilligen Stil entwickelt. Seine bis an die Grenze zur Langeweile ausufernde Manie, genau recherchierte Details auszubreiten, baut eine Handlung bedächtig auf – es dauert seine Zeit, bis alle Personen und Orte und Geschehnisse eingeführt und die Beziehungen zueinander geknüpft sind. Als Leser möchte man da gerne die Sporen geben und merkt gar nicht, daß man längst in einen Sog geraten ist, der einen unaufhaltsam vorwärts reißt und aus dessen Ereignisstrudeln es kein Entkommen gibt. Frederick Forsyth ist, wenn man so klassifizieren will, kein Personen-Autor, sondern ein Handlungs-Genie. Seine Personen bleiben im Holzschnittartigen verhaftet, und Forsyth ist eher bemüht, auf das eine Klischee noch ein anderes zusetzen als ihm zu entkommen. Dafür entschädigt er mit einer Handlung, die souverän eingefädelt, fortentwickelt und aufgelöst wird. Dabei spielt es keine Rolle, ob er sich an aktuelle politische Themen anhängt (wie im Perestroika-Roman «Der Unterhändler» – der Kenner vergleiche ihn mit John le Carrés zeitgleichem «Rußland-Haus») oder sie spekulativ weiterdenkt (wie im Neonazi-Roman «Die Akte Odessa»), es ist sogar unerheblich, daß das Ende bekannt ist (man weiß schließlich, daß der OAS-«Schakal» de Gaulle nicht ermordet hat): Forsyth zieht den Leser so in seine Geschichten hinein, daß er alles um sich vergißt – und alles glaubt, was ihm vorgesetzt wird. Und das ist noch immer das beste Kennzeichen guter Unterhaltungsliteratur. Das Mäntelchen des Aufklärers, Mahners, Warners hingegen hängt sich Forsyth gar nicht erst um.

Christine Grän

geboren 1952
in Graz
war Busch-Gastronomin in Botswana
ist Journalistin in Bonn
schrieb Weiße sterben selten in Samyana (1986), Nur eine läßliche Sünde (1988), Ein Brand ist schnell gelegt... (1989), Dead ist beautiful (1990)

Anna schlürfte beim Trinken, weil sie wußte, daß er das nicht leiden konnte. (Nur eine läßliche Sünde)

Rubensdick und tizianrot, verschlafen, verfressen, versoffen: so rauscht Anna Marx durch die Dritte Welt und das Entwicklungsdorf Bonn. Als Klatschkolumnistin einer Wochenzeitung in der Noch-Hauptstadt hat sie das Ohr am Puls der Zeit, und die Abfolge ist zwangsläufig: wo Klatsch ist, sind Skandale; wo Skandale sind, gibt es die Versuche, diese zu unterdrücken oder zu fördern – wenn es sein muß, auch handgreiflich. Aber da sei Anna Marx vor, die Anti-Heldin, so voller Widersprüche wie das Leben: resolut und doch empfindsam, selbständig und doch anlehnungsbedürftig, emanzipiert und doch auch Cinderella – gestandene Feministinnen werden keine rechte Freude an ihr haben (sie könnte sie ja zum Nachdenken zwingen). Christine Grän schreibt auf der Schiene, die gewiß in die Zukunft, nicht ins Abseits führt: munter ohne Verkrampfungen, abenteuerlich genug, um für Spannung zu sorgen, der aufklärerische Impetus geschickt in die Geschichte verwoben, sich aus der Geschichte entwikkelnd. Die Probleme der Dritten Welt haben es ihr angetan, und sie schickt Anna Marx nach Afrika («Weiße sterben selten in Samyana») oder auf die Philippinen («Ein Brand ist schnell gelegt...»); der Erkenntniswert ergibt sich aus der «weißen Sicht» der Dinge. Aber sie ist klug genug, keine Masche daraus zu machen, und widmet sich darum mit ätzender Inbrunst dem Bonner Intimleben: Der Blick durch die Schlüssellöcher ist einer Klatschkolumnistin angemessen. Aber sie bleibt beim heimlichen Thema und offeriert so nebenbei die «schwarze» Erfahrung mit der westlichen Kultur. Und so manche stolze Errungenschaft erweist sich in der Konfrontation als nicht bloß spießig, sondern geradezu barbarisch.

Martha Grimes

in Pittsburgh (USA)
lebt in Takoma Park, Maryland, USA
ist Dozentin für Creative Writing und Literatur
schrieb u. a. Inspektor Jury schläft außer Haus (1981, dt. 1987), Inspektor Jury spielt Domino (1982, dt. 1987), Inspektor Jury küßt die Muse (1984, dt. 1988), Inspektor Jury bricht das Eis (1984, dt. 1989)

Regen war ihm lieber als Sonnenschein, Nebel lieber als klare Sicht. Ein verdammter Melancholiker bin ich, dachte er. (Inspektor Jury schläft außer Haus)

Die englischsten Krimis der Gegenwart entspringen der Feder einer Amerikanerin. Das kann nur eine subtile Rache sein: ein Engländer schließlich (Peter Cheyney) hatte die amerikanischsten Thriller geschrieben, ein Engländer (Nicolas Freeling) die holländischsten Krimis. Freilich hat es Martha Grimes etwas einfacher: sie braucht mit ihren kleinen Füßen nur in große Fußstapfen zu treten. Sie bastelt Whodunits nach dem klassischen Strickmuster, und wie aus dem Bilderbuch ist auch ihr England: lauter kleine, nette Dörfer mit lauter kleinen, netten Verrückten und jeder Menge absonderlicher Mordmethoden, und das Wetter ist auch immer schlecht (Martha Grimes schwärmt für den englischen Winter). Eine würdige Nachfahrin der Agatha Christie? Nun, die Dame aus Amerika macht ihre Sache nicht schlecht, sie macht sie zumindest witzig und ist, nun ganz ernsthaft, darum bemüht, keine der Ingredienzen zu vergessen, die zum Häkelkrimi unabdingbar gehören, auch wenn er im Computer-Zeitalter spielt: die Lichtgestalt des Inspektors Jury (der bald zum Superintendenten aufsteigt – Schande über die deutschen Titelerfinder!), sympathisch und ledig und jederzeit bereit, sich hoffnungslos zu verlieben; der adlige Freund Melrose Plant, der so snobistisch ist, daß er auf seinen Adelstitel verzichtet; darum herum spleenige Engländer, viel literarische Bildung und Lady Agatha (sic!), die nervtötende amerikanische Tante des Nicht-Lords. Ansonsten geht alles seinen gewohnten Krimi-Gang, als sei die Zeit stehengeblieben. Ist sie vielleicht ja auch.

Ralph Herrmanns

geboren 1933
in Berlin
ist Journalist
lebt in Kenia, New York, Stockholm
schrieb u. a. Aus Gründen der Geheimhaltung (1981), ...des andern Tod (1982), Triumph der Lüge (1985)

Ich frage mich manchmal, ob ihr Geheimdienstleute dem Staat nicht sogar Schaden zufügt.
(Triumph der Lüge)

Der Polit-Thriller kennt einige Formgesetze, die von den Autoren mitunter bis zum Überdruß eingesetzt werden; wohl weil sie Erfolg garantieren. Der Cocktail aus Fact und Fiction wird aber bei Ralph Herrmanns so gekonnt gerührt (nicht geschüttelt), daß er nie sauer aufstößt. Die Abenteuer des schwedischen Geheimdienstmannes Jörgen Blom lesen sich wie exzellent geschriebene Reportagen, denen man alles glaubt, selbst wenn es wie gut erfunden klingt. Sogar die Liebeshändel, der unvermeidliche Schuß Süßes in der Mixtur, geben die richtige Würze. Denn wenn einer wie er mit einer Abteilungsleiterin von Israels legendärem Mossad ins Bett geht, ist's nicht nur Tändelei, das weiß Jörgen Blom, Profi vom Scheitel bis zur Sohle, ganz genau. Dies dramaturgische Konstrukt, aufgebaut bei Bloms erstem Einsatz in Israel, sorgt dafür, daß Mossad immer schon da ist, wo Blom auftaucht – und verschiebt die genreüblichen Feindbilder erheblich. Ralph Herrmanns, der aus Nazi-Deutschland emigrierte Jude, betrachtet den Zionismus wie dessen verlängerten Arm Mossad mit einer Mischung aus Respekt und Ablehnung: Bewunderung für die unbestreitbare Effizienz, Abscheu vor den kaltblütigen Methoden, die dann eben auch eine Liebesbeziehung ins Kalkül einbeziehen. Während hier Ralph Herrmanns' kritische Distanz erkennbar mit emotionalem Engagement durchzogen ist und widerstreitende Gefühle offenbart, die dann auch geschickt in den Plot eingezogen werden, hat er für Schwedens Politiker nur Hohn und Spott übrig und setzt darin eine alte schwedische Krimi-Tradition fort. Wen immer aber Herrmanns bis zur Kenntlichkeit karikiert: es bleiben originelle Charaktere, denen man des Lesevergnügens wegen eine lange politische Karriere wünscht.

Paolo Levi

geboren 1919
in Genua
war 1938 bis 1946 Emigrant in Brasilien
lebt in Rom
schrieb u. a. Du springst nur einmal (1975, dt. 1980/1988), Der Schatten der Schwester (1976, dt. 1989), Auf dem Holzweg (1982, dt. 1987)

Wir haben die Leiche in einen Teppich eingewickelt.
Gott sei Dank war er nicht wertvoll.
(Der Schatten der Schwester)

Es gibt schon so etwas wie krimi-nationale Charakteristika. Was bei den Italienern auffällt, ist ein Hang zum Makabren; die Linie zieht sich von Scerbanenco über Carlo Manzoni und Fruttero/Lucentini bis hin zu Paolo Levi. In dieser Ahnenreihe ist Paolo Levi der routinierteste – was nicht mißverstanden werden darf als der schlechteste. Vielleicht ist er der ironischste, der seine gradlinigen Geschichten mit allerhand Seitenhieben auf Politik und Bürokratie würzt; allein die Erfindung des gehemmten, stotternden Privat-Ermittlers Mario Aldara («Du springst nur einmal», «Der Schatten der Schwester») vom «Politischen Sektor der Operativen Sektion der Vertraulichen Dienste des Innenministeriums» ist eine Pointe für sich, einen aufs Lächerliche eingedampften kafkaesken Staatsapparat illustrierend. Ansonsten aber geht es um Liebe und Tod. Diese typisch (?) italienische Theatralik, die nichts weniger meint als die eine und einzige Sinnfrage des Lebens, wird indessen sogleich wieder relativiert auf ihre banale Alltäglichkeit, auf verflossene Liebschaften und abgewiesene Liebhaber, auf brüchige Liebe und allgegenwärtige Eifersucht. Unter seinen italienischen Kollegen ist Paolo Levi der Psychologe (während Scerbanenco eher zur Psychiatrie neigt). Beispielhaft dafür «Du springst nur einmal». Die Ermittlungen führen Mario Aldara an die Stätte seiner Jugend zurück (und seiner Jugendliebe, natürlich). Die alten Bilder zerbröckeln, zerstören masochistisch gehegte Illusionen; zugleich aber wird der jahrzehntelange Leidensdruck genommen. Das Verbrechen, die Ermittlung des Verbrechens auch als Befreiung, als Selbstfindung. Was aber Paolo Levi weit unterhaltsamer (und grotesker) schildert, als es scheinen mag.

Juan Madrid

geboren 1947
in Málaga
lebt in Madrid
war Journalist
schrieb u. a. Ein freundschaftlicher Kuß (1980, dt. 1989), Der Schein trügt nicht (1981, dt. 1989), Ein Geschenk des Hauses (1986, dt. 1988)

Es ärgert mich immer, wenn man mich «Alter» nennt.
(Ein Geschenk des Hauses)

Wie Juan Madrid seinen Toni Romano durch Spaniens Hauptstadt schickt, könnte man schlichtweg als bloße Imitation großer (amerikanischer) Vorbilder klassifizieren. Da stimmt alles, vom biographischen Hintergrund (Ex-Boxer, Ex-Polizist) bis zur aktuellen Situation (Gelegenheitsdetektiv, Single), von der Milieukenntnis (Madrider Halbwelt) bis zur actiongeladenen Handlung, die den Helden mehr als einmal in tödliche Gefahr bringt. Aber Juan Madrid hat, wie der zweite Blick belehrt, die Vorbilder zu genau studiert, um ihn als bloßen Epigonen schmähen zu können. Er schreibt in der Tradition, aber mit vollem Bewußtsein. Das bedeutet: die *hardboiled*-Formel wird gleichermaßen erfüllt wie unterlaufen. Formgesetze sind dazu da, wie in der griechischen Tragödie, den Leser in ein vertrautes Umfeld zu betten und ihn dann rüde herauszureißen. Juan Madrid schreibt über ein Madrider Altstadtviertel, beschwört eine Romantik, die er mit hartem Realismus zugleich konterkariert. Es ist eben nicht(s) mehr, wie es einmal war. Die Bauspekulation baggert sich durch das Viertel, nicht zimperlich in ihren Methoden, auch in Madrid nicht. Und wo spekuliert wird, ist die Korruption nicht weit, in allen Hierarchiestufen des Staatsapparates. Juan Madrid liefert, stilisiert in der Form des Privatdetektiv-Romans, eine präzise Bestandsaufnahme des gegenwärtigen Spanien: nach Franco, aber am Erbe immer noch kauend – und ganz gut damit lebend, wenn man nur noch die Verbindungen aus der alten Zeit hat und ausreichend skrupellos ist. Und Toni Romano muß sich nicht nur seiner Haut wehren, sondern selbst seinen Standpunkt finden, sich aus seiner Vergangenheit lösen: die ganz individuellen Probleme der Vierzigjährigen sind *das* Krimi-Thema derzeit.

Karl May

geboren 1842
in Hohenstein-Ernstthal
war Lehrer, Hochstapler
gestorben 1912
schrieb u. a. Der Ölprinz (1877), Winnetou (1878/1893), Durch die Wüste (1881/1892), Von Bagdad nach Stambul (1882/1892), Der Geist des Llano estakata (1887), Durch das Land der Skipetaren (1888)

Bei genauer Betrachtung fiel mir eine Eigentümlichkeit der Spuren auf. *(Durch die Wüste)*

Jaja, sicher, Karl May ist der mit Winnetou und so, dem alle Generationen aus dem Vor-Fernseh-Zeitalter ihr (vielfach falsches) Bild von Indianern und Arabern, vom «Wilden» überhaupt verdanken. Und, ebenso richtig: das sind Abenteuerromane. Aber es gibt doch eine noch nicht recht gewürdigte Koinzidenz zum Krimi, die sich vielleicht auch erst mit der kritischen Werkausgabe richtig erschließt. Es fängt an beim Gespann des Helden und seines Begleiters und des ersichtlichen Intelligenzgefälles – nicht wahr, Dr. Watson, Mr. Goodwin? Und was tun Kara Ben Nemsi, Old Shatterhand und die anderen Sagengestalten anderes als ein paar Jahre später Sherlock Holmes? Sie kriechen auf dem Boden herum, setzen ihre scharfe Beobachtungsgabe ein und deduzieren mit nicht minder scharfem Verstand aus unscheinbaren Spuren Vorfälle und ihre Lösungen, gestützt auf ein omnipotentes Wissen, das sie Einzelheiten in Beziehung zueinander setzen läßt. Und sie nehmen die Verfolgung der Täter auf, hartnäckig, ohngeachtet aller Gefahren – so verbissen und erfolgreich wie jeder brauchbare *private eye*. In der Tat hat der Krimi manches von dem Abenteuerlichen zurückgewonnen, was er im Bemühen um psychologische Fundierung und kriminaltechnische Rationalisierung verdrängt hat, und die Großstädte sind heute mindestens so einsam und gefährlich wie dazumals Prärie und Wüste. In anderer Hinsicht ist die Entwicklung gegenläufig. Während Karl May darauf beharrt, die Täter dem Gesetz zu überliefern und so der Selbstjustiz das Rechtsempfinden der zivilisierten Menschheit entgegensetzt, neigen die *private eyes* der Gegenwart dazu, das Gesetz wieder in die eigene Hand zu nehmen, weil auf die Organe der Rechtspflege kein Verlaß mehr ist.

Jerry Oster

geboren 1947
in New Mexico
war Journalist
lebt in New York
schrieb u.a. New York Babylon (1980, dt. 1986), Dschungelkampf; Nowhere Man (1987, dt. 1989), Saint Mike (1987, dt. 1990)

Falls du eine Message hast, such dir ein anderes Forum dafür; falls du hart arbeiten willst, dann willkommen an Bord. *(Saint Mike)*

Die Stadt ist ein Hexenkessel, man weiß das; und man könnte meinen, man habe mittlerweile so ziemlich alles erfahren über die Schattenseiten New Yorks. Aber diese Stadt ist noch längst nicht abgeschrieben, wie Jerry Oster in literarisch ausgefeilter Form beweist. Doch ist sie bei ihm mehr denn anderswo Kulisse, in einem theatralischen Sinne: ein Tableau, vor dem Menschen wie nach Regieanweisungen agieren, weil sie ihr Eigenleben verloren haben, vor dem sich Dramen in wahrhaft moderner Form abspielen. Jerry Oster beschreibt Menschen, die wohl eine Vergangenheit haben (das Vietnam-Trauma zieht sich wie ein roter Faden durch seine Romane), aber keine Zukunft. Er macht das jedoch nicht, wie sonst üblich, an den Zukurzgekommenen fest, sondern an den vierzigjährigen Aufsteigern: Yuppies in ihrem Anspruchsdenken, ihrem Lebenswert, ihren Zielvorstellungen. Es ist, folgt man Jerry Oster, eine Übergangsgeneration. Noch verhaftet in traditionellen Vorstellungen (die traumatische, mörderische Reaktion der Männer auf die Frauenemanzipatorik – siehe «Dschungelkampf» oder «Nowhere Man» – ist schon verschiedentlich hervorgehoben worden), und keine glaubhafte Vision am Horizont. Eine Sinnleere, die mit zwanghafter Jagd nach Bedürfnisbefriedigung, nach dem großen Kick in jeder Beziehung, überspielt wird. «Saint Mike» treibt das auf die Spitze. Die Drogen sind nicht nur eine Realität, sie sind gleichzeitig Symbol. Sie versprechen jenen Kitzel, den das Leben sonst nicht bietet; sie betäuben die Ratlosigkeit; sie erzeugen jene Visionen, zu denen man in nüchternem Zustand nicht fähig ist. Sie sind Gleichmacher und Machtmittel gleichermaßen.

Sara Paretsky

geboren 1947
in Kansas
lebt in Chicago
war Versicherungsagentin
schrieb u. a. Schadenersatz (1982, dt. 1986), Deadlock (1984, dt. 1988), Fromme Wünsche (1985, dt. 1988), Tödliche Therapie (1987, dt. 1989)

Sie können jetzt nicht ohnmächtig werden, Ms. Warshawski. Wir haben was zu tun. (Tödliche Therapie)

Mit V. I. (Victoria Iphigenia) Warshawski (Vater Pole, Mutter Italienerin) ist nicht gut Kirschen essen. Bei Widerspruch schaltet sie auf stur, das Unmögliche stachelt ihren Ehrgeiz an, und wer ihr Knüppel in den Weg wirft, kann bei ihren Wutausbrüchen das Fürchten kriegen. Sie weiß, daß ihr Job kein Zuckerlecken ist, und vermeidet unnötige Risiken, aber wenn es sein muß, steigt sie des Nachts in ein Büro und klaut Akten, und auch ein Säureattentat («Fromme Wünsche») hält sie nicht davon ab, unbeirrt ihre Spuren weiterzuverfolgen. Ein Teufelsweib, diese Vic, ein Phil Marlowe in Seidenrock und Cashmerepulli? Nein, nur (nur!) ein couragiertes Mädchen, das durch die lebensentscheidende Schule der sechziger Jahre gegangen ist und sich als Privatdetektivin ihren Lebensunterhalt verdient. Unter den schreibenden Autorinnen ist Sara Paretsky die einzige, die eine rundum überzeugende Frauen-Figur erfunden hat, eine, die weder prügelnd und schießend durch die Gegend rennt und allen beweisen will, daß die Frauen doch die besseren Männer sind, und auch keine, die über feministischen Chauvinismus ihre Minderwertigkeitskomplexe auslebt. Sondern: einfach eine Frau; mit Affären, wohlgefülltem Kleiderschrank und ziemlich viel Angst, wenn es hart auf hart geht. Und eben diesem ungewöhnlichen Beruf. Vic Warshawski aus Chicago, vormals Pflichtverteidigerin, ist spezialisiert auf Wirtschaftsverbrechen und wird mit Manipulationen in der Frachtschiffahrt ebenso konfrontiert wie mit betrügerischem Aktienhandel. Und wo es um viele, viele Dollars geht, haben die weißen Kragen ihre Handlanger, die vor nichts zurückschrecken. Nicht nur in Chicago.

Giorgio Scerbanenco

geboren 1911
in Kiew
war Briefträger, Vertreter, Lagerverwalter, Polizist
gestorben 1969
schrieb u. a. Venedig sehen und sterben (1963, dt. 1977), Mord stand nicht im Stundenplan (1968, dt. 1971/1988), In Mailand mordet man samstags (1969, dt. 1977), Schöner Gigolo, toter Gigolo (1970, dt. 1985), Todsünden (1974, dt. 1981)

Ich hätte nie gedacht, daß Polizisten so sein könnten wie Sie. Sie schauen sehr genau hin. Sie sind kein richtiger Polizist, habe ich recht?
(Mord stand nicht im Stundenplan)

Noch immer gilt, was schon seit Jahren festzustellen ist: Giorgio Scerbanenco bleibt ein Geheimtip. Vielleicht ist daran nicht unschuldig das Etikett, das man ihm verpaßt hat: der «italienische Simenon» zu sein. Ein solcher bleibt offenbar keinem Land erspart – und ist in seinem Falle völliger Blödsinn. Allenfalls die literarische Schule haben sie gemeinsam: Auch Scerbanenco lernte sein Handwerk bei der Serienfertigung von Kolportageromanen. Scerbanenco hat den italienischen Kriminalroman erneuert – noch eine Gemeinsamkeit mit dem Franzosen, aber die letzte. Denn im Vergleich zu Scerbanenco erzählt Simenon Ammenmärchen zur Gutennacht. Scerbanenco springt dem Leser brutal ins Gesicht und konfrontiert ihn mit einem mitunter grausigen Abbild von den Abgründen menschlichen Lebens. Es geht teuflisch zu in Scerbanencos Italien (vorzugsweise in Mailand und um Mailand herum), die sozialen Gegensätze prallen explosiv aufeinander. Lauter kleine Bestien toben sich da aus, wie die verwahrlosten Schüler, die in einer Rauschorgie ihre Lehrerin zerfetzen («Mord stand nicht im Stundenplan»). Scerbanenco billigt das nicht, natürlich nicht, aber er sucht – mit seinem zwar verständigen, doch keineswegs duldsamen Gelegenheits-Kommissar Duca Lamberti – nach Erklärungen, warum es so hatte kommen müssen und warum es wahrscheinlich gar nicht zu verhindern war. Scerbanenco verliert nicht viele Worte, sein Stil ist lakonisch, aufs äußerste reduziert. Darum auch ist er ein Meister der Kurzgeschichte, der Kürzest-Geschichte: manchmal nur eine Seite lang.

Leonardo Sciascia

geboren 1921
in Racalmuto (Sizilien)
war Volksschullehrer, Politiker
gestorben 1989
schrieb u. a. Der Tag der Eule (1961, dt. NA 1985), Tote auf Bestellung (1966, dt. NA 1985), Tote Richter reden nicht / Die Macht und ihr Preis (1971, dt. NA 1985), Todo Modo oder Das Spiel um die Macht (1974), Der Fall Majorana (1975, dt. NA 1989), Die Affäre Moro (1978, dt. 1979), Man schläft bei offenen Türen (1987, dt. 1989)

Es ist mein Handwerk: ein Jäger, der die Rolle des Kaninchens übernimmt, ist sicher, daß er sich besser helfen kann, als das Kaninchen es könnte.
(Die Macht und ihr Preis)

Er war eine literarische Institution in seinem Lande und eine politische und moralische dazu. Er war ein Typus, wie es ihn bei uns nicht gibt und vielleicht nie geben wird: Schriftsteller und Politiker gleichermaßen, radikal (als «Parzival der Gerechtigkeit», FAZ) in beidem, und als Schriftsteller einer, der sich um Genregrenzen und Schubladendenken nicht kümmerte. Was zählte, waren die Wahrheiten, die seine Geschichten vermittelten. Und wenn er über die Mafia schrieb, dann nicht bloß, weil dies ein sizilianisches Thema ist, sondern ebenso ein politisches, darum moralisches. Seine Kriminalromane sind «Metaphern einer beunruhigenden Realität» (Peter O. Chotjewitz), und diese Realität ist: Italien. Den Kampf gegen die Mafia sah er als die gleiche Gefährdung wie die Mafia selbst, die Anti-Mafia der Behörden und der Justiz als das gleiche Kartell der Unterdrückung. Folgerichtig ist es ein vergebliches Unterfangen, Wahrheit und Gerechtigkeit (und womöglich noch beides) zu wollen: der Ermittler muß scheitern, weil seine Ermittlungen ein bloßes Ritual zur Beschönigung sein sollen, weil sie gar nicht erwünscht, weil sie staatsgefährdend sind, an den Bastionen der Macht rütteln. Ob nun beabsichtigt oder nicht, mit seinen Kriminalromanen (die nur den publikumswirksamsten Teil seines Werkes ausmachen) hat Sciascia das Genre auf eine Weise bereichert, die weit über das hinausgeht, was in Amerika vorgezeichnet wurde.

Georges Simenon

geboren 1903
in Lüttich
war Reporter
gestorben 1989
schrieb u. a. Maigret und Pietr der Lette (1931), Die Verlobung des Monsieur Hire (1933), Die Marie vom Hafen (1938), Mein Freund Maigret (1949), Maigrets Memoiren (1950), Hier irrt Maigret (1953), Die Glocken von Bicêtre (1963), Maigret und sein Rivale (1968), Maigret und Monsieur Charles (1972)

Wir sehen sie, wir machen uns unsere Gedanken und versuchen zu verstehen. (Maigrets Memoiren)

Er hat also doch noch gelebt! «Kommissar Maigret löst seinen letzten Fall» war in einem Nachruf zu lesen. Tatsächlich hatte er das schon 1972 getan. Seitdem war kein neuer Maigret-Roman mehr erschienen, und Simenon samt seinem Pariser Kommissar waren ein Zeugnis der Vergangenheit und gleichwohl so vertraut wie der gute Nachbar, den man täglich sieht. Man liebt ihn, man haßt ihn, man findet ihn amüsant und langweilig, und man muß sich vor allem mit ihm abfinden; er ist nun mal da und allgegenwärtig. Kommissar Maigret ist genauso wie die Täter und die Opfer, mit denen er es zu tun hat: ein Ausbund an Spießbürgerlichkeit. Ungefähr gleichzeitig mit den Erneuerern des amerikanischen Kriminalromans hatte Simenon erkannt, daß die säuberliche Scheidung des traditionellen Detektivromans in das überlegene Superhirn, den bösen Mörder und das beklagenswerte Opfer literarisch nicht mehr länger trägt und an der Wirklichkeit vorbeizielt. Aus der Formel, daß letzten Endes Zufälle, biographische Stolpersteine entscheiden, was einer wird: Täter oder Opfer, hat er immer neue Gleichungen mit vielen Unbekannten gemacht, die zwar nicht immer zu Lösungen, doch stets zu Erklärungen kamen. Maigret kann sie liefern, weil er sich einfühlen kann, und er kann sich einfühlen, weil das seine ureigene Sphäre ist, in der er sich bewegt. Natürlich bleibt nicht aus, daß da vieles zum Schema erstarrt, aber zum Ausgleich gibt es ja von Simenon die vielen, vielen Non-Maigrets, die gleichsam die Binnensicht dessen liefern, was Maigret von außen betrachtet.

Rex Stout

geboren 1886
in Noblesville, Indiana (USA)
war Buchhalter, Matrose, Hotelmanager
gestorben 1975
schrieb u. a. Die Lanzenschlange (1934), Zu viele Köche (1938), Nur über meine Leiche (1940), Zu viele Frauen (1947) Orchideen für sechzehn Mädchen (1951), Zu viele Klienten (1960), Jedermanns Bombe (1973)

Pfui! *(Nero Wolfe)*

Ich liebe Nero Wolfe! (Vor allem im gelben Seidenpyjama.) Gourmand und Gourmet, Orchideenzüchter und Biertrinker. Fast allen Freuden des Lebens zugetan (nur Frauen, Bewegungen jeder Art, haßt er wie die Pest). Zur Arbeit nur zu bewegen, wenn Ebbe in der Kasse ist. Fleischgewordenes Symbol des Lehnstuhl-Detektivs: er muß nur denken (mit vorgestülpten Lippen), als Laufburschen hat er Archie Goodwin. Selten ist jemand mit seiner Figur so spielerisch umgegangen wie Rex Stout. Er macht sich einen Spaß daraus, Nero Wolfe in Situationen zu treiben, die dem absolut zuwider sind. Nero Wolfe und Archie Goodwin sind gleichermaßen Parodie des «klassischen» Detektivromans wie seine letzte Erfüllung, so ins Extrem getrieben, daß eine Steigerung schlechterdings nicht mehr möglich ist. Sie stellen aber auch eine Synthese des europäischen und des amerikanischen Kriminalromans dar: Nero Wolfe (nicht zufällig ja auch von europäischer Herkunft) als die Gestalt des kultivierten, snobistischen Detektivs, der kraft seines Genies alle Rätsel zu lösen imstande ist, ohne auch nur einen Handschlag zu tun – das Superhirn; Archie Goodwin als der Agierende, stets sprung- und kampfbereit, schnoddrig bis zum Gehtnichtmehr. Dieser Kontrast macht den Reiz des Gespanns aus, und die Nero-Wolfe-Romane gehören zu jenen Büchern, die man immer wieder mit gleichem Genuß lesen kann (sofern man eine gute Übersetzung erwischt). Die Nero-Wolfe-Abenteuer werden fortgedichtet, absolut originalgetreu (von William Goldsborough). Aber wenn je wieder eine Verfilmung geplant sein sollte: Abschalten! Boykottieren! Nero Wolfe ist nur als literarische Figur lebendig.

Willi Voss

geboren 1944
im Ruhrgebiet
lebt in Spanien
schrieb u. a. Tränen schützen nicht vor Mord (1981), Frost im Blut (1983), So schön, so tot (1984), Signum F (1986, TB 1989), Das Gesetz des Dschungels (1988), Asphalt (1989)

«Klar», sagte er. «Die Jungs werden Sie hart rannehmen. Es gibt ja auch viel zu erklären.» (Asphalt)

Wenn Kommissar Fleestedt (er mag auch mal Engelhardt heißen) zum Tatort eilt, muffelt es ganz entsetzlich öde. Da geschehen Morde wie aus dem Lehrbuch für drittklassige Fernsehserien: genauso glaubhaft, genauso spannend. Der Kommissar muß erst – wie originell! – degradiert und nach Hamburg strafversetzt werden, damit der provinzielle Geist etwas durchgelüftet wird, muß erst ganz den Abschied nehmen, damit er sich als Figur halbwegs profilieren kann. Wir konstatieren somit: erstens, der Held macht eine Entwicklung durch; zweitens, der Autor bemüht sich um Aufarbeitung bundesrepublikanischer Wirklichkeit, indem er seinen Helden in den Hamburger Pfuhl aus Polizeikorruption und Reeperbahnmafia hineinstößt, den man aus Schlagzeilen bestens kennt; drittens, das ist alles nicht so das Wahre, weil eine ordinäre Tonlage noch kein Garant für Realitätsnähe ist und zwischen Thema und literarischer Verarbeitung eine tiefe Lücke klafft. Der Versuch, die Topoi des amerikanischen Kriminalromans in hiesige Verhältnisse zu transferieren, darf – zumindest in diesem Fall – als mißglückt bezeichnet werden. Nicht viel besser sieht es mit den Polit-Thrillern aus, die Willi Voss unter dem Pseudonym E. W. Pless verfaßt. Gut, da befleißigt er sich einer erzählerischen Routine und dramaturgischen Geschicklichkeit, die man sonst schmerzlich vermißt, und das Bemühen, zur ausländischen Konkurrenz aufzuschließen, ist erkennbar und anerkennenswert. Aber irgendwie, irgendwo hat man das alles schon mal gelesen, und, halten zu Gnaden: einer wie Frederick Forsyth kann's eben doch noch besser.

Helmut Zenker

geboren 1949
in St. Valentin (Niederösterreich)
lebt in Klosterneuburg
schrieb u. a. Schußgefahr (1979/1989), Drohbriefe (1979), Der vierte Mann (1987), Geschichten aus dem Wiener Wald (1988), Minni Mann (1989), Kleine Mann – was nun? (1989)

«Bleib, wo du bist!» schreit Kottan und wirft den Hörer zurück. (Der vierte Mann)

Dem Wahnsinn dieser Welt ist nur mit Wahnsinn beizukommen. «Eine Geschichte ist dann zu Ende gedacht, wenn sie ihre schlimmstmögliche Wendung genommen hat. Die schlimmstmögliche Wendung ist nicht voraussehbar. Sie tritt durch Zufall ein», sagt Friedrich Dürrenmatt. Oder durch Blödheit, sagt sich Helmut Zenker. Oder durch Blödeln. «So mancher TV-Ermittler ist unfreiwillig komisch, wir versuchten es lieber freiwillig», sagt Helmut Zenker. So entstand Kottan. So lebt er. So liebt und haßt man ihn. Kottan war zunächst eine Fernsehfigur und ist dann erst Literatur geworden. Und es tritt das seltsame Phänomen ein, daß erst die Literatur so richtig zu leben beginnt – aber nur, wenn man die Fernsehfiguren im Kopf hat und gleichzeitig ins Schemenhafte zurückdrängt. Helmut Zenker versucht, die Welt und deren Mittelpunkt Wien mit Hilfe der Groteske einzufangen. Die Groteske steigert sich ins Absurde, vollends mit der neuen Serienfigur Minni Mann. Das hebt sich oft auf die gleiche Weise selber auf, wie die Satire von der Real-Satire überholt wird: Kohl ist immer noch besser als ein Witz über Kohl. Was schon bei der Kottan-Fernsehserie zu beobachten war, wiederholt sich bei den Kottan-Büchern: der Gag wird zum Selbstzweck, die Story, die den Gag produzieren soll, ist die Durststrecke von einer Pointe zur nächsten. In den Büchern kann Zenker das streckenweise noch auffangen dank des reichhaltigen literarischen Instrumentariums, das ihm zur Verfügung steht und mit dem er auch sich selber zu ironisieren in der Lage ist (immerhin hat Zenker einmal als «ernsthafter» Schriftsteller angefangen). Doch auch hier ist die Tendenz unverkennbar: Die Klinge wird stumpf, wenn sie zu häufig benutzt und zwischendurch nicht geschliffen wird. Was bleibt: die pure Blödelei.

Register Steckbriefe

Die Ziffer in der Klammer bezieht sich auf die jeweilige Ausgabe der «Schwarzen Beute»

Die Übersetzer

Ruth Uecker-Lutz übersetzte «Im Hafen» (Originaltitel unbekannt) von Jean Genet aus dem Französischen.
Die Kurzgeschichte von Jean Genet erschien 1949 in «Story» (6. Heft, 4. Jahrg.), und wurde erst 1989 von den Herausgebern der «Schwarzen Beute» wiederentdeckt. Dem literarischen Nachlaßverwalter Genets in Frankreich war sie bis dato unbekannt, und so mußte die altertümliche Übersetzung abgedruckt werden, da kein Originalmanuskript vorhanden ist.
Jürgen Bürger übersetzte «Chee's Witch» von Tony Hillmann und «Hup Three» von Janwillem van de Wetering aus dem Amerikanischen.
Monika Blaich übersetzte «A Pair of Yellow Lilies» von Ruth Rendell aus dem Englischen.
Susanne Heinke übersetzte «Arznei oder Betäubungsmittel» von Larisa Isarowa aus dem Russischen.
Die Lizenz- und Presseagentur Hans-Werner Fuchs ist Rechteinhaber von Harvey Kurtzmanns Comic «The Giggling Killer».
Der Beitrag von Dagmar Oberlies «Der Versuch, das Ungleiche zu vergleichen», wurde mit freundlicher Genehmigung der Redaktion «Kritische Justiz» vorabgedruckt.
Der Rechteinhaber des Beitrags von Sling «Der heilsame Schuß» konnte nicht ermittelt werden. Der Verlag ist bereit, eventuelle Honoraransprüche abzugelten.

Fotonachweis

Seite 2 und 3: Jerry Bauer, Birgit Grosz, Tom Lazarevich, Gerd Scheffler, Günter Schneider, Roger Parry, Isolde Ohlbaum, J. H. Darchinger und Privatfotos der Autoren.
Hendrik Dorgaten übermalte die sowjetischen Briefmarken im Beitrag «Arznei oder Betäubungsmittel» von Larisa Isarowa (S. 123–135).

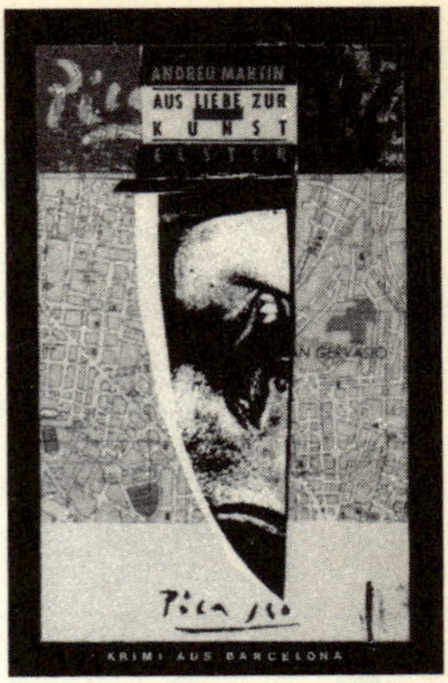
ANDREU MARTIN
AUS LIEBE ZUR
K U N S T
KRIMI AUS BARCELONA

Was treibt den Nachbarn zum Mord, den Krimiautor an die Schreibmaschine? «Schwarze Beute» verrät es. Das Thriller-Magazin Nr. 1, herausgegeben von Klugmann/Mathews, präsentiert neue Stories, berichtet über Fälle, Täter und Autoren.

Mit Beiträgen von:
Friedrich Glauser, Ruth Rendell,
Michael Molsner,
Janwillem van de Wetering, Maj Sjöwall,
Peter Bradatsch, Georges Simenon,
Fritz Mierau, Fred Breinersdorfer,
Rainer K. G. Ott/Rudolf Schweigert,
Martine Carton, Norbert Klugmann,
Peter O. Chotjewitz, Howard Engel,
Frank Göhre, Claretta Cerio,
Wolfgang Schmidbauer, Rudi Kost,
Klugmann/Mathews

rororo thriller 2753

Der Plot ist windig, die Figuren dürftig, die Motive banal. Was ist das: ein schlechter Kriminalroman, eine schlechte Regierung oder das Grauen des Alltags? «Schwarze Beute» klärt auf.
Das thriller-Magazin Nr. 2, herausgegeben von Klugmann/Mathews, präsentiert neue Stories, berichtet über Fälle, Täter und Autoren.
Mit Beiträgen von:
Richard Hey, Dashiell Hammett, Werner Schmitz, Hans-Werner Kettenbach, Norbert Menzel, Michael Töteberg, Alfred Döblin, Jürgen Alberts, Irene Rodrian, Christa Früh, Peter Mathews, Per Wahlöö, Schmitz & Wesson, Felix Huby, Frank Göhre, Fred Breinersdorfer, Georg Feil, -ky, Peter Schmidt, Raymond Chandler, Peter Zeindler, Rudi Kost, Ruth Rendell

rororo thriller 2802

«Triebfedern, welche sich im gewöhnlichen Leben dem Auge des Beobachters verstecken, treten bei solchen Anlässen, wo Leben, Freiheit und Eigenthum auf dem Spiele steht, sichtbarer hervor.»
F. Schiller

Das thriller-Magazin Nr. 3, herausgegeben von Klugmann/Mathews, präsentiert neue Stories, berichtet über Fälle, Täter und Autoren.
Mit Beiträgen von:
Michael Molsner, Felix Huby, Colin Dexter, Schmitz & Wesson, Norbert Menzel, Friedrich Schiller, Klaus Bittermann, Ruth Rendell, Peter Zeindler, -ky, Gertrude Stein. Jean Vautrin, Fritz Mierau, Marietta Schaginjan, Tsunao Izumikawa, Janwillem van de Wetering, Robert Brack, Wolfram Eicke, Jürgen Alberts, Sam Roberts, Sjöwall/Wahlöö, Rudi Kost

rororo thriller 2888

«Spannend wie ein Krimi» ist im Zweifelsfall auch die Gebrauchsanweisung für einen Staubsauger. «Schwarze Beute» bietet mehr. Das Thriller-Magazin Nr. 4, herausgegeben von Klugmann/Mathews, präsentiert jede Menge Leichen, Schund und Sünde. Vom Erstlingswerk bis zum Nachruf enthält «Schwarze Beute» das volle Repertoire schwarzer Unterhaltung.

Mit Beiträgen von:
Milena Moser, Maurice Lemoine, Dashiell Hammett, Norbert Menzel, Uta-Maria Heim, Wolfram Moser, -ky, Reinhard Jahn, Horst Bieber, Doris Gercke, Ed McBain, Schmitz & Wesson, Frank Göhre, Peter M. Hetzel, Tito Topin, Hansjörg Martin und Rudi Kost.

rororo thriller 2933